U0458458

[日] 松本清张 著

叶荣鼎 译

BLACK

黑色福音

GOSPEL

上海三联书店

松本清张,日本社会派推理侦探文学奠基人
(代序)
叶荣鼎

　　松本清张,日本著名作家,曾荣获日本文学界最有影响的芥川奖,是深受日本民众喜爱的平民作家。在日本文坛、他与紫式部、夏目漱石、松尾芭蕉、森鸥外、宫泽贤治、芥川龙之介、太宰治等大文豪出现在前八名行列。

　　松本清张创作的作品多样化,并且个性鲜明。他主张创作应由主题来决定写作形式和表现方法,他还主张文学作品应该是属于大众的,无论纯文学作品还是通俗文学作品,检验基准只有一个,就是看作品是否拥有广大读者以及能否流芳百世。

　　综观他的小说作品,博采众长,独辟蹊径,自成一家,翻开了日本文学多角化的新篇章,为日本文学树立了新的里程碑。松本清张创作的作品注重社会性,着重揭露日本上层的黑暗内幕,诉说生活在底层的工薪阶层的疾苦。

　　松本清张的作品还有一最大特点,即把侦探推理与

1

纯文学有机地结合在一起,表述的空间扩大到日本的全国各地,不仅地点和方位描写得一清二楚,就连列车、电车的时刻表以及中途停靠的站名和周围情景都交代得与实际不差分毫,可见他严谨踏实的创作态度。

1971年至1974年期间,他出任日本侦探推理作家协会理事长,为创新采用侦探推理手法撰写文学作品的新型创作模式和使纯文学以及推理文学走可持续发展之路做出了不可磨灭的贡献。在他的家乡北九州市小仓北区,建有豪华的松本清张纪念馆和庄严的纪念碑。

《黑色福音》是其创作生涯中炉火纯青的巨著之一,不仅社会性、思想性、文学性、艺术性和可读性极强,且结构极其严密。截至2002年,已在日本国内印刷38次,赢得不计其数的读者青睐和评论家以及同行的高度评价。

《黑色福音》展示了日本在侵略战争失败后饱受西方的凌辱,淋漓尽致地描述了宗教团体中神父的两面生活、神校学生生活,同时用细腻的笔触勾勒出信徒们对神父的仰慕和对宗教的虔诚。在被视作净土的天主教堂里,神父们无视日本法律,从事黑市贸易、走私和贩毒,而日本高官则为他们提供保护伞。神父违反禁欲教规,利用女信徒的虔诚肆无忌惮地性骚扰。一位年轻女信徒天真幼稚,上了神父的性恋贼船而走上不归路。有学者说,本作品详尽地剖析了当时日本的宗教团体内幕,读者可从中了解神秘的宗教世界,正确对待宗教、婚姻和走好人生路。

松本清张生于 1909 年 12 月 21 日，是日本福冈县企救郡板柜村（现改为北九州市小仓北区）人，逝于 1992 年 8 月 4 日。从小家境贫寒，只上过小学。读小学时三次转学，15 岁那年毕业于板柜寻常高等小学（现改名为清水小学）。小学毕业后，先后就职于川北电器有限公司小仓办事处和高崎印刷厂。

20 岁那年，因与文学同仁宣讲无产阶级理论杂志被列为红色人物关押在小仓警署，拘留了十多天。释放后，相继在福冈市鸟井印刷厂和《朝日新闻》报社九州分社广告部工作，直到 33 岁那年才转为正式职工。可一年后被强行服役去朝鲜战场，36 岁时即 1945 年回国。

41 岁那年，松本清张参加了"周刊朝日"主办的百万人小说征稿活动，以小说《西乡札》获三等奖，崭露头角。仅隔了一年，他的小说《为石花菜》闪亮登场，获次席推荐奖。又隔了一年，他创作的《小仓日记》脱颖而出，被刊登在当时著名的《三田文学》杂志上，在日本文坛引起了震撼。并且，该作品于第二年荣获日本文学界最有影响的芥川奖（第 28 届）。同年，他被推选为日本宣传美术协会九州地区委员。44 岁那年被调至《朝日新闻》报总社工作，可三年后，即 47 岁那年，松本清张毅然辞去了《朝日新闻》报社的工作，以写作谋生，正式步入文坛。

在长达 40 年的作家生涯中，松本清张先后创作了逾千部脍炙人口的短篇和长篇作品，还撰写了许多评论。松本清张的文学作品多样化，内容涉及面广，时间跨度大，拥有广大不同领域、不同年龄和不同层次的读者。相继获得"周刊朝日"举办的百万人小说征稿活动三等奖、第28届芥川奖、日本推理作家协会奖、第5届日本记者会议奖、第1届吉川英治文学奖、第18届菊池宽奖、第29届NHK广播电视文化奖和1989年朝日奖等在日本文坛颇有影响的大奖。

松本清张虽只上过小学，可他勤奋好学、酷爱读书，迷恋国内外文学名著和侦探推理小说。功夫不负有心人！锲而不舍、勤奋刻苦的他，终于以一鸣惊人的力作《点与线》刷新了日本的侦探推理文坛，开创了社会派侦探推理文学。之后，他又相继创作了《眼壁》《日本的黑雾》《彩色的河流》《深层海流》《现代官僚论》《黑色福音》《黑影地带》《黑点漩涡》等作品，在日本文坛独领风骚，在社会上引起了极大反响，在日本侦探推理文学和纯文学有机结合史上具有划时代意义。《黑色福音》《黑影地带》《黑点漩涡》，必将与《点与线》《砂器》《日本的黑雾》《彩之河》一起，轰动我国大江南北，赢得众多读者。

2018年端午节于上海东华美寓所

目 录

第一章　夜幕下的淫声

　　沿东京北郊西行的某民营铁路,有两条客运线路的始发站。这两条运输线的铁路之间相隔一定距离, 基本上呈平行状沿着武藏野朝前延伸。随着东京人口的日益增长,年年都有市民移往郊外居住。于是,早晚的客运车厢因乘客数量剧增而变得拥挤不堪。然而两条铁路中间地段的沿线两侧,既没有热闹的街道,也没有原来的田园景色,许多地方尚处在施工状态。例如这一带便是杂树林,夹杂着过去遗留下来的袍树、枫树、栎树和橡树等。这片杂树林里,有一条林荫旧路朝着纵深处延伸,直接通向那被树木围裹的村庄。沿这条林荫旧路靠近村庄的时候,你会突然有柳暗花明的感觉,因为村边不远的地方已经变成了新的住宅区。古老的武藏野田野与东京新开发地区之间参差不齐,地势错综复杂。

　　傍晚,田园的自然风光使这一带风景如画。一望无垠的旱地,被渲染成朦胧蓝黑色的高耸的树林,空中弥漫的白色暮霭,大片被晚霞染得彤红的云彩,犹如黑色剪影画的教堂尖塔……梦幻般地展现在人们眼前。此时此刻,即便没有宗教信仰的人也会雅兴大发,创作宗教诗歌。

　　眺望傲然耸立着尖塔的教堂, 也许多少能让这里的行人萌生对诗的情感。在这片红土壤旱地的尽头，尖塔十字架和白色建筑物墙面在白天阳光的照射下银光闪闪，而在傍晚时分的天空背景下，以魔术般的黑色剪影画展现在人们的眼前。

这一带到了夜晚变得非常冷清。西行的始发列车驶出车站后，随即从一条商业街的边上驶过，刹那间形成热闹气氛的灯火消失殆尽，取而代之的是朝前延伸的昏暗围墙。没有了灯光，顿时觉得黑暗无穷无尽。新路的尽头连接着原来的旧路，一路上要绕好几道弯，在旱地和树林之间前进，途中经过好些岔道后才进入其他树林。虽能看到住宅，但摸不着去那里的路。如果你一定要去那里，那就得依靠护路神"地菩萨"。在途中问路时，路边的地菩萨多半可以告诉路人朝右走或者向左转。在茂密的草丛里，有东倒西歪的石制地菩萨。

在晴天的夜晚，旱地尽头和树林便弥漫着模糊的苍白色夜霭。遇上雨夜和大风的夜晚，树林里便哗哗作响。但是，那条林荫旧路也不是一直朝前延伸，不久则进入漆黑一团的住宅区里。这一带到了晚上，居民大都早早关闭住宅的纸糊窗和防雨板，很少有住宅灯光洒向路面，路灯也稀稀拉拉的没有几盏。

晴天晚上站在这一带朝外眺望，教堂尖塔仿佛一团黑影。如果变换站位，那团黑影有时是耸立在原野里，有时是伫立在树林里。遇上月明之夜，尖尖的十字架则光芒闪烁。平日里即便没有宗教信仰的人们，每当眺望它时，心里也不免会被富有诗意的宗教色彩所打动。该教堂坐落在以尖塔为中心的两公里半径内的土地上，无论站在哪里眺望它都能一目了然。也就是说，那一带除教堂建筑高高耸立外，其他都是散居在山脚野地里的矮顶住宅。

附近有小学，也是由于人口连年增加而不得不设立的。小学操场边上是田野，小学前面一带也有新建住宅区。从旧路进去，前面是稍稍拓宽的田间路，路两侧便是聚集在一起的住宅。许多住宅围墙不是混凝土，而是采用种植的杉树和扁柏代替。这一带也有树林，还住着农家，农家与农家之间隔有旱地，鸦雀无声。通常，行人走不到这里。路上堆积着枯叶，大多是附近居民走这条路。江原康子家的周围，就是这样的环境。

这幢住宅的占地面积近五百平方米，实际建筑面积仅五十平方米。由于住宅坐落在路边，因而院子宽敞。后院的围墙尽管与其他农家的旱地连接，但那里有两个犬窝，一个是大型的，一个是稍小一点的。建筑两侧的院子也很宽敞，由于靠近道路和邻居住宅，所以背后和两旁都是空地。说得确切一点，不能算是院子，而是草地和杂树林，有黄杨树、细叶冬青树、扁柏叶树、枫树和桂花树等，枝繁叶茂。不知什么原因，细叶冬青树多于其他树木。

这幢住宅两个地方有门，一是去玄关的院门，一是去两旁空地的边门。平日里，两个地方的门都是从里面上锁，关得严严实实。江原康子独自一人住在这里，饲养了四条牧羊犬。被拴在后院大型犬窝里的是一雄一雌，像小牛那般大。稍小一点的被拴在旁边的犬窝，还有一条牧羊犬在房屋里与她一起生活。

平时，江原康子从里面锁上房屋的所有门窗。邻居们即便有事找她，也绝对不让进屋。只要一听到叫门声，她便从窗口探出脑袋确认，走出玄关到院门跟前，也还是隔着门或者隔着围墙与来者说话。遇上这种场合，她也不会忘记仔细锁上玄关门。遇到推销员上门也是如此，她都是站在院子里或者来到路上与推销员洽谈。推销员送货上门时，江原康子则从屋里出来隔着围墙或者院门验货和收货。

她看上去三十七八岁左右，体形微胖，淡眉毛下长着一对细长的丹凤眼，鼻子肉鼓鼓的，嘴唇很厚。虽说不上是美人，但也算不上丑八怪，由于微胖而显得丰满。笑的时候，嘴里发出尖厉的笑声。

　　她经常身着颜色艳丽的西服。也许是服饰艳丽，看上去青春焕发，要比实际年龄小许多。但是，由于脸上不化妆，没有光泽的黄色皮肤上看似有疲劳般的皱纹，与艳丽的着装不相匹配。这种外表在国外生活的日本人中间经常见到。

　　她整天把自己关在家里，谁也不知道她在干什么。有人来访也是让对方在院门外与自己见面和交谈。如果推销员和业务员擅自进入围墙半步，就有可能被小牛般的牧羊犬咬住。院门上挂着示意有犬的标牌，以此拒绝外人进入。当然，平日里来访的客人并不是一个也没有，但都不是日本人。

　　她搬到这一带居住，与静悄悄的田园做邻居已经有十多年了。当然，一开始不是现在的住宅，而是租借附近农家的独屋（不依附在主屋建筑的房屋）。她当时的气色比现在好，服装素净、价廉。关于她的身世，邻居谁也说不上来。但是分析她偶尔与邻居拉家常时谈到的自己的情况，好像是毕业于关西一带的女子高等师范学校，因而也许从事过教师工作。然而她租借农家独屋十多年来，据说一直为附近的古里艾鲁莫教堂翻译《圣经》。说到古里艾鲁莫教堂，人们便会想起坐落在附近田边，沐浴着朝露和晚霞的十字架尖塔。白天，洁白而神圣的教堂清晰地浮现在绿色麦地上，傍晚时分在壮观的暗红色晚霞背景下魔术般地变成伫立在那里的黑色剪影画，显得庄严、神圣。

　　附近居民对于中年女子的她不太有好感，可一听说她在从事《圣经》翻译，还是古里艾鲁莫教堂的忠实信徒，便不得不重新审视,把她的脾气视作宗教人性格,把她不太喜欢与别人交往的怪癖视为对宗教的奉献所致。每逢星期日礼拜,她都会去附近的天主教堂。说是在附近,但也有三公里左右的距离,徒步去稍稍远了一点,她便驾驶妇女专用的小轿车去教堂。因为从事翻译工作,需要那样的交通工具。

外国神父也从教堂驾驶轿车去她的住宅。出于工作需要,神父去她家似乎没什么奇怪的地方。无疑,是神父与《圣经》译者之间有事商量。问题是,长着一头棕发的毕里艾神父每天都要去她家,无论白天还是晚上,而且一天多次,在邻居看来比较频繁。不过如果是翻译《圣经》,那不是轻易能完成的,可能确实需要经常聚在一起切磋。

驾驶轿车来的外国神父肯定是独自一人,瘦高个、红脸膛、秃顶,从耳朵背后到后脑勺上披着棕色长发。外国人的年龄,日本人很难判断,从外表看上去可能在五十二三岁,叫鲁内·毕里艾神父,担任古里艾鲁莫教堂的主任神父,是该教堂地位最高的神父。

他第一次拜访她家,还得追溯到她借助农家独屋居住的时候。所以说,他指导她已经有十来年漫长的岁月了。让她搬出农家独屋,好像是房东提出的,但是尚不清楚其理由是否是讨厌毕里艾神父频繁来独屋与她见面。然而幸运的是,她用二十多万日元买下了独屋附近的住宅,也就是现在这幢住宅。

这一住宅区域是掩人耳目的隐蔽地带,即便白天也难以被宽畅道路上的行人察觉。到了晚上,整个区域与黑暗融为一体,只有杉树栅栏朝着周围散发气味。因为拥有这样得天独厚的条件,该区域的好几幢住宅里曾一度住过"金丝鸟",也就是所谓的情妇。到这里找人如果只说地址,是难以问清楚具体的所在地的。就是打听到了，找起来也很困难，于是这里也就成了最适合情妇隐居的地方。

所以毕里艾神父不分昼夜来这里与江原康子幽会，人们不会觉得这是因这一区域的特殊氛围所致。无论什么信徒，都把主任神父毕里艾尊敬为神的侍奉者，一直把脖子上挂有银色十字架的江原康子视为忠实的求道者。

不只是信徒，古里艾鲁莫教堂里的七个外国神父都敬重主任神父毕里艾。他们从事神圣的职业后，都严格遵守教规，即毕生杜绝与异性之间的淫乱！可谓在精神世界里生活的人们。因此，尽管长期生活在宗教世界里的毕里艾神父独自去单身女人江原康子家幽会，并且在那里跟她长时间在一起，但谁都没把他俩的事与淫乱联系在一起。

对于毕里艾神父与江原康子之间的来往，附近邻居很少持有怀疑态度。如果向信徒提出那种猜想，对方或扬眉怒对或以怜悯眼光告诫："即便对毕里艾神父与江原康子之间稍作那样的猜想，也是对神的亵渎。请看毕里艾神父！他的眼神始终在向神祈祷，没有半点污渍，是那样高尚。

但是，江原康子的邻居知道许多关于她的小故事。江原康子住在农家独屋的时候过着清苦日子。那是一间仓库，地上铺有三张榻榻米，面积就五平方米。她穿着简朴，面色憔悴。当然，当时许多日本人几乎都是衣着简朴，那是战争刚刚结束，物资匮乏的时候。江原康子过着贫穷日子也是不可避免的。也就是那时候，江原康子加入了天主教会。据说，她很早以前就是热衷于巴奇里奥教会（古里艾鲁莫教堂是其下属分支机构）的忠实信徒，这是毋庸置疑的。

人们不知道江原康子过去的身世，不清楚她是否结过婚成过家。第二次世界大战结束的时候她还不到三十岁，也许是战争遗孀，或许恋人在战场捐躯。总之，在人们的眼里她似乎是不幸的女人。如果她的不幸像表面上看到的那么真实，那这个不幸可能就是促使她走上信教之路的原因。

打那时起，毕里艾神父的高个身影就出现在江原康子狭窄的房间里。但是当时，毕里艾神父是驾驶美国大兵常用的吉普车去那里的。从古里艾鲁莫教堂到她家，驾驶吉普车要不了五分钟。吉普车沿田园小路朝前行驶，拐入掩人耳目、寂静的小路。要是夜晚，无论谁都察觉不了那条狭窄的小路里藏着什么。

两年后，吉普车换成英国制造的希尔曼轿车。那时，江原康子也乔迁到了现在这幢拥有宽敞大院和近五十平方米房屋的住宅。从她买下这幢住宅的实力来看，足以证明她的生活水准迅速得到了质的提高。自从希尔曼轿车开始驶入这条小巷后，神父便更换了车牌照。附近亲眼目睹的中学生说，最早见到的是外地车牌照，后来变成东京都车牌照。也不知是什么原因，毕里艾神父在车牌照方面要那样绞尽脑汁。

江原康子从农家独屋搬迁到现在住宅的那天，作为礼节，给邻居送去了印有罗马字的外国牛肉罐头。那个年代，日本人是依靠薯类和稀饭勉强维持日常生活的。

毫无疑问，外国牛肉罐头来自于古里艾鲁莫教堂，这，谁都能猜到。古里艾鲁莫教堂直属于宗教团体巴奇里奥教会，该教会总部设在欧洲。因此，谁都觉得罐头可能是欧洲总部送来日本的。于是人们想象，江原康子代替荞麦面条(日本人乔迁时将荞麦面条分给左邻右舍以示见面礼)送到邻居家的外国罐头，多半是毕里艾神父用希尔曼轿车运来的。

江原康子分发给邻居的是牛肉罐头，但邻居中间传说她自己吃的是新鲜牛肉,当然不是肉店送来的。当时,日本人还不能轻易买到牛肉食用。每天让牧羊犬吃牛肉,这不只是传说,确实有人隔着栅栏看到的。江原康子怎么会突然养起四条牧羊犬来?衣着怎么会突然变得高贵起来?

也就是从那时起,她不让来访客人进门,大多是隔着栅栏和推销员谈交易,还给住宅的所有门上锁,把自己关在房间里,渐渐变得古怪起来。如果注意观察,江原康子不会连续三个月让同一家商店上门送货,肯定是每隔一两个月重换一家。没过多久,毕里艾神父的自备车换成雷诺轿车。

毕里艾神父脸色红润,从耳后侧到后脑勺的模样活像"日本河童"(日本民间的想象动物,水陆两栖,貌似幼儿),披着棕色卷发,头顶光秃秃的,红鼻子尖两翼似乎刻有深而小的皱纹,那双眼睛酷似鸟眼,棕色眼眸圆滚滚的。

便利的是,江原康子家有适合隐藏轿车的场所。边门是进入不与院子连接的那片空地,那里郁郁葱葱的杂树林,有冬青树、八仙花树、桃树、黄杨树和枫树。雷诺轿车停在那里,凑巧是茂密树叶遮掩的天然车库,白天就算有行人经过,多半也发现不了,夜晚就更不用说了,那里与黑暗连成一片。

毕里艾神父把车停在那里,锁上车门弯腰进入江原康子家,有时只待一个小时便离开,有时待上三四个小时,有时则慢悠悠地待上一整天。总之,他待的时间没准儿,有长有短。尽管白天,那一带也像进入梦乡那样万籁俱寂,但是毕里艾神父要完全避开附近人们的视线自由进出江原康子家倒也是件难事。因为左右有邻居,前面有他人住宅。

每当附近人们和毕里艾神父相遇时,神父总是和蔼可亲,用微

8

笑的目光示意问候,距离近的时候就说:"你好!"他是第二次世界大战前来日本的,说得一口流利日语,还可轻松阅读岩波书店出版的哲学书籍,可是附近的人们却不知道他有这样的日语能力。

毕里艾神父给人的印象是微笑和善良,人们自然而然地觉得那是"神的微笑"。黑色西服和脖子上的衬衫白领,与红润的脸膛相得益彰,纤长的手指一直是向神祈祷的形状。然而毕里艾神父为什么频繁出没于江原康子家,并且仅仅是和那个女人单独在一起?对此,附近一些邻居感到有点不可思议。

巴奇里奥教会的宗教宗旨里有"圣洁"两字。虽说信徒不会因此怀疑毕里艾神父的人格,可住在附近的俗人不会不怀疑,他们用不可思议的眼光看他,还有人则直接问江原康子毕里艾神父常来她家做什么。一直隐居家里的江原康子不可能始终在室内呼吸空气,偶尔也锁上大门去附近走一走。不用说,只是去喜欢她的那些邻居家。有些邻居家款待她,交谈间无意中问她:"神父先生为什么总是去你家?"江原康子听后朝上耸了耸肩脸,翕动着厚嘴唇答道:"是这样的,他和我在合译《圣经》,必须经常商讨。"

"哦,那真了不起呵!"附近人们为江原康子有超过毕里艾神父的翻译才能感到诧异,注视着她肿起的上眼皮和肉鼓鼓的鼻翼,探寻着这种才能隐藏在她身上的什么部位。她虽这么说,但并没有人相信。有一次,邻居家里读高一的男孩高兴地把江原康子当作英语老师,拿出英语教科书求教于她,结果她支支吾吾,最终连一句英语也没有教。翻译《圣经》需要掌握拉丁语,她连高一英语都不懂,怎么会掌握拉丁语呢?所谓跟神父合译《圣经》之类的说法,凡是招待过她的邻居背地里都嘲笑她,认为她的说法站不住脚。这话像插上翅膀似的立刻传到其他邻居的耳朵里,尽管他们也不信这一情况,但是江原康子和毕里艾神父合译拉丁语原著《圣经》是事实。

江原康子经常更换交往的邻居,原因是和她交往没多久,邻居便觉得厌烦,因为她可以任意去邻居家玩,却决不允许他们来自己的家。

"烧洗澡水太麻烦,今天想借用你家的。"说完,她便进入烧好洗澡水的邻居家。只要毕里艾神父那天不来,她便长时间坐在邻居家聊天,尖笑时整个牙龈都暴露在外。尽管谈得来,可当该邻居来访时,便被江原康子叉开双腿摆出拒绝别人进她玄关门的架势,对方所有的话只能在门口说。像这样的举止,谁都接受不了。

江原康子为什么要拒绝别人进自己家呢?从服装上看,她穿得不怎么讲究;另外即便在附近稍稍散步,也要牢牢把门锁上,似乎不想让人看到家里摆设。在邻居眼里,觉得这些举止跟饲养四条牧羊犬一样是谜团。牧羊犬非常健壮,遇上行迹稍有可疑的人经过,便会摆出猛扑的架势一阵吼叫,发出锁链与地面摩擦时令人毛骨悚然的金属响声。而可以若无其事进出她住宅的,只有毕里艾神父。

"那犬,一条就值近五十万日元!"江原康子向附近的人吹虚牧羊犬的价格。牧羊犬确实长得高大,但邻居不相信有那么昂贵的价格。江原康子说,自己是古里艾鲁莫教堂翻译部门的译员。如果真是这样,她应该有可观的工资收入,但也不可能有买下价值五十万日元的牧羊犬的经济实力,何况还是四条。不过四条牧羊犬都是优良品种,单价接近五十万日元也是事实。江原康子究竟是如何把高价牧羊犬弄到手的呢?单身生活,身边确实需要家犬,但没有必要饲养那么大的牧羊犬。江原康子家有谜团,谜团与饲养这么多的牧羊犬有关,而且很长时间没被人察觉,邻居也是偶然发现的。

区环卫局不知为什么,有一段时间没有派人来清理粪便。派车来这种地段清理住宅粪便不是件容易的事,便委托给附近农家。当时,有热心人觉得江原康子可能会反感,便事先告诉她。

"我家没有必要委托农家。"

江原康子确实是单身生活。热心人也觉得她与四五个人生活的家庭不同,便不说了。那以后十多天过去了,区环卫局委托的农家在附近清理粪便。有人见他们将一幢一幢住宅粪便清理完后没去江原康子的住宅,便问:"你们不去江原小姐家吗?"

"那家不去也行。十年间不曾清理过。那家业主一直说不必去她家。"

这句话是业主江原康子搬来时就说了的,已经十年过去了。

"已经过去十年了?"提问的人瞪大眼睛,他无法想象,即便单身生活,十年间不清除粪便大概也是不行的?那眼神似乎在计算人的排泄量。这一带邻居的想象力比较丰富,涉及到毕里艾神父的排泄物。或许江原康子不愿意被区环卫局的人看到不同排泄物而拒绝他们。那么,江原康子家的粪便是怎么处置的呢?她家没有田地不需要粪便作为肥料。那么,没有抽水马桶设备的厕所就有可能粪便四溢。

但是看到江原康子脸上一向平静的表情,无疑清理过粪便。

"大概是让牧羊犬食用了吧?"

当然没有人亲眼看见,人们只能是凭空想象。瞧,四条犬都像小牛那般大。通常,凭空想象的人不会察觉到理论上的矛盾。食用牛肉的牧羊犬,是不可能食用人类排泄物的。但这种思维上的盲点,是因为对江原康子充满神秘色彩的生活感到困惑而产生的。

毕里艾神父来江原康子家里干什么? 房间里没有传出一丝响

声。因为他一进屋,江原康子便立即关门插上门闩,就连玄关门也从里面锁上。屋里,他俩多半是在一起翻译《圣经》吧?江原康子在邻居家聊天时解释说,原有《圣经》是明治时期的书面体,译词生硬,难以理解。现在,他俩是想把这种译著版本重新译成现代白话文书面体。

如果是翻译,家里静悄悄是理所当然的,但是关门后再上门闩又是为了什么?而且两人一待就是三四个小时,有时甚至一整天都听不见屋里有声音。而发出声音的,只有拴着铁链转来转去的四条牧羊犬,因此,附近人们不由得担心起来。

有时,雷诺轿车整整一晚上停在那茂密树阴的自然车库里。看来,他俩翻译《圣经》多半是通宵达旦。而每逢这种时候,毕里艾神父总要赶在拂晓前发动雷诺轿车引擎离开江原康子家返回教堂。教堂早晨的弥撒是从六点开始,住在教堂里的神父们五点半起床,因此毕里艾神父必须赶上弥撒仪式。

但是,附近有人听到过江原康子家传出的她和毕里艾神父的声音。那人是个中学生,就住在距离江原康子家很近的一幢房屋里。为迎接高中学校入学考试,他每天晚上要复习到凌晨两点左右。该住宅区的夜色似乎降临得特别早,加之很少有行人经过这里,但也许这就是住这儿的人感到天色黑得早的缘故,傍晚一结束便早早关门进入梦乡,于是这一带变得鸦雀无声,格外安静,到了深夜,就连远处掉一粒纽扣的声音似乎也能听见。

那个学生从初秋开始进入考试的复习阶段,房间面朝道路,因此雷诺轿车沿小巷驶入邻居江原康子家那片空地的停车声响,对于中学生来说,就像来自只有一米左右距离的地方,紧接着传来毕里艾神父开车门声和他在草地上行走的脚步声。不一会儿,传来江原康子迎接的声音,随后是关门声和上锁的金属声。他只得一边听着那些响声,一边解答数学题、背诵英语单词。

那以后有一段时间是静悄悄的。除了远处传来的轻轨声和偶尔从宽敞路上传来的行人脚步声外,附近住宅也丝毫没有声响,不一会儿轻轨声也消失了。这时,中学生全神贯注,双手遮在耳朵后侧,似乎听到了什么,特地把身体靠近窗口倾听。于是,女人抽泣般的声音传入耳朵。望着墙上的钟,他开始注意力不集中了,眼睛发亮。这种声音的出现,其实是在他的意料之中。这种情况发生的时间,肯定是在毕里艾神父的雷诺轿车停在江原康子家的晚上。

每天晚上,他为了接迎考试通常要复习到深夜,无意中掌握了这一规律。女人抽泣般的声音断断续续,片刻后抽泣声提高了分贝,既不像叫声又不像呻吟。刚以为那声音消失,可瞬间又响起痛苦般的喊声。喊声减弱,窃笑声响起,都是女人的声音。

那些声音要响很长时间,不是半小时和一小时就可以结束的,而是断断续续地长达近两个小时。在那段时间里,他无法专心致志地复习,而是专注地侧耳倾听。课本也好,高中考试复习题也好,在他心目中早已变得模糊。

他双目炯炯,脸上微微出汗,听到那种声音时连呼吸也急促起来,神经异常兴奋,即便声音消失后也一时没法平静,一直要到快拂晓时才有睡意,显然在学习上不用心了,等到雷诺轿车拂晓时响起引擎声沿小巷离开后,他才迷迷糊糊地开始入睡。

他筋疲力尽,整个白天都萎靡不振。这样的情况几乎每天晚上发生。不过也有雷诺轿车天快黑时驶来,待上两三个小时后离开的情况;也有白天来晚上不来的时候。可是每到晚上,他便习惯性地期待雷诺轿车驶来的引擎声响。他由于一直熬夜而睡眠不足,眼睛里布满血丝,脸色也发青而失去光泽,脑袋里乱哄哄的,还时常发愣。妈妈担心他,问道:"你不会是太用功了吧?!往后的睡觉时间提前一点,把复习放在白天怎么样?"

他按照妈妈说的做了。这么一来,实现高中考试合格的目标就困难了。可一到晚上,他还是无法早睡,还是挡不住那种可以让人精神通宵兴奋的诱惑。

这或许是他的幻觉。除他这个中学生以外,附近没有第二个人听到过这种声音。就这样,他竟然不知不觉地患上了神经衰弱,家长认为是因为晚上学习时间太长。其实高中考试习题本,他连一页都没做完,记忆力也在逐渐减退。第二年春天他参加高中考试,结果名落孙山,没能考上向往的高中学校。

家长不明白自己孩子那么用功复习还是落榜的原因,因为他平时不是笨学生。而他则无法对家长说出其中原因,只是独自一人默默地把它埋在心底。后来,他恢复了原来的学习状态,就是坐在窗前也再听不到那种声音了。原来,江原康子更换了卧室位置。不知何故,江原康子后来屡屡更换卧室位置。

第二次世界大战结束后十余年间,江原康子的家,确实发生过许多奇怪的事情。即便前面说到的情况已有许多,例如:江原康子在第二次世界大战结束后是怎么筹措到二十万日元买下住宅的?她为什么要将院门和玄关门关得严严实实不让外人进屋?她饲养远远超过其收入的高价牧羊犬的目的是什么?她为什么要频繁更换送货上门的公司?第二次世界大战刚结束时没有粮食,但她给四条牧羊犬食用新鲜牛肉,那些牛肉是从哪里来的?她和古里艾鲁莫教堂的毕里艾神父的关系为什么特别亲热？

　　除上述情况外，还可列举许多不可思议的例子。在此，有必要让读者知道江原康子的一些真实情况。那是因为她与某凶杀案不能说没有丝毫关系。那起案件刚发生，她便对一报社记者脱口说出："人活在世上，有时候会遇上根本意想不到的事。"

　　这也可谓人生格言。看来该格言首先适用于她。江原康子出生在日本四国地区某县（"县"是行政级别，相当于中国的"省"）的某个大岛上，祖父是明治初年发动叛乱的著名诸侯的侍从，自诸侯制度废除后迁居到旧诸侯领地从事农业，尽管身份低但也是士族（明治维新时赠给武士的称号，其阶层在华族之下平民之上，现已废止）。江原康子的父亲弃农改行当了教师，在各地辗转后最终落户在近畿地区的N市。母亲是琴师，与父亲同乡，有五个子女。江原康子是次女，从小就聪明伶俐。

　　"这孩子长得不怎么漂亮，就让她做学问或搞艺术养活自己吧！"母亲看着江原康子的脸蛋说。但是，江原康子并没有选择学艺，而是立志从事父亲的教师职业，于是考入著名的N女子高等师范学校，毕业后便去当地的女子学校担任语文教师。在那里工作几年后，想去东京寻找适合的学校任教，由于没能如愿便暂时去了东京西部的民办轮光学校任教。那是西班牙宗教团体经营的教会学校。

　　偶然就职于这所学校，却构成了后来江原康子的成长环境。在这里，她成了天主教信徒，当时的入教动机并不清楚，多半受轮光学校宗教信仰氛围的影响。但是，她很快就成了忠实信徒。该变化与一个从其他教会来做弥撒的外国神父有关，他就是古里艾鲁莫教堂的瘦高个毕里艾神父。也许正如她说的那样，"人活在世上，有时候会遇上根本意想不到的事"。

毕里艾神父说一口流利的日语，能看懂日本的哲学书和文学作品，说话也很含蓄。江原康子尊敬他，请求他担任自己的老师："毕里艾神父，在信仰方面我有许多不懂的地方，请多多指教，以帮助我解开疑问。"

江原康子拜毕里艾神父为师，还只是二十四五岁的时候。当时，毕里艾神父也还是满头柔软棕发。他打量了江原康子的那双眼睛后答道："信仰之路是没有尽头的，我也有许多不懂的地方。我们相互学习吧！"

江原康子倾倒于学识渊博而又亲切的毕里艾神父。他那棕色的眼眸，清澈而充满善意。随着不断接触，江原康子越来越崇拜和仰慕毕里艾神父。他也发现了她的才能，并且了解到她是某校的语文教师，写得一手好文章。

毕里艾神父早就有这么一个愿望，即把《圣经》翻译成读起来朗朗上口的日本语白话文书面体出版。尽管其他教会有翻译，但古里艾鲁莫教堂里还没有翻译过。于是，他想让江原康子担任他的翻译助手。"江原小姐，当我的助手好吗？具体工作是这样的……"毕里艾神父把计划告诉江原康子。

"那太好了！毕里艾神父，务必请让我当您的助手！"年轻的江原康子眼睛里燃烧着希望。

"谢谢！不过，当我的助手后如果你还是在学校任教，对我来说可能不太方便，请来古里艾鲁莫教堂工作吧！"毕里艾神父建议说。

"好吧，不管哪里我都去！"

当时恰逢日本频频受到美国飞机轰炸，就在该商定还没来得及实现的时候，外国神父们遭遇了不幸。

日本与德国、意大利建立同盟国,发动了第二次世界大战。后来,那两个欧洲同盟国先于日本投降了。古里艾鲁莫教堂里的神父们,是这两个投降国和联合国成员国的。在日本警方看来,即便侍奉上帝的神父们也都是来自敌对国的。于是,他们转眼间遭到逮捕和监禁,被软禁在信州的野尻湖畔。除神父外,还有这些国家的其他人士。

　　日本在第二次世界大战后期极度缺粮,可以想象警方会让被监禁的外国人吃些什么。江原康子担心神父们,说得确切一点,也许只是担心毕里艾神父的身体。她估计神父们在粮食分配上肯定比日本人差,无疑,是连猫狗也不愿吃的下等食物。此时此刻,神父们营养失调、脸色苍白、身体浮肿、有气无力地躺在床上的情景似乎浮现在眼前。虽有战争原因,但神父们在悲惨状态下生活,是她不能容忍的,她心急如焚。

　　尽管这样,但她相信上帝会保佑神父们,然而他们现在最需要的是填饱肚子,需要恢复营养。她乘东京始发的拥挤列车去了野尻湖附近,哀求农家出售鸡和鸡蛋,随后把它们烤熟和煮熟。为把烤好的鸡和煮熟的食物送到毕里艾神父和其他神父手上,竟然晚上偷渡野尻湖。她的奉献行为令人感到惊叹。

　　关押神父们的拘留所是简易房,搭建在湖畔,其周围设置了栅栏围墙。拘留所的看守在宪兵严密监视下巡逻,所有日本人都不能从外面接近他们。野尻湖的周长有十四公里,夏日里的表面水温是二十三摄氏度,时值春末夏初,她捧着食物在冰凉的湖水里横渡,游到对岸拘留所附近。

　　她的献身行为让神父们为之感动,不仅横渡野尻湖,还摸索着找到了拘留所。万一被栅栏周围在宪宾监视下巡逻的看守们发现，她必将被当作特务或卖国贼遭逮捕而投入监狱。江原康子居然冒这种危险帮助神父们，可以说是满怀对上帝的奉献之情。这时的她，可以说心里没有丝毫私心杂念，是甘愿为上帝献身的忠实信徒。

由于她的英勇行为，神父们身体营养不良状况得到了改善。战争结束后，她受到高度评价，理由不单是供应食物给神父，而是她为天主教的献身精神和英勇行为在这世上少见，深深打动了神父们的心。

战争结束后，古里艾鲁莫教堂的神父们回到东京。日本被打败了，和平之神降落在人间，战争中担心过的教堂尖塔上的十字架再次像星光那样在天空中闪烁。和平了，毕里艾神父想起曾经制订的《圣经》翻译计划。"江原小姐，日本也在受到主的恩赐后恢复了安宁与和平。现在我们必须翻译《圣经》，请你当我的助手。"毕里艾神父向江原康子提出请求。此时的江原康子因曾冒险给软禁中的神父们送食物，不仅受到高度评价，连地位也提高了，也变得显眼了。她听从毕里艾神父的建议，毅然辞去轮光学校语文教师的工作，成了古里艾鲁莫教堂的翻译，并租借教堂附近一农家的独屋住下了。

为翻译，毕里艾神父开始驾驶吉普车来她租住的独屋，不但白天，就连晚上也常来找她。独屋周围万籁俱寂，最适合翻译工作。对于毕里艾神父和江原康子这对男女在屋里待到深夜的现象，没有人怀疑。

毕里艾神父来日本已经很长时间了，迄今没有绯闻。在严格的教规下，那是理所当然的。不过，也有被信徒们怀疑的神父。信徒之间尽管交头接耳地议论，但绝对不向外部泄漏教会里的男女情况。他们觉得，向信徒以外的人公开有损教会名誉的事是罪恶。后来，毕里艾神父和江原康子之间受到过信徒们的暗中猜疑，但在教会外没有形成轩然大波。不过，当时的毕里艾神父与江原康子之间确实没有丝毫不圣洁的地方。毕里艾神父把拉丁文版《圣经》译成日语是口述，江原康子则把他的口述整理成准确流畅和合乎逻辑的日语白话文书面体。她毕业于著名的 N 女子高等师范学校，不仅精通日语语法，而且精通古文。这样的才华让毕里艾神父深感满意。

在狭窄简陋的农家独屋里，在当时的微弱灯光下，毕里艾神父一边聚精会神地看原著，一边小声用日语口述，还不时地把手指放在太阳穴上反复思考。江原康子记录下他的口述。毕里艾神父的翻译很不流畅，外国人不擅长使用助词。

江原康子则纠正毕里艾神父的口述翻译，译成通顺流畅的书面语。毕里艾神父夸奖江原康子的才能，说她是不可替代的弟子和助手。这种共同作业即便称之为"合译"也不奇怪。江原康子在附近邻居家聊天时说到合译《圣经》，其实这种表达方式并没有说错。

神父们对江原康子在战争中横渡野尻湖送食物的英勇行为的评价，远远超过对她和毕里艾神父合译《圣经》的评价。因为在那种情况下实施那样的行动何等艰难，需要莫大的勇气！毕里艾等神父把全体神父要求嘉奖江原康子功绩的报告送到了巴奇里奥教会日本分会会长菲鲁蒂南·马鲁旦的桌上。欧洲巴奇里奥教会在日本东京设立了三个教会和两个学院，在关西和九州等地设立了六个教会，派遣马鲁旦担任日本分会长，管辖这些教会和学院，监督所属教会和学院的神父。

马鲁旦分会长的办公室在古里艾鲁莫教堂二楼，平时在这里办公。他身材肥胖，五十六岁，脸膛红润，是该教会权威人士。他批准了毕里艾等神父们关于嘉奖江原康子的报告。

第二次世界大战期间,他也被软禁在有白桦树的湖畔,也有过这样的痛苦经历。不用说,他知道江原康子的英雄行为,也是享受过江原康子冒险送来的食物的人之一。对江原康子的嘉奖,是教会以神恩赐的名义把价值二十几万日元的新住宅赠送给江原康子。

　　那幢住宅就是江原康子现在独自居住的地方。但她刚搬迁到这幢住宅时并没有饲养四条大牧羊犬,也没有离开一会儿也要将住宅门全部锁上的习惯。不幸的是,日本战败后迎来了物资极度匮乏和黑市交易猖獗的时代,加之江原康子住宅周围的地理条件和结构,给她带来了意想不到的人生变化。毕里艾神父开始常去她的新家。

　　毕里艾神父进出于她的新家有充足的理由。一方面,江原康子欠有毕里艾神父极力为她讨功的恩情;另一方面,她接受了古里艾鲁莫教堂赠送给自己的土地和住宅——"神的债务",也就是说受恩者要经常接受施恩者的支配。刚搬迁到新居时,深夜驶入江原康子家的不是毕里艾神父的小轿车,而是小卡车。总之,路面狭窄,小卡车艰难地驶入小路,停在树林里的"自然车库"中。

　　这一带人晚上睡得早,睡得沉。小卡车驶入时的响声也好,经过狭窄小路也好,折断树枝停车也好,似乎无人知晓。不过,当时这一带住宅很少。小卡车停稳后,从车上敏捷地跳下三四个成年男子,因为夜深天色黑,只知道他们都是高个,看不清楚脸部的特征。在这里,就称他们为"高个"。

　　高个们从小卡车上卸货,朝江原康子住宅里搬,有大箱子,有小箱子。他们把箱子扛在肩上走进屋里。奇怪的是,院子里的三条牧羊犬居然不吼。而平日里只要行迹稍有可疑的人经过,它们就会变得敏感,并且吼叫,可这时竟然保持沉默。家里的那条牧羊犬,也不吼叫,虽有轻轻的哼哼声,但绝不是吼叫。也许是江原康子的斥责,就连那样的哼哼声也消失了。

货卸完了,小卡车便载上高个们走了。像这样的情况,每星期有两三回。然而,高个们不只是把货物搬到江原康子的住宅里,还从她的家里搬出货物装上卡车后运走。装走的货物与运来的货物量几乎相同,高个们悄悄驾驶小卡车,沿小路朝大路方向驶去。不一会儿,卡车无影无踪。

江原康子绝对不让外人进屋,即便短时间外出也要将所有门窗锁上。这种做法,是从这辆小卡车第一次来的那天开始的。而饲养凶猛的牧羊犬,则是这辆小卡车来江原康子家稍前一段时间,然而谁也不清楚小卡车上装的是什么货物。这些个搬运货物的高个不对外说,江原康子也绝对不外传。

也就是从这时候起,江原康子的生活突然变得奢侈起来。除用外国牛肉罐头代替荞麦面条作为"乔迁之礼"分发给左邻右舍外,她在邻居面前并不张扬。尽管她本人遮遮掩掩,但外表已经一目了然。首先是服饰上变得华丽,过去穿的都是素净或黑色服装,如今穿的是红色、蓝色和黄色等艳色西服套装或裙子。

不用说,素净服装是当时所有日本人的穿着,有些妇女还上身穿战争时期的黑色服装,下身穿扎腿式裤子(日本妇女劳动时穿的),当然也有身着艳色漂亮服装的特殊女人。当时,都市女人为了购买黑市米把衣橱里的衣服送到农家换大米。

"江原小姐不会是吉普女郎(日本在第二次世界大战结束后出现在街头的娼妓)吧?!"

附近人们看到江原康子身着漂亮衣服便窃窃私语。但她绝对不可能是吉普女郎!她家连美国大兵的影子也没见着。这个古里艾鲁莫教堂的忠实信徒,知道"圣洁"是教会的首要教规。来她家的神父,说确切点,实际上也就主要是毕里艾神父。当然,古里艾鲁莫教堂其他神父也来,有时候三四个一起,有时候也一个人来她家里。但是,这些神父不像毕里艾神父那样在她家时没有时间观念。

最近江原康子给大牧羊犬吃牛肉,这让附近人们惊讶不已。他们先是在背后把江原康子说成吉普女郎,接着又在背后编造江原康子令人作呕的传闻,说江原康子参与黑市买卖,说江原康子家像要塞那样门关得严严实实。虽说除神父以外的人都不让进她的院子,不过也有两三个妇女例外。这几个妇女年龄都在三十到四十之间,有风度、有气质,大多是家庭主妇。江原康子说,她们都是同教信徒。

尽管江原康子让她们进院门,但绝不让进玄关门。就这一点来看,她的要塞还是固若金汤。这些女人回去时手里都提着包裹,时而是圆鼓鼓的包裹,时而是正方形的包裹。妇女们似乎每天来她家,但不管来多少次,江原康子始终不让客人进她的屋。那些妇女连着好几天去江原康子的家,附近人们知道了她们带回去的包裹里所装的东西,鼓鼓囊囊的,是外国旧西服。奇怪的是,童装多于成人装。小正方形包裹里,时而是牛奶罐头,时而是方糖盒,也都是外国货。不知道江原康子是如何把这些东西弄到手的。有些包裹里还装有雪花般的白砂糖。一听说是这东西,附近人们非常吃惊。当时,日本人因砂糖缺乏而渴望甜味品。

"江原小姐在干黑市交易。"这样的传说越来越多。当时干黑市买卖的男人们身着飞行服和皮革夹克衫,脚穿长筒靴,趾高气扬。邻居们联想到这种情况时说:"江原小姐这下糟啦!"当时,有在附近租房屋居住的单身女子听到这一传说后立刻去她的家,交涉换她的外国货,单身女子想靠黑市小买卖补贴生活。

"大概是误会吧!"江原康子还是像原来那样隔着院门说话,肉鼓鼓的身上穿着虽有点旧但确实是外国制造的羊毛衫。毛衣颜色还有光泽,配上她血色不错的脸显得很有精神。

"那是欧洲教会总部寄给我们信徒的东西,我负责照看,只是把它们分发给其他信徒而已,也就那么一点点! 对不起,那是不能发给普通人的。"江原康子的厚嘴唇上堆起浅浅的微笑。

"撒谎!"女子叫嚷。她即便叫喊、哀求、执意追问都无济于事,江原康子根本不为所动。那么,她又是从哪里把外国旧衣服和砂糖弄到手的呢? 外国旧衣服不由得让人联想到,当时为拯救贫穷的日本而由美国宗教、教育、社会事业团体等组织的亚洲救济联盟(LARA)送来的救济物资:牛奶、面粉、白糖、果酱、罐头、鞋子、衣服和维生素等。第一次送来的救济物资大约有一百五十吨,于一九四六年十一月运抵横滨。

那以后,LARA 组织连续一年半每月送两千吨救济物资到日本,主要是粮食、衣服和药品等。送这些物资出于保护儿童、救济结核患者、帮助从海外回来的人以及遭受战争灾害人的目的,制订了配给计划。不用说,发放这些救济物资理应建立了配给委员会,进行公平分配。

旧衣服在江原康子家里有相当数量。这到底是怎么回事? 不仅如此,牛奶、面粉和白糖等,江原康子的家里好像都有。最近大米的配给情况非常差,全国平均每月要迟上十二天才配给到个人。这种事态也波及其他粮食配给,以致粮食配给情况越来越糟。可江原康子的家似乎有足够的牛奶、面粉和罐头,尤其是大量砂糖。那么,她是怎么弄到手的呢?

"江原小姐，"附近那个和江原康子比较好的主妇提出要求，"能否请你把面粉和罐头也分一些给我，衣服我也想要。"

"不行！夫人。"江原康子像平日一样裸露出牙龈笑着说，"不行！我是保管照看教会的那一点救济物资，是专门用来救济信徒的，不是我个人的。"江原康子断然拒绝邻居的要求。送货的小卡车依然像往常那样，每星期有两三个晚上来江原康子家。高个们把车上的货物搬运到她的家里，再从她家里搬东西装到车上。

古里艾鲁莫教堂周围，残留着武藏野遗迹的杂树林。这一带早晨，亮得很早。

神父们的卧室在与教堂相连的二层楼上。早上五点钟，神父们便起床了。

"耶稣，基督，保佑我们。"

"耶稣，圣母玛利亚，约瑟，我们把今天和一生托付给您了。"

神父们起床后站在床边祈祷。从六点开始，神父们用近一个小时时间做弥撒。弥撒时的朗诵也好，福音也好，都因日子不同而不同。神父们是用拉丁语小声祈祷。弥撒做完后便开始早餐。食堂在去圣殿的途中。神父们用餐前后都做祈祷，是用非常快的速度小声念诵，早餐后开始工作。

巴奇里奥教会驻日本分会会长马鲁旦神父走进二楼办公室，先看下属教会和学院等事业单位送来的报告，不时地在上面批示；毕里艾神父为翻译《圣经》必须去江原康子家，同时为了宣传巴奇里奥教会还必须经常走访上流社会的妇人。毕里艾神父特别热心与日本妇女见面；会计鲁库尼神父坐在纵向排列账簿的桌子跟前；

皮撒那神父去教会下属印刷厂;阿米艾神父去教会经管的学院;普拉曼太神父……

总之神父们都有各自的工作,除礼拜天外都非常忙。特别是分会长马鲁旦神父忙得不可开交,他来日本已经很长时间,过去是主任神父,办公室里经常有负责东京各教堂和学院的神父来访。尤其是涉谷教堂的戈鲁基神父,是分会长办公室的常客。该教堂为了宣传巴奇里奥教会,印刷了各种各样的宣传手册。不仅如此,还接受来自社会委托的印刷任务。印刷厂里,四个印刷工都是日本人。该厂在教堂背后,印刷工大多数是信徒。

江藤一郎是去年底进印刷厂的,也是忠实信徒,特地辞去在其他印刷厂的高收入工作,来到古里艾鲁莫教堂附属印刷厂当工人。他是在信仰基础上带着很大的期望来这里的。然而,神父们对雇用的日本人似乎不太友好。但每逢星期天去教堂时,神父们则是笑嘻嘻的表情和善解人意的眼神。他觉得这些神父星期天与平时判若两人,好像看不起雇用的日本印刷工人。

江藤一郎进厂后,觉得这些神父们外表看上去谦虚善良,其实可能非常傲慢。神父们对日本印刷工人唠叨个没完,并且态度暴躁,一旦发觉日本工人做了他们不满意的事,便耸起肩膀说脏话,例如"畜生、混蛋",那模样像是在吐唾沫。

江藤一郎听不懂,便问早就在这里工作的机械工山口房夫:"是表扬的意思吗?"

"傻瓜!这两句话是畜生和混蛋的意思。"山口房夫看着江藤一郎目瞪口呆的脸大笑。

有一天,江藤一郎经过仓库前面,因为木门是敞开的,便不经意地朝里窥视,发现里面重叠着好几层装有砂糖的麻袋,最上层顶着天花板。就在江藤一郎打算核实是否是砂糖时，忽然从里面跑出红脸膛的戈鲁基神父，关上门后朝江藤一郎挥手，示意让他快些走开，嘴里还用日语吼骂："混蛋！"

戈鲁基神父厌恶地看着江藤一郎离去，才打开刚关上的仓库门进去。这原来不是仓库而是车间，现在砂糖一直堆到天花板，砂糖的甜味满屋都是。戈鲁基神父走到里面。刚才江藤一郎没有看到这里面的情况。其实，里面有两个人，一个是会计鲁库尼神父，他微胖，脸色红润。另一个站在他旁边，瘦高个，是日本人。

"日本雇员窥视这里，让我骂走了。"戈鲁基神父告诉鲁库尼神父。

鲁库尼神父皱着眉头摊开双手，耸了耸肩轻蔑地说："日本混蛋……"他察觉到旁边站着的也是日本人后立刻不往下说了。

"田岛，"戈鲁基神父问默默站着的日本人，"他答应了吧？"瘦高个日本人还没有回答，会计鲁库尼神父抢先摇摇头说："田岛脾气倔犟，怎么也不会按我们说的做。"他搬弄是非似的对戈鲁基神父说。

"不行！田岛。"戈鲁基神父对叫田岛的瘦高个日本人说，"你说什么啦？"这是不容申辩的蛮横语气。

"对方。"田岛哭丧着脸朝戈鲁基神父说，"我是说数量不够，神父们只是强调要我用卡车运。我们为了把它售出去，也想按照自己的计划运完堆在这里的货物。刚才我要求过鲁库尼神父，但他一点也不理解我说的意思。"田岛瞪大眼睛噘起嘴巴不安地说。

"那不行，田岛。"戈鲁基神父抚摸着棕色胡须说，"鲁库尼神父说的话是正确的，你必须按我们说的做。"

"但是，"田岛反驳说，"我们是在做生意，神父们不懂什么叫生意谈判。一开始是小规模做,效果很好。但最近变成这么大规模,却只允许我们用卡车运输,那怎么来得及呢!我跟你们是做生意,双方是平等的,如果一点也不考虑我的意见,我很难办。"

"教会……"戈鲁基神父打断田岛的话严肃地说,"不是为了赚钱而做生意,是让许多日本人感受到主的恩赐,同时教会也必须不断地壮大,为此需要发展资本。目的不是赚钱,这与一般生意不同。"

对于他的解释,站在旁边的会计鲁库尼神父一边频频点头,一边直愣愣地望着田岛。叫田岛的年轻男人似乎不太高兴,也不再说话了。不管神父们怎么说,他的生意是触犯日本法律的。神父们说为了教会,但在田岛看来,稍有差池就有可能蹲监狱。这是在从事冒险生意。他面对神父列举的一大堆冠冕堂皇的理由感到恼火。

"明白了吗?田岛。"戈鲁基神父说,"不光是你,其他日本人都在这么干。你是信徒,我们是从事神职,你必须服从我们的命令。"戈鲁基神父把胳膊环抱在胸前,耸起肩膀。田岛默默地走出房间,关上房门。他那气急败坏的脚步声消失在门外,这时两个神父面面相觑,戈鲁基神父嘀咕着骂人的话,还猛地朝地板角落吐了一口唾沫。

其实,教堂里堆满砂糖并不奇怪。对神父他们来说,是"合法"物资。战后的日本,为物资匮乏而焦急万分。欧洲巴奇里奥教会总部向其设在日本的所属教会援助物资,从海外送来砂糖、衣服和药品等,还包括口香糖和巧克力等甜味品。

这些物资以赠送的形式从外国运入,在日本码头卸货。不用说,这些进口物资是不需要上关税的,因此教堂里即便堆有救济物资也是合法的。砂糖仓库里的糖,不仅仅是古里艾鲁莫教堂的,理应还要分配给巴奇里奥教会在日本分会下属的东京各教堂、学院以及大阪和九州的教堂。

可是砂糖的量过多。神父们认为,过多部分应该为振兴巴奇里奥教会驻日本分会的发展发挥作用。确切地说,分会长马鲁旦神父持这种观点。该观点是从振兴在日本的巴奇里奥教会大局考虑,为此多少会触犯世俗,但这在他们看来,也许像小鸟翅膀那样轻得算不了什么。

罪恶,是背叛神的旨意。事实上,巴奇里奥教会的发展过程是受迫害的历史。他们的前辈一直在正面与压迫世俗的罪恶和贫困勇敢斗争,一直到今天。所以,马鲁旦分会长和其他神父现在的观点与祖先的教诲是相连的。他们中间,许多人来日本后为传教而长期逗留,也并非尊重和接受了信教的日本国民。在神父们的眼睛里,日本民族就像个矮的日本人那样,是排在最末尾的民族。从神父们的表情里可以感觉到,他们的内心世界里存在着一种表面上看不出的高傲。

神父们外出时脸上总带着慈祥的微笑,但是他们在看擦肩而过的日本人的那种和蔼笑容的眼神里,不经意间会流露出傲慢。他们在外出时总是身着黑色服装,以向日本国民显示神职者的威严和权威:他们是仁爱与和平的象征。

且说,戈鲁基神父和会计鲁库尼神父在田岛离开后也走出仓库,用日本雇员不懂的母语交流了片刻,随即将小轿车驶离车库。鲁库尼神父坐司机席驾驶,戈鲁基神父坐助手席。小轿车驶向耸立在杂树林前面的教堂尖塔背后,虽冷清,但路笔直。小轿车在中途拐入一条小巷,驶入狭小寂静的住宅区。枝繁叶茂的冬青树下已经停有轿车。他俩把车停在外面,敲了敲紧闭的大门。

"哪一位？"屋里传来尖嗓音。

"我是戈鲁基。"垂着胡须的戈鲁基神父用邻居听不见的声音回答。

屋里好一会儿没有声音。"请等一下！"是江原康子的回答声音,语气有点慌张。

戈鲁基神父与鲁库尼神父面面相觑,眼角堆起意味深长的笑容。因为要等一下,他俩只得在门口站着等候。十分钟……二十分钟……等了很长时间。终于,他俩等得不耐烦了,朝房子背后的牧羊犬屋走去。那里,一对小牛那么大的牧羊犬在相互闹着玩,不时传出金属锁链的摩擦响声。他俩脸上的表情似乎在联想什么,转过脸朝玄关门紧闭的主屋眺望,随后相视而笑,眼睛看着其他方向。

明亮的阳光照射在茂密的冬青树和草坪上,使得树叶的颜色更加翠绿欲滴。从背后看武藏野一带,新住宅星罗棋布,上面是洁白的云层。戈鲁基神父把手放在背后转来转去的,会计鲁库尼似乎无事可做,把手放在胸前背诵《圣经》。

"对不起,请进来吧！"江原康子探出她那肉鼓鼓的上半身,笑脸迎接他俩,那笑容里含有某种表情。

他俩走进江原康子的家。虽狭窄,但屋里整理得有条不紊,榻榻米房间是采用隔扇阻隔而成。神父们似乎清楚那里堆放着什么,环视屋里的情景:毕里艾神父正在用日语口述《圣经》,江原康子坐在旁边记录,不时地增加和删除。也不知何故,一直是道貌岸然的毕里艾神父在他俩面前显得有点慌张,江原康子则脸红发烫,额头上渗出薄薄的一层汗水。她抬起脸来,恰逢两位神父脱去黑色圣装换上普通便服。他俩朝毕里艾神父和江原康子笑了笑,兴高采烈地出门了。

两位神父驾驶轿车离开安静的住宅区。车朝着繁华的街道驶去,路况从单一变得复杂,从寂静的住宅区变成热闹的商业区。无论哪家商店的橱窗里,摆设的商品都很单调。车沿着市中心宽敞的道路行驶,经过好几个车站。一辆坐满乘客的巴士正在摇摇晃晃地行驶,一路上能超过他俩汽车的私家车和出租车不是很多。

　　轿车行驶在超大型商店鳞次栉比的大街上。突然,戈鲁基神父拉了一下正在驾驶的鲁库尼神父的袖子。系有领带,绅士模样的鲁库尼神父见戈鲁基神父闭上一只眼睛示意,遂朝他示意的方向望去。

　　一家商店旁边的空地上停有一辆大卡车,几个日本人从车上将装有砂糖的大麻袋卸在地上,周围停有三辆小卡车。站在卡车下面的四五个年轻日本人将地上装有砂糖的大麻袋装上小卡车,动作非常敏捷。麻袋表面印有很大的英文字母。

　　鲁库尼神父朝那儿瞥了一眼笑了,戈鲁基神父也微微笑了。他俩理解大小卡车转运的意思,但那与他俩没有任何关系。他俩又驾车朝海边驶去,那里有几幢大型仓库。两个身着便装的神父到达码头后见过谁说过什么,没有人知道。总之,他俩在那里足足待了一个小时左右。他俩又驾车来到闹市中心,把车停在一幢脏兮兮的大厦前面,下车走进昏暗的大门。

　　黑市公司和黑市商店在这幢大厦里开设事务所。这两个神父敲响了其中一家事务所的门。门从里面朝外推开,一个三十多岁的日本男人探出头来。两个神父用下巴示意后消失在里面。不知道他俩在那里说了什么,完成了什么交易。

　　三十分钟过后两个神父才出现在大厦外面,轿车再次行驶在闹市中心,行驶了很长时间后返回到树林里教堂尖塔背后的寂静住宅区。他们走进江原康子家,片刻后从里面传出轻轻的笑声。过了二十分钟左右他俩出来了,这时身上已经恢复原来穿的黑色圣服。江原康子默送他俩驾车离开,把门关严实后从里面锁上。

戈鲁基和鲁库尼神父返回教堂后,脸上浮现出完成神圣使命的放心表情。他们小心翼翼地不让脚下发出响声走上二楼,敲响分会长办公室的门,里面传出"请进"的回答声后,他俩才推开房门走进房间。时值一神父从门前经过,四十岁左右,身体较瘦,脸上气色也不怎么好。瞧他走路的模样也是有气无力,但是打量分会长办公室的视线很锐利,不仅如此,眼睛里似乎充满了憎恨的眼神。他朝门画了个十字,酷似朝恶魔诅咒那般。

三十分钟过后,戈鲁基神父离开分会长办公室,驾驶雷诺轿车返回自己所在的涉谷教堂。鲁库尼神父坐在自己的会计桌前,桌上排列着厚厚的账簿。他慢慢地翻阅账簿,开始在账簿上写着什么。大约三十分钟过后,戈鲁基神父走进自己所在教堂的办公室。涉谷教堂坐落在坡道途中,尖塔顶上的十字架高高耸立。

"您回来了。"迎接戈鲁基神父的是一个二十二三岁的青年,头发亚麻色,蓝眼睛,高个,五官端正,称得上美男子。他是神校的年轻学生,叫托鲁培库。

戈鲁基神父点头后朝里面走去,一边走一边转过脸来问年轻人:"托鲁培库,今天的课结束了吗?"

年轻人琢磨戈鲁基神父的脸色,觉得神父没有不开心的表情。"是的,神父。"他恭敬地答道,"今天的课全部结束了,刚才在给家父写信。"托鲁培库将手上拿着的信捧给神父看,这有点像在跟神父撒娇。

"嗯,原来是这么回事。"戈鲁基神父抚摸着棕色胡须点点头,

"你父亲是木匠吧？"

"是的。"

"给家里写信是好事，托鲁培库。"戈鲁基神父说到这儿表情突然变得严肃起来，提醒他说，"但是，你最好谨慎一点，你应该明白那情况吧？喂，托鲁培库。"

"是，按照老师说的做，神父。"托鲁培库漂亮的眼睛盯着地上。

不用说，除了这教堂的神父以外，没有人知道这提醒的含意。原来，托鲁培库是没有办正规手续来日本的偷渡者。

托鲁培库并不属于涉谷教堂，只因为他仰慕戈鲁基神父才常来这里。不知什么原因，戈鲁基神父也特别宠爱他。托鲁培库学习和生活的地方，是巴奇里奥教会所属神校。巴奇里奥教会在各地开设有教堂、神校、学院和托儿所等，这是在日本传教和传道的手段。

神校与古里艾鲁莫教堂一样，都在武藏野的寂静区域，说起武藏野，也就是一大片宽阔地带。但神校与古里艾鲁莫教堂不在同一个地方，那里特别荒凉。附近是自然生长的栎树林和狗尾巴草地，除偶尔有巴士从路上经过外，似乎没有来自闹市的游客，十分冷清、偏僻。树林里朝外涌出泉水，在枯叶下流淌。在这个万籁俱寂的空间里，神校的十字架尖塔高高耸立在栎树林的上空。

神校的生活很严格，学生们都身着黑色圣装。学生的招生数量每年不同，有时是一百名，有时是一百五十名，最少时是七十名。学生们要在这里学习十多年的"神父学"。如果是日本学生，必须是高中毕业后进入这所神校，大致要学习十三年，即毕业时的年龄大多超过三十岁。这里主要说拉丁语。当一名神父需要花费很长的时间。

全世界的这类教堂都是相同形式，统一使用拉丁语。每逢星期天做弥撒时，必须用拉丁语念诵，在祭坛前，需要用拉丁语低吟一小时二十分钟。日本学生不擅长外语，因而在十分自如地使用拉丁语方面一筹莫展，于是中途退学的越来越多。

学习内容主要是《圣经》和公教要理，相当于庆应义塾大学长期发行的教科书《天主教理·吉利支丹》。学生主要学习神学与西洋哲学，但是神校在教学上最投入力量的，当数拉丁语。神学和哲学有六门必修课，而外国学生与日本学生不同，最先学习的两门必修课，也就是《圣经》和公教要理已在母国背得滚瓜烂熟，没有必要再学。像托鲁培库那样的学生，因为他哥哥是神父，所以《圣经》和公教要理从幼时就已经耳熟能详了。

为了省去这两门课，外国学生二十四五岁便来到日本，但是也要到三十岁左右才能取得神父资格。通常，早晨五点左右天还没亮，神校的学生大多已经起床，开始做早晨祈祷。即使是冬季早晨，他们也于早晨五点左右换上长袍式的黑色圣装，随后捧着黑封面的祈祷书，手持祈祷用的玫瑰念珠走进圣殿。教授神父轮流担当司仪，学生在这种仪式下做早晨弥撒。这便是学生们起床后的第一堂课。

弥撒结束后开始早餐。早餐内容是规定好的，有吐司、一碗汤、一盘火腿、鸡蛋和一杯牛奶。而中餐和晚餐的内容则更加丰富。该教会的三餐饭，非常奢侈并且美味。食事奢侈，对于不准接触女性的神父和神校学生们起到了克服生理不调的作用。不过后来发生的凶杀案，可以说与这种情况有关。还可以说，神父们的性格异常也与这种情况有关系。

早餐结束后的上午八点到下午四点，除午休一小时外，课都排得满满的，因此学生们不得不专心致志地学习。傍晚五点前后供应晚餐。不用说,这是学生一天当中最愉快的时段。神父和学生几乎没有凡人那样的欢乐,不准看电影,不准看戏,上街时不准单独外出。到了目的地,一办完事必须尽快返回学校。许多清规戒律束缚着他们,唯美食是他们的人生快乐。

愉快晚餐结束后的两个小时,是他们的娱乐时间,有打网球的、有打排球的,此外还有踢足球、玩棒球之类的体育运动。但常常由于圣装下摆几乎接近地面,运动起来不利索,只得中途作罢。不用说,也有不喜欢体育运动的,于是两人或者更多的同学结伴,沿广场从东向西来回走好几圈,聊聊天。倘若附近人们看到两三个学生穿着圣装,沐浴着晚霞,在武藏野树林前面广场横穿的情景,也许会为来自另外世界的神奇景象而感动。

晚上七点至九点是在房间里自习,随后上圣殿进行晚上祷告,接着接受管理宿舍的神父训话,然后回到自己房间上床睡觉。这时,大约是十点之前。早晨起得早,晚上睡得早。每天,这些程序都是有条不紊地实施。天天如此,十多年如一日,不能有厌倦情绪。

在这些学生中间,托鲁培库的成绩出类拔萃,还有,他那双清澈迷人的眼眸里充满了虔诚,被认为是今生今世永远追随神教诲的真诚目光。学生们在神圣的教规下不停地祷告,然而在其他地方从事神职的人们却在从事违法活动,神校附近的古里艾鲁莫教堂则还是从事违法活动组织的指挥中心。不用说,当事人也许不认为那是邪恶,相反还认为是上帝恩准的。

每逢礼拜天,日本信徒聚集在古里艾鲁莫教堂,主任神父毕里艾站在祭坛前举行弥撒仪式。这种场合,毕里艾神父身着古罗马人穿的色彩华丽的祭服。祭服颜色因日期而异,有时候是白色,有时候是蓝色,有时候是黑色,有时候是紫色,有时候是红色。白色祭服表示"光荣"，蓝色祭服表示"希望"，黑色祭服表示"死亡"，红色祭服表示"殉教"，紫色祭服表示"忏悔"。

"主啊！我把一切托付给您……"

祷告结束，弥撒结束。

"走吧！弥撒结束了！"毕里艾神父用庄重的声音说。尽管那样，信徒们还是低着头不动弹。主持弥撒仪式的毕里艾神父站在祭坛前，分别在自己的额头、嘴唇和胸前画十字，然后朗诵《约翰福音》最前面的十四节，信徒们则怀着祈祷在暴风雨里安全驾舟的心情跟着念诵。片刻后，信徒们带着从幸福陶醉中朦胧醒来的表情，朝圣殿门口走去。

但是，在信徒们还没有走出门外的时候，毕里艾神父却已脱下祭服还给专门摆放服装的香屋，并迅速换上便装。鲁库尼神父正在边上等他，两人用母语商量一阵后大步来到走廊。而这时，从圣殿出来的最后一批日本信徒正从他们边上经过。

圣殿背后停着卡车，不知什么时候卡车上已经装得满满的，帆布罩从上面将货物遮得严严实实的。两个神父爬上驾驶室，田岛正握着方向盘等他们。卡车启动了，快速从正在行走的信徒们身边经过。

乔赛夫神父站在教堂二楼，目送着这辆卡车飞速离去。他脸色憔悴，无精打采，像个病人。望着满载货物奔驰而去的卡车背影，像诅咒恶魔那样在胸前愤怒地画着十字，接着不顾一切地敲响分会长办公室的门。

"谁？"房间里传出声音。

"我，乔赛夫。"他自报姓名。房间里没有立刻回答，沉默片刻后才传出"请进"的声音。乔赛夫神父又画了一个十字才推开门。马鲁旦分会长没有特意站起来接待乔赛夫神父，而是坐在桌前不停地忙着。下属各单位的书面报告，每天像雪片一样飞来，堆得像座小山。分会长整天忙着给这些报告一一批示。乔赛夫神父尽管走进办公室，可他不屑一顾。

"分会长，可以跟你说说话吗？"办公室里有椅子，但马鲁旦分会长没有请他坐。

"什么事？乔赛夫神父。"分会长一边转动手上的笔写着什么一边问。

"我有话说。"乔赛夫的声音微弱得像他那消瘦的脸庞。

"等一下，等我把这写完。"分会长打断他的话，但并没有马上写完，乔赛夫又不得不等了很长时间。他坐到椅子上等候，手指放在太阳穴上，身体一动不动，满脸烦恼的表情。相反，这情景让马鲁旦感到了某种压力。

"让你久等了，乔赛夫神父。"分会长做了让步，转动着椅子说，"你想说什么？"

"分会长，你看见了吗？"乔赛夫神父从椅子上站起身来指着窗外，"我倒是看见了。卡车上装满了跟往常一样的东西，鲁库尼神父和毕里艾神父坐上车走了。他们从正往朝家里赶路的信徒们身旁扬起尘土疾驶而过。分会长也许从这玻璃窗看见了吧?！"

分会长脸上流露出讨厌乔赛夫的表情，既不说看见，也不说没看见。

"分会长，我斗胆直陈。像这样的做法，我们巴奇里奥教会迟早会垮台。我们教会在日本的历史很长，请别把前辈为之付出的心血付诸东流。"

"乔赛夫神父。"分会长站起身来双目注视着他说，"我一直是按照主的旨意在行事。"

分会长的眼神似乎在画十字:"我就是那样一直奋斗到今天的。乔赛夫神父,我绝不会让你担心的。巴奇里奥教会正在衰退,教会自去年发生火灾后就走下坡路了,你也知道,教堂面积狭小。因此,振兴在日本的巴奇里奥教会,是我要做的头等大事。为此,我需要筹措资金。"

分会长说出了真情。

"资金?筹集其他钱款不是可以吗?这也许需要些时间,但应该用正规渠道来的钱发展教会事业。我不赞成分会长的做法。你也知道,这教堂发生火灾时两名神父被烧死,是勇敢而又神圣的行为。他俩为救其他人,被大火吞噬了宝贵的生命。日本人得知这一情况后感动不已,他俩的行为不知给教会增加了多少信徒。你现在要破坏他俩带来的良好影响,让教堂充满邪恶,我看早晚会发生不吉利的事情。"乔赛夫神父满腔热情振振有词地辩说。

"乔赛夫,"分会长目光可怕,打断他的话,"你说过头了。"

"我知道。"身子骨虚弱的乔赛夫神父,用不服气的目光望着分会长,"你讨厌我,也许马上就降我的职。是啊,讨厌你的前分会长就是因为你向总部打小报告,而被流放到朝鲜的偏僻乡村。还有,在他之前的一个神父被你流放到九州山里。我大概也是那样的结局吧?!但是,我是为巴奇里奥教会反对你的做法。如果仍然这样下去,迟早会发生不吉利的事情,一定会发生的。"乔赛夫神父说完,举起右手在自己额头上画了个十字。

教堂背后原车间的房间里堆满了砂糖,卡车仍然频繁地进出于那里,戈鲁基神父和鲁库尼神父频频去分会长办公室。房门关得紧紧的,里面是无人知晓的秘密碰头会。那不像仅仅是围绕砂糖的商量,还有衣服、其他食物和捐赠物资等,都属于密谈范围。在教会里,没有其他人知道这些情况。

一个天气晴朗的日子,两个日本人无忧无虑地结伴朝教堂门口走来,在信徒里,没有这两个人。平日里,也常有新信教前来加盟教会。从窗口朝外眺望的神父,觉得他俩也许是为了解脱苦难来这里的两只小羊羔。

该神父对自己的日语很自信,便笑嘻嘻地迎上前去。那两个人中年龄稍大一点的男子递上名片,可是神父日语虽说得不错,却不认得日文字,只得摇摇头,和蔼地问道:

"什么事?"

"我们是警视厅的。"年龄稍大一点的男子答道。

"警视厅?"他不清楚什么意思,便让边上的日本信徒翻译。日本信徒问了问年龄稍大一点的男子,接着满脸尴尬地朝神父说:"他们不是来加入教会当信徒的,而是警视厅的,也就是……"信徒不知怎么翻译,用手指在额头上画了一个圆圈,意思是指帽徽。

"警察?"神父脸色骤变,"我去把毕里艾主任神父喊来,你走吧!"

做翻译的日本信徒被神父赶走了,两个刑事侦查警官站立在原地。下午的阳光灿烂而又明亮,照射在他俩疲惫的身体上。他俩仿佛走进了谜一般的世界。但是教会里的混乱,远远超过警官们走进教堂的困惑。

事情的原由,还得从那天早上说起。东京旧闹市外面有两条环路,外环路的某地附近有国立电车的 M 车站,车站前面很近的地方有大片空地，长长的围墙里面，是一家有相当历史的著名学校。附近是寂静的高档商业街。这时，一辆卡车驶到空地减速慢行，货厢被帆布遮盖得密不透风。一路上，这辆装有货物的卡车多次受到警察盘问，但每逢这种时候，司机便拿出证明给警察看。警察点头后，卡车便平安无事地过关了。就这样，卡车一直驶到这里。

卡车一驶入这条高档商业街，便沿着某商店拐角转弯到里面停下车。卡车上有三个男子，其中一个是司机。另一个就是某天在教堂仓库与神父交涉的田岛，瘦高个，眼睛凹陷。还有一男子长得不高，胖墩墩的。胖男子在卡车驶到这里的途中一直绷着脸，满脸不高兴的表情。田岛不停地哄他。

"冈村，"田岛温和地喊他的名字，"你也是在帮我工作，反正我对神父说了，请他们发你的货。哎呀，这回你忍耐一下！下回，你的货物我一定不差分毫地给你送来。"

胖男子三十五六岁，红脸膛，眉宇间有深深的皱纹。对于田岛的劝说，他无可奈何地直点头。卡车停在商店拐角的空地上，那里已经停有四五辆小卡车。看见大卡车到了，两三个开小卡车的司机走到路上环视周围，当确定安全后举起一只手打信号。于是，卡车货厢的帆布被掀开，出现了小山包似的一袋袋白砂糖。小卡车司机抬头望着白砂糖，压低嗓门欢呼。

"好了，我爬上去！"田岛离开驾驶室爬到货厢上，将砂糖一袋袋地推落到地上。在下面接货的伙伴们干净利索地把一袋袋砂糖装上自己的小卡车，动作娴熟快捷。装到小卡车上的货物紧贴着车上的四周拦板，接着蒙上帆布。

从外表看上去，车厢里空空荡荡似乎什么也没有。这些装有砂糖的小卡车，是把货送到点心店和餐馆等地，就在田岛站在卡车上不停地卸货时,好像突然察觉到了什么,赶紧停止卸货,满脸惊讶的表情:"冈村!"他扫视周围后喊道,但没有回答。

"喂,冈村呢?"他焦急地向正在下面搬运砂糖的伙伴打听。

"噢,噢,是跟你来的另外一个人吧?"有人在下面问,接着扬起下巴指着道路说,"好像去那方向了!"

刹那间,田岛的脸色变了:"畜生!"随后朝大家喊道:"快逃!"他本人从山包状的砂糖堆上跳到地面。其他伙伴目瞪口呆,这么抢手的砂糖还有一半没有卸下。有的伙伴仍然站在那里等待砂糖往地上扔。

"冈村向警察告密了,有危险,快逃!"田岛大声叫嚷后溜之大吉了。但是,这些小卡车司机觉得跟平时没什么两样:大卡车到了,把上面的砂糖分装到几辆小卡车上,随后驾车离开。一般来说,这过程不到十分钟时间。就这么短时间,不能眼睁睁地把眼前这么多砂糖搁在这里就走。这种依依不舍的心情支撑着他们。"快把剩下的砂糖卸下!"话音还没有落,有些司机已经朝卡车上爬去。就在这时候,四五个便衣刑事侦查警官赶来了。

"喂,喂。"其中一个警官朝卡车上的人嚷道,"那是什么?"

大卡车上的三个男子马上停止卸货作业,直愣愣地站着。

"那是什么货物?怎么,不回答吗?"

他们脸色苍白,你看看我,我看看你,一个也没回答。这时,有一辆小卡车发动引擎正要离开,一警官飞速上前抓住年轻的司机。"站住!"他将握住方向盘的年轻司机拽下车,随手掀开小卡车货厢上盖着的帆布。只见里面装满了一袋袋的货物,警官用手弄破袋子,再用舌头一舔。

"是砂糖!"警官在嘴里转动感觉到甜味的舌头,脸上现出复杂的表情。那四五个小卡车司机站着没有吭声。

"这砂糖从哪里运来的? 不想回答吗?"便衣刑事侦查警官外出时,身上都佩有手枪。

"我回答。"被警官抓住的那个年轻人无可奈何地答道,"是古里艾鲁莫教堂给我们的。"

"古里艾鲁莫教堂是什么教?"

"是天主教。"

一开始,警官对天主教会有砂糖感到莫名其妙,怒目圆睁地吼道:"别胡说! 耶稣教会不可能做砂糖生意。"

"不过,那是真的。"另外一司机走上前说。

"是古里艾鲁莫教堂配给我们的。"说这话的司机成了警官们的目标。

"你是干什么的?"

"我是受委托开车的。"

"谁委托你的?"

"田岛喜太郎先生。"

"你们中间谁是田岛喜太郎?"警官环视周围。这时,四周已经挤满了看热闹的人。

"田岛先生不在这里。"

"为什么?"

"好像去什么地方了。"

"你说的地方是什么方向?"警官凭直觉估计叫田岛的人是主谋者,于是追问。

"不知道。刚才,他一个人好像是朝那里走了,我不知道他去哪里了。"

也许逃走了?!警官们推测。"你不可能不知道吧?你们都是田岛的手下吧?"

"不是的。我们只是受田岛先生委托批发货物的。"

回答不得要领。他们中间一半是点心屋和面包屋的店主,一半是做黑市生意的商人。总之,被严格规定为统购物资的砂糖在这儿竟然堆得像小山包。在警方眼里,大白天运送这么大量的黑市物资,简直胆大包天。

"喂,你们几个都跟我们走,到警署问你们话。"警官带走了垂头丧气的商人和店主。看热闹的人喧哗起来,好长时间没有吃过砂糖的人们不禁感叹起来。

现在,两个警官来到这里,站在沐浴在明媚阳光下的教堂门前。那个说去喊毕里艾的神父进去后好长时间没有出来,其实,在警官来这里的几个小时前,主任神父毕里艾已经在办公室里接到通风报信的电话了。

"是毕里艾神父吗?"电话那头的声音慌慌张张,毕里艾神父听出了对方是谁。

"你是田岛?"

"是的。神父先生,出大事啦!"

"出什么事啦?"

"砂糖被警方发现了。"

"你给他们看进口证明了吗?"神父语气镇静。

"不是那回事。是分给商人和店主的时候被警察发现的。"

"噢。"毕里艾神父顿时慌了手脚,脸色骤变,紧紧握着电话听筒,"怎么回事,从来都没失败过呀!"

"有人向警方告密。"

"告密？"毕里艾神父怒目圆睁，"是谁？"

"冈村。"

"是他？"

"对。就是从上次开始用的冈村！因为他也是信徒，所以我就放心了。我跟他说，分给他的那份教会下次会给他的，要他忍耐一会儿。可他对于没有领到那份东西大发牢骚，去警方告发我们了。"

"这个混蛋！"神父诅咒叛徒，"警察来的时候你怎么回答的？"

"没有回答。"

"你说什么？"

"我发现他无影无踪时恍然大悟，立即跳下卡车逃走了，因为我不能被警察抓住。"

"那、那后来呢？"毕里艾神父急得口吃起来，"谁留在那里？"

"我想那些商人和店主大概被警方抓住了。他们那种人也许会在警方面前乱说一通，我想警方也许会来教堂，于是赶紧向您报告。"

毕里艾神父顷刻间语塞了，急急忙忙地问："田岛，你在哪里？"

"我在品川的公用电话亭里给您打电话，我这就去戈鲁基神父那里商量避风头的事情。"

"那行。"毕里艾神父稍稍放心似地说，"你别返回古里艾鲁莫教堂，你如果出现，我可就伤脑筋了。戈鲁基神父大概能帮你妥善处理这件事的。明白了吗？田岛。"

"明白了，神父。"

电话挂断了，毕里艾神父光秃秃的额头上满是汗水，放下电话听筒靠在椅子上，怎么也无法让自己急促的呼吸平静下来。少顷，他从椅子上站起来望着窗外，阳光明媚，杂树林里翠绿欲滴，草地中间白晃晃的路上行驶着一辆汽车,但外表不像警车,此外没有行人来教堂。毕里艾神父沿楼梯下去,气喘吁吁的,途中遇见乔赛夫神父。

他用怀疑的目光一边打量毕里艾神父的脸色,一边目送他下楼。毕里艾神父没有理他,因为他是近来最讨厌的家伙。

毕里艾神父敲响分会长的门。

"请进!"分会长的声音很粗暴,好像是斥责急促的敲门声,"是你?"

胖乎乎的分会长转过脸看着毕里艾神父说:"我没想到你敲门会那么粗鲁。"

分会长语气严厉,但立刻察觉毕里艾神父好像是为什么大事而来,赶紧问:"怎么啦?毕里艾神父,瞧你的脸色像死人那么苍白。"

"出叛徒了!"毕里艾神父喘着气说。

"叛徒?"分会长瞠目结舌,擦着额头上冒出的汗,盯着直喘粗气的毕里艾神父。

"日本人,那个卑鄙的日本混蛋背叛了我们,分会长!"

分会长听到毕里艾神父的狂叫声后摊开两手。刚才,他还不清楚毕里艾神父为什么如此狼狈。其实真正让他吃惊的是听了毕里艾说的"背叛"两字。冈村是信徒,为筹措教会资金和田岛搭档。筹措资金是神的旨意,不是什么邪恶。只是无耻的日本人在筹措资金的同时中饱私囊,加之分配不均而产生不满,于是告密,把教会出卖给恶魔。

从某种意义上说,叛徒,是被风吹得到处都是的无水之云;是没有结果而枯死后被拔起扔掉的秋树;是自己耻辱化成水泡后流到海上的恶浪;是扫帚星。等待他的,是永远没有光明的黑暗。巴奇里奥教会,不能因为这颗腐烂的黑色种子而成为不结果实直至最后枯死的秋树,不能把叛徒施加给教会的耻辱,像恶浪泡沫那样让整个社会知道。

分会长的办公室门紧闭,他俩悄悄商量了很长时间。一小时过后,他俩商量结束的时候,也正是那两个警官走进教堂大门的时候。警官们站在门口晒着太阳等了很长时间,累极了。

"毕里艾神父,你去见他们。"分会长脸上浮现出沉痛的表情。

"好,我去见他们,分会长。"毕里艾神父看了一眼他的脸,站起来朝门外走去。

两个警官被请到接待室,毕里艾神父热情地请他俩坐下。

"请问两位有何公干?"毕里艾神父用流利的日语问。一个警官掏出笔记本开始问道:

"我们抓住了在东京都内某地违法出售砂糖的几个男子。据了解,田岛喜太郎可能是主谋。他们交代说,砂糖是从贵教堂运到那里的。请问是真的吗?"

"我不太清楚这一情况,但如果是田岛,那砂糖应该是本教会的。"毕里艾神父微笑着答道。

"那是什么砂糖?"警官探起上身问。这时,毕里艾神父已做好应付这种场面的准备,立即出示了一份证明,上面写的是英语,凑巧两个警官都看不懂。

"这是进口证明。"毕里艾神父解释,"本教会属于巴奇里奥教会,世界各地都有我们的巴奇里奥教会组织。设在美国的巴奇里奥教会,援助设在日本缺乏物资的我们分会,送来了这些砂糖。我们没有非法物资,是通过正当手续进口的。"

"那么，你们按照什么方法分配？"

"我们原则上分配给设在日本的各教堂等分支机构，运输是日本政府认可的。"

"但是，田岛和几个商人以及店主共谋砂糖黑市交易是事实。"

"我们教会不知道这情况，田岛确实是信徒，但我们没有委托他把砂糖拿到黑市上交易。"毕里艾神父斩钉截铁地说，"在中途进行黑市交易，是他自己决定的。我们是不允许他们这么做的。"

"照这么说，"警官为慎重起见，问道，"田岛私吞教会砂糖后自己处置，是这样吧？"

"可以像您那样解释。"

这两名在教堂门口长时间等候的警官，听了这样的回答后只得先返回警署。

第二章　新来的神父

他们走后，毕里艾神父从车库开出雷诺轿车去了日本某高官住宅。平日里，他广泛与日本上流贵妇人交往，很有人缘。那幢高官住宅坐落在缓缓的坡道途中，大门高雅别致。毕里艾神父把雷诺轿车停在围墙边上，走进大门后，又走了好长一段路才来到玄关。一路上，从花坛飘来一股股浓浓的花香。

进屋传达的女佣人立刻把毕里艾神父请进客厅。从事神职的神父，不管什么时候来访都受到这家的欢迎。夫人立刻出来迎接。她早就被毕里艾神父尊称为"日本典型的贵妇人"，她还把这称呼吹嘘给别人听。夫人年过半百，但肤色白净，瘦而精神，高贵典雅。

"夫人。"毕里艾神父一看到夫人，连忙弯腰行礼，那模样眼看就要下跪。

"我们的信仰出了危机，请帮帮教会，务请您和您的先生鼎力相助。"

"神父，出什么事了？"

毕里艾神父一五一十地叙述了砂糖事件。不用说，他把那情况解释为不是为个人利益而是为巴奇里奥教会的传教筹措必要的资金。巴奇里奥教会下属古里艾鲁莫教堂，前几年因发生火灾损失惨重,为了恢复需要筹集资金。眼下受到巴奇里奥教会设在各国分会的同情,为物资缺乏的日本分会到处奔走,以砂糖为救援物资捐赠给了巴奇里奥教会在日本的分会。该分会所属古里艾鲁莫教堂把砂糖分送到下属各教堂和学院,但是其中行为不轨的日本人为中饱私囊,私吞砂糖后拿到黑市上进行交易。

夫人脸上流露出同情的表情。毕里艾神父在解释的过程中,不忘恰到好处地插入《圣经》上的话。对信徒说话,让信徒接受自己观点是需要把握时机的,而适当运用《圣经》里的句子是能收到很好效果的。在这种场合,说话人可以使自己成为正确理论的传教士,让对方把自己的理论视为真理而陶醉。

"可是,"毕里艾神父画了一个十字后对夫人说,"那个蛮不讲理的日本人使我们教会受到牵连,而日本警方为了取缔黑市交易却怀疑我们教会。不用说,我们教会根本就没做什么亏心事,这是正当渠道进口的物资,我们是根据神的旨意把它们分给各地教堂。日本警方也许会过分猜疑而否定我们的说法。"

毕里艾神父说了一番具有威慑力的话。强调他的信念,自始至终把振兴巴奇里奥教会放在首位,不允许日本叛徒的卑劣行为损害教会在信徒心目中的权威。

"现在,巴奇里奥教会已经进入重要历史时刻,您也知道,我会扎比艾鲁先师来日本传教迄今已有五百年历史,说句实话,我会的传教历史比其他会短,现在必须反省,必须采用灵活的形式传教。这节骨眼上发生这样棘手的问题,给我们接下来的发展带来莫大困难。"

毕里艾神父诚恳地说完,最后请求夫人说:"鉴于这一情况,我会拜托夫人和您的先生设法稳妥地解决这一问题。为了古里艾鲁莫教堂,为了巴奇里奥教会,无论如何得借助您和您先生的力量。"

夫人的先生,在日本的地位仅次于司法行政最高长官。毕里艾神父狼狈来访,也是想利用他手中的权力。毕里艾神父时而面带微笑,时而表情沉痛,脸部表情非常丰富,不断变化。唯一不变的是,他不断把手放在额头上画着十字。

"明白了。"夫人点头说道,"我也是信徒,听了您说的这番话非常感动,不能因为这么小的事情造成社会对古里艾鲁莫教堂的误解。假若到那种程度那就太可怕了,我立即转告我的先生,请他妥善处理。"

夫人充满自信,丈夫与自己都是同一宗教的信徒,并且深深爱着自己。夫妻俩感情甚笃的事迹,经常被新闻记者报道。谈话结束后,夫人安慰毕里艾神父并招待他用餐。

毕里艾神父在女性中间有人缘,说得再确切一点,是他嘴甜主动讨好女性。由于工作上的方便,使他可以与许多女性见面。他把这当作愉快的交往。为使她们了解该教会的崇高教义,他可以脱口而出地举出早已熟记的《圣经》里的句子。在营造崇高的氛围方面,他非常拿手。女人们沉浸在宗教的氛围里,目不转睛地望着口若悬河说教的毕里艾神父,微微张着嘴似乎陶醉了。对毕里艾神父来说,最喜欢看女人这种神态。

不仅如此,毕里艾神父具有相当学识,外表看上去也很有气质。他到处吹嘘自己翻译《圣经》和诗等,还通读过日本难懂的哲学书,使得日本上流阶层的夫人都敬佩他丰富的学识。这位高官夫人也喜欢毕里艾神父,神父称她为"日本典型的贵妇人",而她称毕里艾神父是"从事神职的代表人物"。

这恰与藤原时代的贵妇人相同,都依附于学识渊博的神父。现代贵妇人的内心就像中世纪的女人们那样喜欢有学问的神父,陶醉于有学问的西方神父。但是,从事神职的日本神父大凡没有这种人缘。这种贵妇人信徒就像大多数上流夫人那样,比起接触日本神父,更喜欢接触外国神父,还引以为自豪。

且说,毕里艾神父听了高官夫人的允诺后放下心来,开始为夫人祝福:"……幸运的夫人,我们巴奇里奥教会的所有神父在烦恼的时候依赖夫人,请夫人鼎力相助,因此,我们也请求仁慈的上帝保佑夫人。"

毕里艾神父起身告辞,高官夫人送他到门口。神父神清气爽,驾驶着雷诺轿车离开了。拜访很成功,一切都很顺利。高官夫人和她丈夫一定会妥善处理砂糖事件,帮助古里艾鲁莫教堂平安渡过这场风波。高官夫人的丈夫在日本警方高官中有朋友和熟人,因此那两个刑事侦查警官的调查,不久将以毫无意义的古里艾鲁莫教堂之行而告终。

毕里艾神父在漫长的公路上驾车奔驰,终于来到他熟悉的地方。这里是掩人耳目的幽静场所,无论什么时候,只要一驶入这一带,他就仿佛觉得自己的身心从神那儿解脱了。像平时那样,他把车隐蔽在茂密的树丛里,悄悄地走到大门口。

"谁?"听到低沉的敲门声,住宅玻璃窗内侧出现了女人朝外窥探的脸。不用回答,门立刻从里面朝外推开。毕里艾神父走进屋里,江原康子满面笑容地迎接他。

"从哪里回来?"江原康子偎依在神父的肩膀上说。毕里艾神父张开双手耸起肩说:"出现麻烦了,我是拜访了中村夫人后回来的。"

"麻烦?"

江原康子抬起头看着神父的高鼻子。此刻,他脸上是西方人特有的大惊小怪的表情。

"日本人中间出叛徒了。"他毫无保留地说。

"叛徒?"

"是的,运砂糖途中有人向警察告密!"

"真的吗?"江原康子满脸惊讶地注视着神父。

"谁?"她用担心的眼神紧盯着毕里艾神父。

"名字不知道,真是个伤脑筋的家伙。今天,警视厅派刑事侦查警官来调查了。"

江原康子不由得环视自己的家,隔扇里面像仓库那样堆满了令人担心的物资。一听到警察两个字,她情不自禁地害怕起来。

"不必担心。"神父安慰说。

"已经拜托中村夫人了,她认真听了我说的情况,会帮我妥善处理的。"毕里艾神父双手抱住江原康子的肩。

"不会有事吗?"江原康子的脸上还是不放心的表情,"警察该不会来这里吧? 真糟糕!"

"你就放心吧!"神父按住她的肩说,"中村夫人跟我们是站在一起的,并且一定会帮我把这件事处理得与教会没有任何关系。所以,警察绝对不会来这里。"毕里艾神父为了宽江原康子的心,紧紧抱住她的肩膀并将她挪到自己坐的长沙发上。

江原康子虽说微胖,但毕里艾神父身体结实,像抱孩子那样把她抱起来。她在神父的手臂里一边挣扎,一边把自己的脚架在神父的膝盖上。

"不必担心。"神父把嘴凑到江原康子的耳边小声说。

"肯定不会有事?"她再次确认。

"不会有事。"神父笑着答道,接着用力抱住江原康子,用嘴吻遍她的脸颊。吻也完全像画十字那样,从额头吻到鼻子,再分别吻其两颊。江原康子转过身发出像平时的声音。

　　桌上放有拉丁语《圣经》原著和书写稿纸。

　　毕里艾神父抱起江原康子走进她的卧室,《圣经》的翻译工作只得等到他俩狂热般的做爱结束后才开始。突然,屋外响起牧羊犬的吼叫声,正在脱黑色圣装的毕里艾神父皱起眉头,露出不放心的表情。江原康子把厚厚的窗帘拉开一条小缝朝外打量,接着转过脸望着毕里艾神父,脸上堆满了笑。没有担心的事情,只是行人从她家的栅栏边上路过。

　　几天过去了,毕里艾神父和戈鲁基神父从古里艾鲁莫教堂驱车来到涉谷教堂,田岛喜太郎被带到他俩的面前。说服工作已于一小时之前就开始了。戈鲁基神父与毕里艾神父用特别善良的眼神和蔼可亲的态度跟田岛交谈。

　　"田岛。"戈鲁基神父说,"为了教会,你能不能为我们做牺牲?"

　　田岛脸朝下,不太愿意听他们说的这些话,脸色红扑扑的,因激动处在亢奋状态之中。

　　"我拜托了中村夫人,但顽固的警方就是不认可。"毕里艾神父像诅咒警视厅似的画了个十字,"他们说一定要交出从事黑市交易的罪犯,否则就不结案。他们根本就不理解我们的神圣事业。今天,我又被中村夫人喊去了。夫人是这么说的。砂糖是最麻烦的统购统销物资,不可能私下了结。只要交一个人给警方,就可设法平息这起风波。遇上叛徒是你的不幸,能否下决心承担责任是你对宗教的奉献。"

　　戈鲁基神父在一旁插嘴:"我们宗教的历史是遭受迫害的历

史,但我们的前辈在那种迫害下一直忍受到今天,也不知有多少殉教徒为保护宗教甘愿赴汤蹈火。田岛!今天,我们教会面临危难。怎么样,你也当一回殉教徒好吗?"

田岛抬起脸。"明白了。"他的脸上浮现出下定决心的神情,"我也是信徒,我们日本人只要受到委托是不会拒绝的"。

"好。"毕里艾神父和戈鲁基神父感激得同时从椅子上站起来。

"田岛!你真的答应了?"他俩似乎不相信自己的耳朵,又问了一遍。

"神父先生,我从来不说假话。"田岛瞪大眼睛看着他们说,"因为,教会的神父里是不能有罪人的吧?!"

"罪人?"毕里艾神父反问。

"不说了。总之,我去警视厅投案自首该行了吧?我去!我是接受教会的委托,即便背上'前科'两个字也心甘情愿。"

"前科?"

"哦,你们可能不明白。"田岛觉得解释是麻烦事,摇摇脑袋说,"总之,我不会给教会添麻烦的,请放心吧!"

田岛抬起头从椅子上站起来。这模样,比起身材高大的神父们来仿佛要高出许多。毕里艾神父庄重地画了个十字,嘴里低吟起让仁慈的上帝保佑田岛的话来。戈鲁基神父见状也模仿毕里艾神父的样,为田岛的生命永远祝福。他们对日本信徒很少有过这种行为。祈祷完毕,他们把田岛送到教堂门外。

"田岛!你记住了吧?古里艾鲁莫教堂与砂糖的黑市交易无关,那是你擅自干的!"毕里艾神父友善地拍了拍田岛的肩膀,在耳边小声叮嘱道。

"神父先生,您即便不叮嘱,我也知道该怎么说。"

信徒田岛喜太郎耸起肩膀大踏步地走了，西斜的太阳在地上给他画了一个细长的投影。两个神父脸上终于浮现出完全放心的表情，拖着长下摆的黑色圣装并肩朝教堂大门里走去。这时，他俩突然遇上一年轻学生。

"神父，碰上什么事了？"学生托鲁培库用漂亮的蓝色眼眸看着他俩问道。

"什么事也没有！托鲁培库，我们只是把坏家伙赶出了教堂。"毕里艾神父耸起双肩一边淡淡地笑一边说，戈鲁基神父还愤怒地朝着地面吐了一口唾沫。

砂糖黑市交易风波就这样顺利地平息了，古里艾鲁莫教堂再次恢复了往日的宁静。许多信徒不知道其中原委，连做梦都没有想过曾经有过这样的风波。教会，原本是和平与圣洁的象征，是寻求心理平静的场所。信徒们相信，神父们的脸上是永远祥和的微笑；教会内部永远充满温馨与和平的气氛，并且永远不变地保持下去。

马鲁旦分会长感谢毕里艾神父："毕里艾神父，托你的福。"事实上，在接受警方调查的时候，分会长也感到焦急，脸色非常不好。

"不用谢，分会长先生，那不是我的力量，而是中村夫人的力量，她丈夫在日本政府里握有大权。"毕里艾神父两手交叉放在胸前，谦虚地答道。

"尽管那样，还是托你的福。"分会长摇摇头说，"如果你不认识中村夫人就不会有这种化险为夷的局面"。

"分会长先生，这是上帝指引的路。"毕里艾神父不在乎分会长话里夹带的讽刺，不露声色地说。接着，他像平时那样闭上眼睛画了一个十字。

"你有学问，可以吸引日本知识妇女的心。这我没说错吧？"分会长背靠在椅子上抬头望着毕里艾神父说。

"也不全是这样。但是,日本妇女因为我能看懂她们国家的哲学书而感到吃惊。"

"日本知识妇女非常喜欢你那样的长处。哎,叫什么来着,你上次给我介绍的一位夫人。"

"是高山夫人吗?"毕里艾神父转动着眼珠回忆。

"是的,就是那名字。我呀,日本人名字就是听五遍也记不住。"

"高山夫人是半世纪前自杀身亡的著名思想家的外甥女,也是贵族。"

"是的。类似那样的夫人都喜欢你,这是好事情。教会有那样阶层的妇女加盟和参与,传教方面就能收效快。因为,普通的日本人还是很尊敬贵族阶层和知识阶层的。"

"我也是这么想的,分会长先生。"

"你怎么称呼她?"

"高山夫人。"

"你跟她还交往吗?"

"她在住院。胸部患病不是轻易能痊愈的,她也感到烦恼。为了把神的教诲转达给她和让她安心养病,我常去医院探望。"

"她高兴吗?"马鲁旦分会长脸上多少有点嫉妒的表情,略带嘲笑的话脱口而出。

"不管谁,听神的教诲会不高兴吗? 分会长先生。"毕里艾神父似乎根本没有感觉到分会长在嘲笑自己。

"嗯,那是不会的。毕里艾神父说得对。"

马鲁旦分会长见毕里艾神父郑重其事的表情,仿佛做贼心虚似地点了点头,房间里充满不怎么愉快的气氛。为了改变那样的气氛,分会长赶紧对毕里艾神父说:"毕里艾神父,我有几句话要说,这是内部秘密。"

"哦,什么话?"毕里艾神父朝前弯下腰。

"是乔赛夫神父的事情。"分会长压低嗓门说,"我早想好了,决定这次实施。我刚才把申请书递交给总会长了。"

"是调他到别的地方?"毕里艾神父表情紧张起来。

"你是怎么想的?"

"我觉得行。"

"是的,谁都这么想。"分会长点头道,"那家伙不能留在这里,他反对我的方针,并且顽固不化。其实在发展教会方面,我有我的做法。"

"当然是听你的,分会长先生。"

"他这人固执己见,常来我这里发牢骚,真让我受不了。我统计了一下,被迫听了有四十二次的所谓'忠告',他还诅咒教会迟早要倒霉。这样的话也不知说了多少遍。只要他在这里待下去,还真难免不发生倒霉事。"

"我也是这么想的,分会长先生。"

毕里艾神父表示赞同:"那,准备把他调到哪里?"

"朝鲜。"分会长回答。

"朝鲜?"毕里艾神父瞠目结舌。

"就是调他到朝鲜,而且发配他去朝鲜的大山里,那儿完全没有文化,听说冬天像挪威那么冷。"分会长仿佛房间里挂有世界地图似的,注视着墙面轻声说道,"那是最适合顽固的乔赛夫神父传教的地方,最终,他自己的尸骨也可能被埋在那里。"

砂糖风波平息后七年过去了,古里艾鲁莫教堂依然平静,教堂建筑面积扩大了。这是改建和扩建的缘故。保留着武藏野痕迹的杂树林之间,耸立着经过扩建变得更加雄伟的圣殿和变得更加耀眼的尖塔十字架。春天里,万物生长,郁郁葱葱,使教堂建筑显得格外壮观。夏天里,虽炎热,可洁白的圣殿墙面清晰可辨。秋天里,可以透过红叶欣赏高雅华丽的教堂轮廓。冬天里,教堂在落叶的树林里显得格外威严和神圣。

那些用于改建和扩建的资金,既不是信徒们供的还愿钱,也不是慈善家送来的捐赠款,更不是欧洲总部汇来的巨款,而是日本分会根据自己的"特殊理念"和"特殊才能",大肆"筹措"的。宗教团体不接受任何援助而完成如此浩大的工程,简直太出色了。

这主要在于分会长马鲁旦神父的手腕,也在于主任神父毕里艾的手腕。信徒里没有人提起过七年前的砂糖风波,不用说,因为没有人传播,当然也就无人知道。即便有那么点察觉,也都不会认为砂糖黑市交易可以给教会发展到今天的规模提供足够的资金。

但是教会在七年前非法出售的砂糖数量之大,不是什么人都可以转手倒卖的。当时,教会请来从事大宗黑市交易的"专家"。他不是田岛喜太郎。田岛只是从事了一些小买卖而已。"专家"不是日本人,而是在国际黑市交易市场上颇有知名度的外国男子,从一开始就接受教会的委托从事大宗黑市交易,打那以后与教会结缘。也就是说,他清楚教会这一宗教团体可以成为黑市交易的秘密伙伴。

他最初接受委托的时候,适逢古里艾鲁莫教堂倒霉,教会的软肋被警方抓住。不过,他一次都没出现在古里艾鲁莫教堂里,都是电话联系,无疑,也都是打给马鲁旦分会长的。但单凭电话联系也是不行的。有时,分会长让毕里艾神父去"专家"的住宅。如果毕里艾神父脱不开身,便打电话给涉谷教堂让戈鲁基神父去。如果事情重要,马鲁旦分会长则亲自秘密拜访。

显然,信徒们不可能知道神父们亵渎宗教的犯罪行为,更不可能知道马鲁旦分会长与"专家"之间说了什么和交易了什么。七年来,黑市交易让教会大富特富了,巴奇里奥教会的传教活动也变得显眼了,这使得其他教会组织望洋兴叹,瞠目结舌。巴奇里奥教会与专家之间的交易不断深入,教会已经陷得不能自拔。源源不断的资金流入和"专家"的威胁,束缚了该教会的意志。

仔细想来,也许巴奇里奥教会美国分会七年前不应该捐赠那么多的砂糖,以致从那时开始出现灾难的萌芽,使教会陷入"专家"设置的圈套里。然而,马鲁旦分会长、毕里艾神父和戈鲁基神父不认为那种行为有悖于主的教诲。那是因为与"专家"合作的收益部分,都花费在传教上了,用于繁荣上帝的神圣事业上了,因而他们没有精神上的痛苦,没有在神面前忏悔的心理,相反,完全是喜气洋洋地庆贺成功。

毕竟,那样的事业再神圣也是不能让周围人知道的。教义虽在精神上高于凡人制定的法则,但必须避免日本人的误解。七年前的砂糖风波,如果没有田岛喜太郎的牺牲,巴奇里奥教会无疑会遭到日本公众的唾弃,巴奇里奥教会在传教道路上无疑会遇上重大挫折。鉴于那样的教训,分会长和主任神父在黑市交易方面慎而又慎,防止重蹈覆辙,出现可怕局面。

七年来,巴奇里奥教会内部有两个变化:一是乔赛夫神父的调动。他接到分会长马鲁旦的调动通知后悄然离开日本,去了朝鲜偏僻的大山里,既带病又年迈,从此没有被召回日本,好像也没有回国。曾经同事的神父们只是表面礼节性送乔赛夫神父到车站,那以后就没再提起过他。既然是总会长的命令,必须高兴地去世界任何地方,哪怕是地球的尽头。拒绝和迟疑是不允许的,因为他的命令代表了神的意志。古里艾鲁莫教堂赶走神父中唯一的反对者,眼中钉消失了,马鲁旦分会长从此不必接受部下的批评,可以坚定不移地实施自己制定的方针。第二个变化则是迎来了新神父。他年轻英俊,称得上美男子,眼眸像山里的湖水那么蓝,微微凸出的下嘴唇柔软红润。他就是常去戈鲁基神父那里的托鲁培库。

在毕业生中间,托鲁培库的学习成绩优秀,其他毕业生被分配到地方教堂,唯独他因为成绩好而留在东京,成为分会长所在地古里艾鲁莫教堂的神父。不用说,也因为有宠他的戈鲁基神父的推荐。

"你的情况……"戈鲁基神父对刚结束神父晋级仪式的托鲁培库说,"我拜托过主任神父毕里艾,他非常友好,对你的情况考虑得很周到。"

托鲁培库低头行礼表示感谢,那双漂亮的眼睛朝着地面愁眉苦脸地说:"戈鲁基神父,我日语没有学好,担心对日本信徒说教时说不明白。"

戈鲁基神父看了一眼托鲁培库的脸微笑着说:"不必担心,你的水平行了!托鲁培库,比起会说日本话的神父,日本人更喜欢只会一点日语的外国神父传教,而且会专心致志地听,因为听不懂所以可以猜测,等于给听众思考的空间,日本人好像觉得这样更有趣。日本信徒……"

托鲁培库脸上流露出惊讶的表情,戈鲁基神父拍了拍年轻神父的肩膀说:"你很快就会明白我所说的意思。"

达米尔那幼儿园在武藏野痕迹浓厚的高地,周围是杂树林和野草地。幼儿园建筑的屋顶是红色,墙是白色,窗是绿色。眺望那里,你会童心萌发,回到儿童的梦幻时代。这也是古里艾鲁莫教堂用砂糖黑市的部分收入购置土地建造的幼儿园。

托鲁培库神父驾驶古里艾鲁莫教堂的雷诺轿车去距离两公里的达米尔那幼儿园说教,途中经过三条小路,任何一条小路都在田园里。其中距离最近的小路有点弯曲,需要穿过冷清的住宅区,其中一幢住宅便是江原康子的家。这情况,托鲁培库当时还不清楚。

没有什么需要担心的事情,只要按照前辈神父说的做就可以了。用还不习惯的手势做弥撒,达米尔那幼儿园的老师们也不会笑。在使用日语讲义说教时,信徒们也只是带着虔诚的表情聚精会神地倾听。不仅如此,托鲁培库神父不久便知道自己非常讨达米尔那幼儿园女教师们的喜欢。

托鲁培库神父在精神上变得愉快起来,每天早晨驾车去达米尔那幼儿园都会受到热烈欢迎。离开教堂后,一边迎着吹入车窗的春风,一边沿杂树林边上的田园小路行驶。他似乎觉得这是有生以来第一次得到自由。神校的纪律严格,根本就没有个人自由,所有一切都受到严格纪律和课程的约束,而来到教会后则获得了自由。当上神父后,晚上无论何时外出都没关系。即便深夜回来,也没人责问你。也就是说,该宗教在神父们讲信义和绝对不做恶事的前提下,被允许有上述自由,像凡人那样不受关门时间的限制。

还有一件让托鲁培库觉得愉快的事情,便是意外发现自己特别讨女人喜欢。他对自己说日语没有信心,站在祭坛前讲述天主公教要理的时候,还真的像幼儿园孩子说话,他对自己结结巴巴的日语感到恼火。可是,听众的秩序井然,用尊敬和虔诚的眼神注视着托鲁培库。这对于起初多少带有点畏惧心理去达米尔那幼儿园传教的托鲁培库来说,是很大的鼓励。

做弥撒需要一个小时左右,接着,幼儿园的老师们送托鲁培库到门外,每个人的目光都充满了憧憬。托鲁培库的面部轮廓非常鲜明,具有男性的阳刚美,在外国人中间属于美男子。他漂亮的嘴角常常挂着善良的微笑,蓝眼睛清澈沉稳,头发像外国影星那样卷曲,给人自然美的享受。

幼儿园女教师们都是信徒,每天的工作是照看贫穷幼儿。托鲁培库每一次来,她们就像迎着明媚春光那样迎接他,这使得早晨的弥撒变得更加快乐。托鲁培库从走出幼儿园大门到坐上雷诺轿车的全过程,她们都是一路相送。

"托鲁培库神父,谢谢了。"

"请保重身体。"

"明天再见。"女人们面带微笑,异口同声,连眼睛都炯炯发光。

"谢谢,谢谢。"托鲁培库回礼。

幼稚的日语让女教师们觉得神父单纯可爱。其中,有些大胆的女教师则会抚摩托鲁培库的手臂,也有抚摩他背部的。随着时间推移,一些人变得更加放肆,其中更大胆的女教师还会握他的手。他纤长的手指每一次被女人的白手搓揉后,身上的部分血管则变得异常紧张,并且莫名其妙地兴奋起来。

托鲁培库做弥撒,虽还不像毕里艾神父那么熟练,但他认真按照学校教的进行。这也给女信徒们带来好感。比起熟练的动作,生硬的动作更会引起听众的注意,更能吸引她们的眼球。他在弥撒仪式上念诵《圣经》的声音里,也含有男性风趣的音调。

托鲁培库从稍稍懂事开始就一直在学校里住,还未有过如此零距离与异性接触的美妙时光。要说女人,只是偶尔走在街上时见过,不曾主动跟女人说过话。对他来说,异性宛如风景区里的草和树,要保持一定的距离。当上神父后,异性突然出现在自己的身边。达米尔那幼儿园的女教师们用迷人的目光大胆地看着他,而且说话语气那么温柔,还用她们柔软的手握自己的手。

托鲁培库若要在她们中间找最关心自己的人,是不费吹灰之力的。她们都笑脸相迎,其中最大胆的是坂口良子,用近似于献媚的目光朝他笑。她,看上去二十二三岁,个头小,长得可爱。每天做弥撒时,他总要朝她投去优雅的目光,如果没有看见她的人影,他便会用目光寻找。

有一天,托鲁培库像往常一样做完弥撒,坂口良子用特别的眼神送他。他选择那条穿过幽静住宅区的近路返回教堂。道路一侧是日本农家,沿栅栏围墙拐角转弯后驶入静悄悄的路上。这时,托鲁培库的视线猛地移向一幢也有栅栏围墙的住宅,看见里面的小树林长得很茂盛。托鲁培库发现,那片树林里停着一辆咖啡色雷诺轿车,车尾朝外。咦!他感到惊奇,好像在哪里见过这辆雷诺轿车。一看车牌号码,果然是教会的。他不由得停车思忖,是哪个神父来这家拜访?他眺望大门紧闭的住宅,大门沐浴着初春的阳光,可这户人家却像冬天那样把门关得严严实实。

正在这时,门开了,走在前面出来的是高个男子,头顶光秃秃,仅后脑勺还留着稀稀拉拉的棕色头发,身着便装。刹那间,托鲁培库明白了,他不就是古里艾鲁莫教堂的主任神父毕里艾吗!年轻的托鲁培库刚要打招呼,只见一日本妇女紧跟着毕里艾神父走了出来,肩膀结实,体形微胖。瞬间,托鲁培库目瞪口呆。

他见过那女人,是常来教会的忠实信徒江原康子。有人告诉他说,她是热心教会工作的忠实信徒,很有学问,目前正在和毕里艾神父用日语合译拉丁文《圣经》。但是,托鲁培库还没跟她说过话。就在这时,他俩的视线也移向停在路边的雷诺轿车,凑巧目光相对。

托鲁培库主动笑笑,还朝他俩挥手致礼。可是毕里艾神父一脸复杂表情,也许是阳光的缘故,脸刹那间暗了下来,尴尬地举手回礼。托鲁培库推门下车,慢慢地向他们走去。

"他是新来我们教会工作的托鲁培库神父。"毕里艾神父向呆愣在边上的江原康子介绍。

"我知道他。"江原康子漫不经心地说,"我在教会里经常见到他。"

托鲁培库也理解这句日本话的意思,彬彬有礼地朝江原康子点头。

"托鲁培库神父,你也知道她吧?"

"是的,知道,毕里艾神父。"托鲁培库答道,朝江原康子伸出手。

"她是我的助手。"毕里艾神父说,"我在这里与她合译《圣经》。哦,她家是我的工作场所。"

不知为什么,毕里艾神父说这番话的时候用手帕擦起了额头上冒出的汗水,棕色眼睛里流露出慌张的神色。

"他是我喜欢的男人模样。"江原康子仔细打量托鲁培库,直截了当地说,"哎,毕里艾神父,也让他上我家玩吧!"

毕里艾神父一脸苦涩的表情,但是没有反驳江原康子的话:"托鲁培库神父,就按她说的做,你也常来这里玩。"

"是,谢谢,毕里艾神父。"

托鲁培库表示谢意,同时向江原康子弯腰鞠躬。江原康子开口大笑,露出红色的牙龈。

"我正要回教堂呢,一起走吧!"毕里艾神父朝停放自己轿车的地方走去。

"怎么，回去？"江原康子不解地朝着毕里艾神父问。

"嗯，有点事。"毕里艾神父当着托鲁培库的面皱起眉头回答，"分会长找我有要紧事。"

江原康子险些把手搭在他的肩上，提醒他说："那么，谈完事情就立即回来是吧？原稿还没处理完呢！"

"是的，是的。"毕里艾神父频频点头。

"托鲁培库，好，走吧！"他说完，坐上自己的轿车。

"再见！"托鲁培库笑着向江原康子告辞。

"哎，你也常来玩哟！到教会工作，没有散散心的地方是吧？那就请常来这里换换空气！"

江原康子目不转睛地望着年轻的托鲁培库说，那表情仿佛毕里艾神父和她是一家人。

两个神父各自驾驶轿车，以光芒闪烁的十字架为目标朝杂树林里驶去。

"托鲁培库。"等到托鲁培库下车后，毕里艾神父拍拍他的肩膀轻声说道，"江原康子是个好女人！可你还没习惯教会工作，因此在没有习惯之前，你即便受到邀请也最好别去她家。"

托鲁培库感觉到了前辈神父忠告里的某种意思，脸色通红。此时此刻，他的眼前浮现出坂口良子那张可爱的脸蛋。那以后，托鲁培库与坂口良子迅速亲近起来。

对于托鲁培库来说，那也是不能让别人知道的愉快。他是在西方某国的贫困家庭长大的，经济拮据。哥哥也是巴奇里奥教会的神父。他少年时代是在没有自由的环境里长大的，孩提时候就没有理想。进入神校后立志当神父，那是受哥哥影响以及因家庭贫穷而不能继续升学的缘故。他头脑聪明,经常受到学校老师的表扬。

来日本后就读的神校生活也没有让他树立自己的理想,也许《圣经》里的天堂美景才是他的理想,但还是觉得那里面缺少了什么。自从接近了坂口良子后,他才终于明白了。望着她的眼神,握着她柔软的手指时,才有了与异性亲密接触后亲身感受到的快乐滋味。《圣经》里的天堂没有动摇过他的情感,而这种与女性直接接触的愉快让他怦怦心跳。

每天早晨去达米尔那幼儿园做弥撒的前后是一天中最快乐的时间,一回到教会便加倍回味。与神校相比,这里有摆脱《圣经》禁锢的自由。但是,那种自由随着时间推移又让他觉得格外空虚,那种最初得到的快乐迅速减弱。因为,不能充分地享受自由。从某种意义上说,没有很高的自由价值。

巴奇里奥教会的神父们的口袋里连一日元也没有,所有日用品和交通费都由教会供给,即便上街看到自己喜欢的东西也无钱购买。在他看来,这好像是不自由的"自由"。他们现实生活里的唯一快乐,也许仅仅是睡觉和吃饭。

不知不觉地,每天的美食把营养积蓄在神父们的肉体里,加之严格的清规戒律,那样的堆积硬是强加在他们身体里。于是,托鲁培库跟坂口良子之间变得更加亲热了。当然去异性的房间,大凡是坂口良子邀请托鲁培库的。她对年轻且纯洁的外国神父持有无限憧憬,双眼含情脉脉,还冲动地将自己的手和他的手指绕在一起。

最初,托鲁培库一结束达米尔那幼儿园的弥撒就径直返回教堂。可后来那种规律渐渐消失了,弥撒结束后不再是立刻返回教堂,而是磨磨蹭蹭的,装作还有什么事没有完成似地留在幼儿园里,也不再从时间上约束自己。达米尔那幼儿园的女教师们都住在幼儿园里，宿舍就在建筑物背后，两个人一个房间。

托鲁培库开始接受她们的邀请去狭小的宿舍里玩，有时候听她们讲不常听到的日本故事，有时候自己也说一些神的教义和母国的故事。女人们大多先是两三个人听年轻神父讲故事，听着听着，由于各自有要做的事情而不得不离开，于是有时候变成一个人听他讲故事。也就是那时候起，托鲁培库开始约坂口良子外出兜风。

"没关系吧？"托鲁培库为慎重起见，确认是否可以约她出去玩。

"没关系！"坂口良子回看了托鲁培库注视着自己的蓝眼睛后笑着说。

那天晚上，托鲁培库驾驶雷诺轿车来到小山丘下面。达米尔那幼儿园就在那一带的山坡上，黑暗里亮着圣灯的小山丘宛如万神殿。但是托鲁培库不需要驾车去那座山丘上，因为坂口良子在小山丘下面光线暗淡的地方等他。他让坂口良子坐在助手席上，自己则手握方向盘。坂口良子扁平的脸虽长得不怎么漂亮，但此时此刻的托鲁培库是情人眼里出西施。

"去哪里？"他一边嗅女人身上的芳香味，一边欣喜若狂。

"不管哪里都行。"她笑着说。

托鲁培库由于对东京都内的路线不了解，于是选择自己熟悉的路行驶。高耸的树林里黑压压的，住宅灯火犹如星光变得微弱，白色道路在黑暗里变得模糊。他全神贯注地在那条路上行驶。来到河畔，水面朦胧地映出远处射来的灯光。

"啊，风景美极了！"她惊叫。

托鲁培库停下轿车，关闭车内灯光和车头行驶灯。周围的夜景仿佛模糊的舞台幕布在昏暗的光线里飘来荡去。黑色树林将夜空隔开,空气里散发着清香的草味。他浑身颤抖,像平时那样与她紧握着双手。他们沉浸在诗情画意的夜晚里,甜美的激情在体内蔓延。不过他没有忘记自己的神圣职业,考虑到万一出现的尴尬场面,没有出其不意地去抱坂口良子的身体,而是战战兢兢地把手绕到她的背后。

她目不转睛地望着夜景,此时此刻,她开始呼吸急促起来,托鲁培库自己的胸部起伏也开始加速,那只绕到女人背后的手依然保持刚才的状态,没再动弹,他是在窥探对方的反应,极力控制着即将燃烧的激情。

托鲁培库望着女人的脸,随后在刚才徐徐绕到她背后的手上注入力量,使劲将她柔软的身体移到自己的怀里。坂口良子没有出声。托鲁培库好像听到了对方剧烈的心跳声,于是再也忍不住了,将她按倒在自己的怀里,嘴凑到她的脸上。

坂口良子伸出手,礼貌地将他的嘴唇推回去。由于在黑暗里,她的脸色和表情看不大清楚,因为黑夜掩盖了一切。

"回去吧,神父先生。"坂口良子说这话时的声音低沉而颤抖。

托鲁培库也同样颤抖,觉得自己的手因为女人的背凉而冻僵了,并且在自己嘴唇被推回的一瞬间感到了恐怖。

"回去吧,神父。"她的话拒绝了托鲁培库的冲动。虽说是外国人,但这句话的意思是理解的。年轻的神父把颤抖的手搭在方向盘上。

黑夜里的绿色树林也好,发出响声的河流也好,光线暗淡的天空也好,似乎没有为女人的激情助一臂之力。此刻托鲁培库感觉到的是,刚才诗画般的夜景转眼间变得漆黑而又凄凉。

"回去吧!"托鲁培库转动方向盘,手上还残留着刚才触摸女人肌肤的淡香味，使劲搂过女人身体的手上还残留着像音乐余韵般的跳跃。托鲁培库专心致志地驾车返回达米尔那幼儿园。山丘上，幼儿园灯光依然亮堂堂的。刚才来的时候,他觉得这里的丘陵是如此美丽。现在归来的时候,他感到这里的丘陵又是如此凄凉。

托鲁培库把车停在山丘下,坂口良子走下车。丘陵上的灯光照射在她的背上,淡淡地勾勒出她身体的轮廓。这里也是出发时相互等候的地方。此刻,女人在淡淡的反光里鞠躬告辞。

"再见! 神父先生。"坂口良子恢复了原来的声音。

"晚安! "托鲁培库回礼。这是他平时已经用日语说习惯了的晚上问候语,调转车头后驶回原路,但是心跳依然还在继续。不用说,与刚才她坐在旁边时候的心跳是两码事。他感到恐惧, 一是惧怕神;二是惧怕坂口良子把自己的越轨行为告诉别人。路,在黑暗里像一条模糊的白色丝带向前延伸。托鲁培库全神贯注地借助车头灯光摸索着前进。还是走近路好,他想提前回到教堂。

黑压压的杂树林里弥漫着白色夜霭, 迟到的月亮向大地铺洒了一层微弱的银光。近路是在农家与住宅区之间穿行。

右侧是栅栏墙,里面是小树林和矮屋顶住宅。托鲁培库曾经在这幢住宅门口见到过毕里艾神父,那是毕里艾神父的助手兼《圣经》合译者江原康子的家。

从那住宅旁边通过时, 托鲁培库看见有一辆轿车停放在天然树丛车库里。住宅大门紧闭,没有一丝光线向外泄漏。不仅这幢住宅,附近其他住宅的灯光也丝毫没有见着。托鲁培库的眼前,此刻浮现出毕里艾神父在房间里口译的情景。他憎恨自己刚才的行为,他感到了被对方拒绝的耻辱,激烈的程度眼看让自己窒息。

车离开小路来到宽敞道路后全速行驶, 也许是鞭挞自己的粗鲁行为而冲动起来,他加大了油门。凑巧路上有行人,惊讶地望着这辆飙车,仿佛挣脱了缰绳的野马。黑压压的树林上空耸立着教堂尖塔,正沐浴着迟到的月光。托鲁培库将雷诺轿车驶入尖塔下面的车库后走进宿舍,一路上没有遇上任何人。

一到深夜,教堂里几乎没有人在走廊上行走,一来担心惊醒已经入睡的神父们,二来夜晚闭门不出是礼仪。神父们连厕所都不去,将尿壶拿到房间里备用。托鲁培库手提鞋子踮起脚尖在走廊上走着,其实即便在这里与谁不期而遇,也多半不会受到非议和责怪。因为"上帝知道一切"的庄严和神圣,是不允许神父使坏心眼的。神父们只要早晨五点准时起床在自己座位上做弥撒,是不会有人问你什么情况的。

托鲁培库回到自己房间,里面有一张简陋的床,小桌上放着一本皮革封面的《圣经》,边框黑色,中间红色,很厚。他点灯后翻开《圣经》,捧着它祷告,忏悔自己险些犯错,感谢上帝挽救了自己。但是,手上还是有接触女人身体的感觉,空气中还是有凑近女人身体闻到的异性气味,这使得托鲁培库那天晚上一夜没有睡着觉。

但是托鲁培库每天早晨的达米尔那之行:做弥撒,讲述天主公教要理。这,仍然是他最大的快乐。那天晚上的事情之后,坂口良子的表情没有异常,目光里仍饱含对他的眷恋。虽说那天晚上被突然抱住,但她没有任何反感,也没有向别人说起。

没想到,托鲁培库那以后变得有恃无恐了。这家幼儿园的女教师们与坂口良子一样,尊敬年轻的托鲁培库神父,对美男子抱有朦胧的仰慕。然而托鲁培库觉得与坂口良子的经历是教训,变得胆怯起来,而与此同时又无法忘怀他在接触异性时不可思议的心跳快感。

她蜷缩的身体，自己悄悄绕到她背后的手臂……那一刻，自己既想立刻抱住她，又想观察她的反应。那种战战兢兢让自己感受到跳跃性疼痛般的愉快。他那天什么也没做，只是想把手放到她背上而已。总之，对上帝这样的辩解是成立的。还有，让托鲁培库放心的是坂口良子事后的态度。她什么也没说，我什么也没做，只是内心沉浸在不可思议的愉快之中。那瞬间的快感令他难忘。它让他企盼再有一次这样的经历。

他找第二个女人，也没费吹灰之力。在达米尔那幼儿园的年轻女教师们，个个都有资格成为坂口良子。接到他的邀请后，对方答应跟他去黑压压树林边上的河畔。选择相同地点，是因为托鲁培库不熟悉去其他地方的路线，然而这种短处反而给他带来幸运。诗情画意般的天然舞台可以产生良好效果，可以让他的手很自然地绕到女人背后。

车里没有灯光，车外只有夜晚暗淡的自然光线，而住宅区灯光距离这里远得很。托鲁培库的手在女人背部迟疑不定，激烈的心跳在黑暗里仿佛发出响声。不过，心跳声也许来自女人。他的手没有动弹，托鲁培库的目光紧盯着女人的表情，刹那间他感觉到她的身体似乎在变化，变得僵硬了，呼吸急促得上气不接下气。

他将手臂悄悄收回。从当时表情来看，女人起初是恐惧，随后将身体移动到车窗边上。这时，他不得不罢手。他犹豫不定的手在接下来的一瞬间毫不客气地拥抱住对方的身体。

回想在跟坂口良子幽会的时候，他的嘴唇被女人用手推了回来。现在，他已不像以前那样恐惧了，而感到害怕的是女人。尽管在黑暗里，尽管身体颤抖变成了轻微震动，也还是传到了手臂上，但绝妙的快感迅速遍布身体的各个部位。虽说就那么点，却给了他奇妙的愉悦。

托鲁培库的每天都是愉快的。现在不管遇上什么情况，再也不像以前那样回到自己房间后抱着《圣经》画十字。如果画十字，那也只是为抑制自己的怦怦的心跳而祷告。特殊的女性的气味和女人剧烈的呼吸声，让他的血液一直沸腾，即便隔很长时间依然汹涌澎湃。

达米尔那幼儿园里有个女教师叫斋藤幸子，算不上美女，胖墩墩的，矮个，凤眼，低鼻梁，厚嘴唇。毫无特色的扁平脸庞并没让异国神父避而远之，与其说是日本女人大多有那样的特征，倒不如说她那凤眼里的迟钝目光让托鲁培库心跳。

斋藤幸子被神父邀请去那诗情画意般的河畔。他的手臂搭在她圆滚滚的背上，在摸清楚对方表情后加大了力度。她没有挣脱，圆滚滚的背富有弹性。当他将另一只手臂搭在女人肩上紧紧拥抱时，她仰起脸闭上眼睛。恰逢微弱光线照亮了女人红扑扑的脸庞，光线使她变得白净而又漂亮。

"你不介意吧？"托鲁培库轻声地问，不怎么流利的日语给了女人不可思议的从容不迫。她保持沉默，没有吭声。这时，他的嘴唇压在她的嘴唇上，像啃水果那样贪婪地吸吮，剧烈的程度使她皱起了眉头。

迄今，托鲁培库与两个女人有过这样的接触经历。

"你不介意吧？"他这样说，是要求她允许自己的手滑向她的乳房。于是，斋藤幸子兴奋得就要喊出声来，但最终只是稍稍移动一下身体。他的手指在乳房上游来移去。

树林里万籁俱寂，只有静悄悄的流水声，路上没有行人。已经夏天了，这儿的草比他跟坂口良子来这里时长高了许多。这里不会有行人，也不会有半夜三更散步的人。

星期日的傍晚相当闷热。托鲁培库于九点前结束了天主公教要理讲座，接着是做自由人的时间。假若是过去，一结束讲座，他会立刻走到玄关驾车返回教堂，然而现在弥撒和讲座结束后不再急着从光线微弱的圣殿祭坛返回小香房，不再急着脱下祭服去玄关，而是在那一带闲逛，主动与所有对自己有好感的女教师们搭讪。

那天晚上，他闲逛结束后悄悄来到斋藤幸子宿舍。宿舍是两个人居住，放有两张床，简单、朴素。他推门进去的时候，斋藤幸子诧异地望着他。年轻神父则向她投去温和的微笑。

此时，斋藤幸子正坐在床边缝衣服，另一张床是空的，同室女教师回乡探亲了。他手绕到背后关上房门，微笑着朝她坐的床边走去。

"你还没有回教堂？神父先生。"斋藤幸子多少有点踌躇不安，但还是笑脸相迎。

他将手插入白色衣领表示热，随后与斋藤幸子并肩坐在床上，看上去动作十分自然。接着，他俩之间有一两句对话，就内容来说没什么特别意思，斋藤幸子的脸上已浮现出满足的表情。这时他的手搭在她的肩上，她没有拒绝。斋藤幸子在漆黑的轿车里已有过多次这样的经历。

"不介意吧？"他慢悠悠地问。斋藤幸子朝门瞥了一眼，担心门没锁上。但是他搭在肩上的手的力量特别大，使她身体失去重心而倒在床上。说时迟那时快，喊也已经来不及了。他的嘴唇已经凑在她的嘴唇上，她的两条手臂被压在他那魁梧的身体下。她摇晃着脸，示意门没有锁上，可是他不理解。她的脖子也因为他的强大力量而无法动弹，他动作如同疯子。

面对自己下面的斋藤幸子,托鲁培库发狂般地注入热情。托鲁培库还年轻,中世纪的宗教戒律浸透了他的血液,每天的美味佳肴给了他旺盛的精力。

　　托鲁培库涨红着脸,不管是她的嘴唇、鼻孔还是那双小眼睛,他都用大舌头去使劲地舔。黏糊糊的唾沫湿润了她的脸,他身上的气味使她陶醉得几乎忘记自己。尽管那样,她仍然不停地摇头,而他却紧紧追逐着她的脸。这种追逐自然而然成了一种游戏,不断地让感觉只集中在晃动的脸上,以致她不知道他的手在自己身体的某个部位活动。突然,她察觉到了,险些喊出声。因为,他的手指已经触及到她大腿根部最敏感的地带。

　　"啊!"声音低沉,但她确实叫出了声。

　　房门虽没锁上却是关着的。见他突如其来"闯"入房间时,她用手敏捷地拉上了窗帘。虽然窗帘眼下在轻微晃动,但这是从窗外刮来的微风。她被压在他的身体下面,感觉到了自己的内裤已经不翼而飞。

　　"不介意吧?"在兴奋和急促的呼吸声中,她的耳边响起奇妙而又低沉的声音。

　　托鲁培库和斋藤幸子之间发生的事情,在达米尔那幼儿园的女教师中无人知晓。他俩的交往在秘密而又小心翼翼地进行。周围没有丝毫察觉,因为人们深信:神父绝对不可能有那样的邪念。再说托鲁培库很有人缘,即便斋藤幸子朝托鲁培库投去异常眼神,也不会有人觉得奇怪。在达米尔那幼儿园工作的女教师们,对态度和蔼、年轻美貌的神父都持有好感,不会注意也不会怀疑他有那样的行为。

托鲁培库每天早晨做弥撒，但他觉得每星期日的天主公教要理讲座格外有趣。他结束讲座后不急着回教堂，而是装作有事留在幼儿园里，瞄准机会后悄悄走进斋藤幸子的宿舍与她亲热。其实，这个时间段是非常冒险的。一旦被谁看见，他的整个人生也就等于画上句号。幸亏她在幼儿园工作期间没有发生那样的破绽。他松开她后像平时那样画十字下跪，可能是感谢神，也可能是祷告。

当然，他也不是经常在宿舍里拥抱她，因为同室还有别人居住，大多数时间是驾驶雷诺轿车驶入树林，选择只有他们两个人的世界。每当这时，他的血在沸腾，树林里除了风不再有其他响声，河流无可奈何地发出轻轻的水流声。在河畔的他一边抱住斋藤幸子，一边轻声地歌唱他祖国委婉、动听的民歌。歌词表达的意思虽然难以理解，但那美妙旋律让女人陶醉、憧憬和恍惚。

遇上没有露水的季节，他俩在草地上拥抱。碰上有夜雾的时候，他们回到车里，熄灭车灯，在富有弹性的座位上卿卿我我。他时常出其不意地拥抱她与她亲热，但心里总有畏惧感和犯罪感。每当与她分别后便沿着那条小路一溜烟地返回教堂，把自己关在房间里进行长时间的祷告。不过，这种畏惧感和犯罪感很快又从他的身上消失了。因为，斋藤幸子为了结婚将辞去达米尔那幼儿园的教师工作。

神父这一职业，归根结底是不能接触异性的。再说她一旦结婚，便会一阵风似地从他眼前消失。他感谢上帝让斋藤幸子离开自己。在那些危险的时刻，他确实受到了上帝的保沪。他下决心不再犯那样的过失，也绝不再重复那样的过失。然而偷吃了一回禁果的他，每天晚上都感到烦闷和无聊。

他重新觉得宗教的清规戒律也可以视若无睹，否则实在是难以忍受。他再次冒犯上帝，带上达米尔那幼儿园的女教师驾车朝树林边上的河畔驶去。其中许多次幽会，女教师们都阻止了他的越轨行为，而他也习惯了这种结局。他会事先敏锐地观察女教师，观察她们是顺从还是拒绝他发出的信号。有几个女教师只是与他握手，少数女教师只是与他接吻，极少数的女教师被他抱在怀里。

他拥抱女人并不都安排在轿车里。周末晚上的幼儿园里，女教师们沉浸在从工作中解脱的喜悦中。遇到那样的晚上，他会踮起脚尖在幼儿园里徘徊。如果黑暗里遇到女教师，他便突然握住对方的手。由于只是一瞬间，虽对方感到困惑但也不会为难他。这时的他则满脸微笑，用那迷人的眼神笑着看对方。

其实，他的这些行为只是试探而已。如果对方投来的微笑不是出于对神父的爱戴，而是出于对男人的好感，于是当再次碰到对方时便蹑手蹑脚地走到对方背后，冷不防伸出两手抱住对方。他的手伸到对方胸部，对方则狼狈地护住胸部。大多女教师不出声。"不行！"充其量是压低嗓门的拒绝声音。女教师用手臂挡住神父的手而护住胸部，用手掌掩面遮住视线，而他则使劲用纤长手指一点点掰开女教师的手臂。与日本人不同的是，外国人首先是气味扑向异性的脸，其次是声音进入异性的耳朵。

"不介意吗？"托鲁培库的嘴凑到女教师耳边轻声问道。

女教师的心跳从他的手腕传入身体。倘若她个头瘦小，他则用结实的手臂从后面紧紧抱住她。然而，他没有重蹈与斋藤幸子那样的"过失"。一是女教师没有堕入他的情网；二是托鲁培库本人感到这样做会有危险缠身。当然也可以说，由于上述两点的相互作用而没有出现"过失"。后来的女教师如果有顺从的，也许会像斋藤幸子那样……

最近，托鲁培库被任命为教会会计。前任会计不知何故被马鲁旦分会长调到其他教堂，由托鲁培库接替。起初，他绞尽脑汁。他没有学过会计，前任会计也没有认真办理移交，而是突然把账簿和银行存折递到他面前，并把一陌生男子介绍给他。当时，戈鲁基神父也在场。

陌生男子与教会无关，但又比任何人还要与教会有关。做弥撒时，从没见过这陌生男子。毕里艾神父介绍说，他是做贸易的。神秘男子住在一幢豪华公寓的三楼，租有两个房间，房租很贵。该公寓只出租给外国人。如果是日本人，没有相当收入是无法承受的。公寓在高坡上，站在那里可以像眺望大海那样眺望东京都的闹市中心，公寓周围是大片美丽的树林。

他的年龄三十五六岁，国籍与托鲁培库相同。他头脑灵活，行动敏捷，眼珠子总是不停地转动，说话时一旦听到其他什么响声，就会像闪电那样朝有响声的地方跑去。一般人不注意的响声只要传入他耳朵，他便转来转去地寻找。就是在他住的豪华房间里，也不改变那神经质的举动。

其实从某种意义上说，神秘人物是教会的实力人物。这情况，托鲁培库是后来才知道的。而且在相当长的时间里，根本就没人告诉他，他接替的会计职务在教会里具有怎样的特殊地位。

有一天，托鲁培库接受戈鲁基神父的委托去神秘男子的公寓。在返回教会的路上，他顺便去了宗教书专卖书店，那是因为他还有深入学习和研究宗教的打算。他来到书店二楼摆放宗教类的书架前寻找自己需要的书。

托鲁培库走路时不小心撞到其他顾客的肩膀，对方被撞后摇晃着身体,于是托鲁培库朝后退却,定睛一看,原来是一位年轻的日本姑娘。她身材苗条,身上的黑色西服非常合身,虽皱着眉头看着他,但是脸蛋很美。然而转眼间,责备的表情被淡淡的笑容替代了,并且主动地朝他微微点头。

托鲁培库觉得不好意思,鞠躬表示歉意:"对不起,对不起。"

"没关系。"她摇摇头,弯下腰去拾被撞落一地的书籍。托鲁培库这才意识到那都是她刚才捧在手里的书,而且都是与宗教有关的,好像有六七本。由于自己肩膀撞到年轻女子,才导致这些书从她手上滑落。而且那些书都与托鲁培库所在教会有关。

"对不起。"托鲁培库难为情地弯下腰拾起地上的书。无意中,他俩手指在同时伸向其中一本书的时候碰在一起。

"对不起。"他将书叠在一起递给她。她个头比较高,而且长得可爱。

"没关系,怪我粗心,神父先生。"她微微低下头笑了。她身材匀称,牙齿整齐洁白,眼睛细长,黑眼眸。

他扬起眉毛问:"哎,你怎么知道我是神父?"他提出简单问题后,但立刻注意到了自己身上的服装:"噢,你是看到这明白的吧?"他手指没系领带的白色衬衣领和黑色长袍。

"不,不仅仅是那两个特征!因为我记得您那张脸,您是托鲁培库神父吧?"

他呆了半晌,问:"哦,你也许来过我们教堂?或许做弥撒时见过我?"

"是的。"她说,"不只是古里艾鲁莫教堂,那里我就去过一次,我还在其他地方做弥撒。"

"其他地方?"他用诧异的目光打量年轻女子的脸。

"是其他场所。"她重复说。

"噢,那么,你……"托鲁培库的蓝眼珠眼看快挤到眼眶上。

"是这么回事。"她漂亮的脸蛋上堆满微笑,"我在达米尔那幼儿园工作。"

刹那间他张开双手,随后像深呼吸时那样把手翻过来,然后全神贯注地凝视她的脸,稍顷皱起眉头奇怪地说:"我没见过你。"

他无论怎么看对方就是想不起来。在达米尔那幼儿园里,没见过有这么美丽的女教师。

年轻女子压低嗓音说:"那是当然的。您大概没注意到吧?我在达米尔那幼儿园工作才三天。"

托鲁培库再度呆了半晌,不过这次是高兴的表情。太出乎意料了!自己一点也不知道她居然是达米尔那幼儿园新来的女教师。原来是三天前来的!那也许是自己粗心大意。假若再早一点知道这消息就好了……他想一口气说出这些话,可自己能用日语流利地表达吗?他没有自信,觉得不能如愿。

"噢,我不知道这情况,请多关照!"他深邃的目光投向对方,笑着说。

"也请您多关照,拜托了。"

她低下头说,身上散发出香水味,很诱人。在达米尔那幼儿园工作的女教师中间,她明显与众不同。

"对不起。"托鲁培库再一次向对方表示歉意。

"不,别再说了,神父先生,我先走一步。"

"我叫托鲁培库,请允许我问你的名字。"

"我叫生田世津子。"

"叫生田世津子。"为防止听错,他重复了一遍。

"是的,是的。"世津子大而黑的眼睛朝着神父边微笑边点头。

"世津子小姐。"他立刻喊她的名字。

"哎,有什么事?"世津子笑了,看上去是性格爽朗的姑娘。

"你买这么多书回去都看吗?"

"哦,是说这些吗?"她把视线投向抱在怀里的七本书,摇了摇脑袋。

"不,不是这么回事。这是达米尔那幼儿园园长要我买的。为了充实幼儿园的图书室,他让我当了一回采购员。"

他不停地点头,外国人喜欢夸张的动作。"那么多书,你怎么拿回去?"

"坐电车和巴士回去。"

"那够呛! 我是开车来的,坐我的车吧!"

"真的?"生田世津子的眼睛猛地亮了起来,"神父大概还有事去别的地方吧? 不麻烦您了,我能拿。"

"没关系,我也是顺路,达米尔那幼儿园是在去古里艾鲁莫教堂的途中。别担心!"

"可是。"世津子犹豫不决,托鲁培库没容她考虑就夺过她捧在怀里的书。世津子也只好顺水推舟了。

"给您添麻烦了。"她鞠躬致谢。

"别客气,没关系。"他愉快地笑了。笑的时候,脸两侧的酒窝凹得很深,招人喜欢。他让世津子走在前面,自己则捧着书走在后面。走出书店他打开车门把书放在后座上并请世津子坐助手席。"谢谢。"她彬彬有礼地坐到助手席上,他小心翼翼地从外面关上车门,然后绕过车头坐到她旁边的司机席上。

车启动了,世津子漂亮的侧脸和充满香水味的身体在他旁边晃动,车每一次因路况颠簸而晃动时,她的身体便不由得倾斜而碰上他的胳膊。每每这么触及一次,热乎乎的感觉便像电流从手臂传到他的全身。

"您的车技很高。"世津子夸奖他的驾驶技术。

托鲁培库自从帮助世津子把圣书送到目的地后,眼前便一直浮现着她的影子。那是因为她比幼儿园里所有女教师都漂亮。与她相比,斋藤幸子之类的女人似乎是无人问津的丫环。至少他是这么看的。他每次去幼儿园做弥撒时,总要用目光寻找她,不过找到她很容易。因为在那些女教师中间,脸蛋长得最漂亮的当数世津子。

他没有立即接近她。她好像掌握了某种让他敬而远之的技巧。他那样感觉,可能是他第一次萌生了纯洁的恋爱念头。他对这家幼儿园的其他女教师们不仅冲动而且大胆,不是捏她们的手就是抱她们的肩膀。不知什么原因,唯独她让他自然而然地收敛了。世津子性格爽朗、保守,还拥有日本女人娴静的特点。他伺机主动跟她搭讪,可还是不能像以前那样如愿。不用说,帮着送书的情谊,她已经主动谢过他了。

"您上次帮我搬书,我向您表示由衷的谢意。托您的福,真是帮我大忙了。"她走到做完弥撒从祭坛下来的托鲁培库跟前,彬彬有礼地鞠躬致谢。甜美的微笑,来自她那双明眸和两排皓齿。

"不,别客气。"他一边觉得心跳在加速,一边答道,"我那么做不是为了你,是为了上帝。"他招人喜欢的蓝眼眸里闪现谦虚的微笑。也许以此为契机,他俩的情感会得到快速升华和发展。但事实并非如此。他的本意也许充满了那样的期望，然而世津子始终站在与他保持一定距离的地方。

例如做弥撒和举行的天主公教要理讲座结束后，她即便看到他在悠闲散步也不像其他女教师那样上前主动接近。而他看到她的时候，她不是与别人在一起，就是在他就要走到她跟前的时候很自然地离开了。

这不是刻意警惕他，如果单独与他面对面的时候，她肯定会主动投去善意的微笑。与同事在一起时，由于还没有完全熟悉这项工作，显得很懦弱，需要依附于前辈在工作上的指点。跟他眼神交织在一起时，她会猛地避开，就像树林里迷路的小鹿那样忐忑不安地奔跑。总之，她来幼儿园后还没有习惯。在他看来，这是她非常纯真的表现。

他觉得很幸福，比以前去达米尔那幼儿园还要富有激情。他向神祈祷，但不再是过去忏悔那样的祈祷，而是像来自树林间的光线那样充满希望的祈祷。

他俩有过一些短时间的对话：

"您好！神父先生。""您好吗？神父先生。""再见，神父先生。""你好，世津子小姐。""你好吗？世津子小姐。""再见，世津子小姐。"

尽管这些是压低嗓门的瞬间对话，他也感到十分满足。随着时间推移，她的笑脸给了他越来越多的兴奋，但在一段时间里却没有进一步发展。但他对其他女教师已经早就没有兴趣，既不再像过去那样冷不防捏一下异性的手，也不再像过去那样把手从背后绕到异性的肩上，再从肩上滑到异性的胸部。不用说，也不再把车开到黑乎乎的树林里试探异性的反应。此时此刻，他满脑子里装的只有世津子。

但是不久，幸运还真降临到了托鲁培库的身上。巴奇里奥教会每年春季和秋季都要为信徒们在郊外举办一日游联欢活动。这也算兼带对日常生活根本没有世俗快乐的神父们的慰劳和感谢，因而该会下属的四个分支机构干部每逢这一季节便选择联欢的地点。

所谓四个分支机构，即姐妹会、青年会、主妇会和干部会。其中当数姐妹会的成员最多，年轻而又靓丽，总被视为教会的主要力量。青年会由青年和学生构成。妇女会由中年妇女组成，在教会经营方面最具有实力和最具有发言权。干部会由信徒中间的干部结成，平日里显示不出什么特别积极性，可是一旦有情况，协助教会工作非常有力。那是因为这些会员本身都是家长。不过，人数不多。

这年春天，联欢会放在三浦三崎举行。古里艾鲁莫教堂的大约八十个信徒，分乘两辆巴士，大清早就离开东京。那一次郊外联欢会，托鲁培库和世津子都参加了。不管怎么说，托鲁培库是年轻神父，不能和中老年神父比，时常被晾在一边。当然，信徒们看到托鲁培库后会主动说些应酬话，可都是千篇一律的普通问候。他们对于并不那么熟悉的托鲁培库，既没有话题，也不感兴趣，都聚集在熟知的毕里艾和戈鲁基等神父周围。

世津子的情况也几乎与托鲁培库相同，在信徒们看来是陌生脸。在达米尔那幼儿园里，她也是新来的女教师。其他信徒虽知道来了新成员，但也不劝她加盟。人群中间有江原康子，她坐在毕里艾神父的旁边，当着大家的面与神父谈笑风生。这是没有必要责怪的现象，因为他俩是《圣经》合译人。如果信徒中间有人怀疑他俩之间的关系，那是冒犯侍候上帝的神父，也等于羞辱自己。

江原康子没有看漏这群人中间年轻漂亮的世津子小姐，不愧是同性的眼光，但是世津子的好身材和漂亮脸蛋并没有引起她的特别注意。从某种意义上讲，世津子小姐只不过是教会众多人中间的一个而已。人在与己无关的时候，无论有人如何胜过自己都是不会关心的。

两辆巴士载着他们到达三浦尖端的油壶时，快要晌午了。在那里，八十多个会员被分成几组，以小组为单位分头活动。这并不是固定的小组，只要相互间熟悉就可组合在一起。在这里，托鲁培库和世津子是孤独的。

有的小组在海滩上拾贝壳，有的小组围坐岩石聊天，另外，每个人都要表演拿手绝活或者唱歌。坐在那里，可以眺望开往城岛的小船。也有小组乘船去岛上玩。回去的集合时间是下午四点，可以足足地玩上一天。

托鲁培库独自一人在海边散步，没有一个信徒帮助新来的神父打发寂寞。这里不是达米尔那幼儿园，就是有异性对他感兴趣，他也必须在众人面前收敛，并且唯有他在这里不像神父。巴奇里奥教会的主要神父被信徒们簇拥着，黑色长袍随风飘荡，个个脸上春风得意。可以说，也许是同样的寂寞，使托鲁培库和世津子走近了。

江原康子和毕里艾神父肩并肩爬上海边的小山丘，随后走进山路。这里，是不会有人跟来的。这是一条山间小路，树木茂盛，视野狭窄。他俩手挽手，毫不顾忌被人看见，爬到那座山丘顶附近，可以从树林间隙看到海湾。"太美了！"江原康子不由得叫了起来，毕里艾神父把手绕到江原康子的背上。

"瞧！"毕里艾神父用手指着，那里是朝着海湾延伸的斜坡。在他俩脚下的地方，神父的黑色圣装和浅灰色西装正沿着茂密树林之间朝下面移动。由于枝叶茂密，只能看见那两个人的上半身。男人是棕色头发,女人是飘逸的黑发。

"咦,那不是托鲁培库吗？是不是？毕里艾神父。"江原康子瞪大眼睛叫嚷。

"安静！"毕里艾神父制止靠在自己肩膀上的江原康子的叫嚷,"我们就算没有看见,我们也不想被别人看见。"毕里艾神父悄悄地改变了行走的山路。就这样,联欢会让托鲁培库和世津子走到了一起。

晚上,他让她坐上轿车去他最熟悉的地方,也就是树林边上的河畔。停车后,他已经不需要试探世津子的反应了。白天,他俩在眺望美丽海湾时,已经在茂密树林深处紧紧拥抱在一起了。他带着她在能听见溪流声的河边散步,树林里依然静悄悄的,除了拂面的微风没有任何声音。所不同的是,年轻姑娘世津子在自己的身边。

他猛地一把抱住她,在她脸上一阵狂吻,激烈得让世津子险些叫出声来。春天的草都在长高,夜露还没有降落。他让她坐在草地上,自己的长腿也平伸着,双手一直抱着她的身体,还将她的双腿架在自己的大腿上。

这时,他唱起自己祖国的民歌,声音低沉,但旋律优美。他要让她欣赏异国的歌,激发她的情绪。树林、草原、小河和田地都在烘托他俩已经陶醉的情感。他欣喜若狂。世津子与他过去所接触过的女性完全不同,柔软的脸庞,性感的嘴唇,身上迷人的气味。这是上帝赐给他的。他太喜欢她了,恨不能把苗条身材的姑娘含在嘴里。

世津子不停地笑。"神父先生。"她小声问,"你这是爱我吗？"

幸亏他理解了这句话的意思。因为"爱"这一单词是他的职业用语,每天要说上许多遍。只是在这种时候,他能分辨出它与职业用语的"上帝"没有意思上的联系。

"世津子小姐,我喜欢你,非常喜欢你。"他在她柔软的耳朵旁边回答。

　　"真的?"她问。

　　"真的,这不是假话。我向上帝发誓,我喜欢你。"他满腔热情。

　　他确实说了"我向上帝发誓"。他说出这话的时候是绝对的真诚,因为上帝是伟大的,上帝的创造是最完美的,上帝也永远在人们中间。再说,向上帝发过的誓也是永远的,他对生田世津子表示了绝对的爱。

　　"我很高兴!"她轻声地嘟哝着,身体依偎在他宽阔的胸膛里,感受到他那羚羊般的兴奋和他沸腾的血液。

　　"世津子小姐,我不说假话,我喜欢你。"

　　"是爱我?"她确认他脸上的表情。

　　"爱。"他抱着她的脖子,用嘴唇吻她的整个脸。这时依然没有传来任何响声,只有不断流淌的河水声在耳边萦绕。"不介意吧?"他问,嘴里呼出热气。她不理解这句话是什么意思。幸亏他这句幼稚的日语没让她从深层次去理解,也就没放在心上。"不介意吧?"他又问了一遍。

　　这时,她是被他抱在怀里,当感到他的手在脱自己身上的衣服时才明白那句话的真正含意。

　　"不行!"她翻身跳了起来,身体离开他的手臂。由于动作过猛,让他一时不知所措。"不行!"她站起来整理了一下西服套装,可这一次说话声比刚才要温柔许多。他,老老实实地接受了她的反抗。

　　这时,他可能想到了什么,跪到草地上画十字。世津子不能理解他这时的祈祷用语,因为他用的是拉丁文,与站在庄严祭坛上听到的祷告文相同。他双膝跪在草地上,低着脑袋画了许多十字。

前方的树梢上挂着星星。他垂着脑袋，也好像是朝着星星在深深地忏悔。

她瞠目结舌地望着。接下来更让她惊讶的是，外国神父像被箭射中的野兽开始伤心哭泣。刹那间，她怜悯地抱住他的肩膀，用手指抚摩着他那棕色软发说："我不喜欢在这种地方，而是喜欢在房间里。"她说这句话时，声音里带着羞涩。

"房间里？"他仿佛遇上陌生单词，瞪大眼睛注视着她，表情茫然。

"嗯，房间里。"她点点头说。

"在房间里？"他仍然保持着跪在草地上的姿势，抬起脸问。

几天过后的一个夜晚，江原康子去附近购物回来，突然察觉到院子树下停有雷诺轿车。一开始，她还以为毕里艾神父来了，打量了一下车内，发现助手席上坐着一个人，正低着脑袋。由于没有光线看不清楚，可是那人好像是女的。奇怪！她暗自思忖。这里确实是自己的院子，这辆雷诺轿车也好像是古里艾鲁莫教堂的。问题是这辆车是蓝色的，而毕里艾神父的那辆是豆沙色。她犹豫起来，是否要打招呼，可又觉得那模样陌生，姑且还是回自己家再说吧。

这时，她看见了站在院门外的高个男子，对方好像也看到了她，朝她走来。借助屋里泻出的微弱灯光，这才看清楚对方。原来，他是自从上次跟毕里艾神父来家后便频频来访的托鲁培库神父。

"哎！"江原康子大叫了一声，随后停住脚步，"那不是托鲁培库先生吗！"

托鲁培库轻声打招呼："晚上好！江原康子小姐。"

"晚上好！怎么啦？托鲁培库先生，现在这时候？"

托鲁培库忸忸怩怩的。刹那间，江原康子把雷诺轿车里低头坐着的姑娘和他联系起来。

"哈哈哈,托鲁培库先生,你在谈恋爱吧!"江原康子噗哧笑了,随后不客气地问,"车里的姑娘大概是你的女友吧?"

托鲁培库没有立即回答,仍然是犹豫不决的模样,但最终还是压低嗓门说道:"嗯。"

"原来是这么回事。既然这样太委屈她了,让她在那种地方等候,快让她一起进屋。"江原康子边笑边说,"今天晚上毕里艾神父没来这里。"

第三章　罪恶的交易

江原康子让托鲁培库和世津子进屋，并小心翼翼地关上里面的隔扇。那房间被人看见可就麻烦了，里面是堆满黑市物资的小仓库。看世津子的表情，是勉强跟着托鲁培库进屋的，躲躲闪闪，踌躇不安。江原康子用多少有点捉弄人的目光看着她说：

"我看见过你。"

"嗯，我在达米尔那幼儿园工作，也在教堂见过大姐。"世津子恭恭敬敬地坐着回答。

"不，我看见你可不是在教堂哟！是在比教堂还要好的地方！"

世津子歪着脑袋问："那是哪儿？"

"就是上次联欢会哟！"

"什么，原来是这么回事！"她好像回忆起什么来，用手遮住脸，"当时我也见到您了，因为常见到您也就不知不觉地错过了向您问候的机会，谨此致歉。"她向江原康子低下脑袋。少女味十足的动作，让江原康子产生了一丝嫉妒。

"是的哟！不过，我是在你没察觉到我的地方看到你的哟！你知道你当时在哪里吗？"

"哎呀！"世津子的眼神似乎在思忖。

"是登上油壶后山的时候哟！你不是和托鲁培库先生一起去山里的吗！那后来怎样？"

江原康子毫不留情地问。一听这话,世津子满脸通红,困惑的眼神移向正在一旁跷二郎腿的托鲁培库。

"哎呀,您看见了？"世津子回答江原康子,"什么也没有啊！我只是和托鲁培库神父在那一带散步而已。"

"说什么啦？"江原康子笑嘻嘻地问。

"我问了他关于《圣经》的话。在那种景色里聆听上帝的教诲非常浪漫。"

江原康子歪着厚嘴唇笑着回答:"那时就你们两个真是太好了！是吧？托鲁培库先生。"

托鲁培库的表情稍有点尴尬,似乎还没有习惯这样的问答,只是善意地微笑而已。

"托鲁培库先生,"江原康子似乎蛀齿在疼痛,揉了揉腮帮说,"如果上帝说不需要去山里,这幢住宅里也可以呀！今后你就常常把她带来吧！"

"哎,大姐,今后可以拜访您吗？"世津子在一旁问。

"当然可以。"江原康子大声回答,"不要有什么顾虑,这里就我和毕里艾先生在一起合译《圣经》。不过,我俩在工作时请你们不要打搅,其他不管什么时候都行！"她一边看着年轻姑娘一边说。

"谢谢。"突然,两个人的说话间插入不成熟的日语。托鲁培库微笑着答谢。在她俩最初的心理较量上,这"谢谢"两个字发挥了作用。

"哎,托鲁培库先生。"江原康子朝着年轻神父说,"你刚才把她留在车上,独自一人站在院门口有什么事吗？"

"是为了这身衣服。"托鲁培库的纤长手指抓住身上的黑色长袍给江原康子看,而后低下脑袋说,"毕里艾神父在这里换衣服,也请允许我在这里换衣服好吗?"

"怎么,原来是为这事,行!"江原康子点点头,表示同意,"毕里艾先生嘛,常常把长袍放在这里,因为我要把它拿到洗衣店去。你穿着这身长袍大概不适合跟世津子小姐约会吧?哎,不管什么时候,我都给你保管。"

"谢谢,谢谢。"托鲁培库不停地致谢。

"哎,托鲁培库先生,今后你就带她来!是呵,虽说毕里艾神父在这里,但他在教会里是不会对任何人说的。是的,我会让他同意你俩这件事的,别担心!"

接着,江原康子的视线转向世津子:"世津子小姐,你也不必介意来这儿。毕里艾神父不在的时候,我是孤家寡人一个。"

两人刚才的较量似乎和解了。

"只是邻居多嘴,要小心哟!希望来时尽量不要显眼。"她皱起眉头,"唉,这附近就是这样,讨厌极了!什么都说,说我干黑市买卖啦,说我是毕里艾先生的情妇啦,等等。我过去还到附近走走,现在根本就不出门,也没有人来我家,你如果和托鲁培库见面,可以使用我这住宅。"

江原康子看着年轻的世津子说:"你一定是富人家出身吧?为了信仰去了达米尔那幼儿园是吧?"

"也不是什么富人家,只是……"世津子彬彬有礼地答道,"为了信仰去达米尔那幼儿园工作倒是真的。"

"是吗?佩服。"江原康子摆出大姐的威严问道,"过去在哪里?"

"在大阪。是半年前来东京的。"

"啊!"江原康子稍稍瞪大了眼睛,"那,你在东京是一个人?"

"不。"世津子摇摇头,"婶婶家在东京,我跟她住一起。"

"原来是这样。"江原康子听了这一回答,目光猛地移向托鲁培库,"那,托鲁培库先生,你随时都可以见到这姑娘吧?如果住幼儿园,出门不方便。如果从婶婶家去幼儿园,见面机会就多了。像你没关系,就是深夜回教堂也没关系吧?"

江原康子喜欢追根刨底,只要盘问一开始,则打破砂锅问到底,此刻视线又返回到世津子身上:"你婶婶家是做什么买卖的?"

"不是买卖。我叔叔在一家公司上班。"

江原康子问:"他一定有相当的地位吧?"

其实,江原康子是用相反的意思问那情况,期待对方回答说叔叔是普通职员就要退休了。

"不,也不怎样。他只是一家公司的高层干部。"

出乎意料的回答让江原康子感叹地说:"啊,是高层干部?那,你是大家闺秀。"接着感叹道,"那,你不工作也可以吧!你这完全是奉献。"

江原康子更加佩服世津子了。

"神父先生,你也知道,你没有自己可以使用的钱。"江原康子得知世津子不是穷人家的闺女后告诉她说:"你要考虑到托鲁培库不自由的地方,他最好能在经济上有自由就好了。"

对于这种多余的忠告,托鲁培库依然嘴边堆着笑把话听完。托鲁培库究竟有没有属于自己的钱,江原康子也不知道。不过对托鲁培库来说,他也没有想过什么时候能登上可以随意花钱的地位。他是新会计,从手上经过的钱都是教会的。他与其他神父一样,所有交通费都是由教会支付,此外不许拥有属于个人的钱,一切生活品都是由教会供给。

几天后,世津子拜访江原康子的家,也可以说是试一下江原康子的好意。其实,当时是打算和托鲁培库在那里碰头的。前一天,托鲁培库对她悄悄说让她在江原康子家等他。

这一带树木繁多,正值天快要黑完的时候。世津子刚要走进江原康子家大门,忽然看见茂盛的树林里停有雷诺轿车。凭直觉,她猜想托鲁培库已经来等自己了。

"屋里有人吗?"世津子在玄关门口喊。这时,牧羊犬的吼叫声让她猛地胆怯起来。犬在金属网里直立着朝她吼叫,她吓得浑身发抖。

玄关旁边有小窗,从那里朝外打量的不是江原康子而是一个棕发男人,茶色眼眸紧盯着来访客人。他不是托鲁培库!那张脸只露出一半,辨别不出他是谁。那张凑在小窗上的脸立刻朝后退却,随后屋里传出朝玄关门走来的脚步声。

接着,从里面传出开锁的响声。片刻后门开了,当世津子见到那个人的时候大吃一惊。原来,是她在古里艾鲁莫教堂见到过的毕里艾神父。她连忙行礼。毕里艾神父打量着她,屋里洒向路面的灯光凑巧射在她的脸上。

"请进!"毕里艾神父明白了客人是谁,脸上堆满微笑,伸出手示意她进屋,"你是世津子小姐吧?"

"是的。"世津子再一次行礼。

世津子见托鲁培库不在这里就打算离开,但毕里艾神父却说:

"江原康子女士告诉过我,说托鲁培库马上就来,你就先请进屋吧!"

她的脚在犹豫不决的时候已经跨了进去,毕里艾神父先进了屋里。这时,另一条牧羊犬从身后尾随上来威胁世津子,嘴里发出低沉的吼声。

"我怕!"她说,毕里艾神父转过身来赶走了那条犬。

"这幢房屋的家庭成员是江原康子和四条犬。"毕里艾神父轻声说,欲让世津子镇静下来。

"大姐不在家吗?"世津子还站在那里,对于家里只有毕里艾神父一个人她感到有点不安。

"她上洗手间了,立刻就来。哎,你坐!"毕里艾神父用善意的微笑示意她坐在榻榻米上,世津子无可奈何地坐在那里。

"我给你沏一杯咖啡吧!"毕里艾神父客气地说。

"不,不必沏咖啡。"世津子连忙制止。毕里艾神父站起来去沏咖啡,熟悉的动作俨如这家的主人。厨房里沏咖啡的地方、放咖啡和玻璃杯的地方,他一清二楚。

"请!"毕里艾神父将咖啡递给世津子。

"非常感谢!"世津子立刻呷了一口。

毕里艾神父目不转睛地注视着世津子喝咖啡的动作。外国人眼睛直愣愣的,习惯和日本人不同。她担心起对方凝视自己的那种目光,那目光不是来自一个神职者的眼睛,而是来自一个男人的眼睛。顿时,她心里变得紧张起来。

她已经等候了半个小时,还没听到江原康子的脚步声,就连托鲁培库来的预兆也没有。

"大姐马上还不会来吧?"她放下咖啡杯,问毕里艾神父。毕里艾神父靠在椅背上,神情严肃,背后是桌子,桌上堆放着厚厚的《圣经》和参考书,以及一叠文稿纸。听说他原来是学者,但是世津子还是觉得有点恐惧和不安。

"那我告辞了。"世津子做出了决定。

"别急,江原女士就要来了呀!"毕里艾神父用流利的日语安慰她,"托鲁培库差不多也该来了,你是跟他约好的吧?"

虽说世津子感到不安,可毕里艾神父说这番话时,她脸上也不由得泛起了淡淡的红晕。毕里艾神父和江原康子是《圣经》合译人。他这么说,无疑是从江原康子那里听说了世津子的情况。

"嗯,是约好向托鲁培库神父请教《圣经》里不懂的地方。"她无可奈何地答道。

"那是好事情。年轻的托鲁培库跟你探讨那样的话题,日语会渐渐变得流利的。"

不知道他这么说是讽刺还是什么,然而总的感觉那确实是好意。接着,他俩又一起坐了半个小时。那段时间里,世津子几次想离开,可每次都被毕里艾神父用各种理由打消了念头。

四十分钟过去了,好不容易传来皮鞋声。根据来人的开门方法,可以断定是江原康子,还有犬没有叫唤。

"哟!"江原康子移开隔扇门走了进来,目不转睛地盯着世津子,"你在这里?"

世津子终于放下心来,挪动身体行礼:"给您添麻烦了。"

"什么时候来的?"江原康子仔细观察世津子和毕里艾神父的表情,那是追根刨底的目光。

"大概是一小时前吧。"世津子回答说。

"是那样吗?"江原康子打量了放在世津子面前的咖啡杯,"毕里艾先生,你沏咖啡了?"

毕里艾神父笑着点点头。也许是心理作用,他与刚才看着世津子的眼神不一样,似乎在观察江原康子的表情,多少有点讨好她。

"世津子小姐是你外出时光临的,我把她当作你的客人招待。"江原康子笑着说:"你招待女客人还真行呵!"

　　又过去两个小时后, 世津子与托鲁培库才肩并肩地在夜色笼罩的街道上行走。这条路寂静而富有魅力,周围的许多旅馆都有霓虹灯。虽灯光不怎么亮,可华丽的氛围像春风那样飘动。道路两侧是一长溜的围墙,所有围墙里的屋顶上都闪烁着霓虹灯光。

　　托鲁培库把雷诺轿车停在不显眼的地方,关上车灯。他的脖子上系有漂亮图案的领带,身着色彩鲜艳的西装,无论映入谁的眼帘,都视他为快乐的美国人。他把手绕在世津子的背后,慢慢地行走在路上。高个头稍有点驼背,弓着腰好像对世津子轻声说着什么。

　　她脸上有丝丝忐忑的表情,路上尽管很静,可也不是没有行人。这一带情侣特别多,每当和其他情侣擦肩而过时,她总是脸朝着地面。走过好几条光线昏暗而又寂静的道路,他俩似乎在寻找什么。走过一个住宅区,接下来也还是相同的住宅区,很少见到商店,就像幽静的野外。

　　电车轰隆声从近处传来,亮着一长排灯光的车身紧贴着住宅区的背后疾驶。由于周围黑压压的,轻轨电车宛如行驶在大海上的汽船。

　　"我累了。"世津子轻声说道,"回去吧!"

　　托鲁培库不想就这样回去。他俩继续徘徊。虽道路不同,可还是在相同住宅区街上。有的是砖砌围墙,有的是混凝土围墙。托鲁培库抬头仰望,屋顶上是千篇一律的霓虹灯招牌。平缓的山坡的一侧好像是学校,长着杂草的斜坡一直向前延伸。平缓的山坡的另一侧,仍然是一长溜不停向前延伸的围墙。俯瞰鳞次栉比的围墙里的房屋,不计其数的霓虹灯竞相争艳,仿佛在寂静的夜空里喘息,微风抚摸着他俩的脸庞。

世津子依偎着托鲁培库行走,虽有时有行人转过脸来看他俩一眼,但这种情景在附近也已经不是什么稀奇的了。

托鲁培库不识日文,但喜欢模仿花卉图案制作的霓虹灯招牌。

"这里也是宾馆吗?"他问走在旁边的她。

"是的。"她看着夜空闪烁的灯光答道。

"这家宾馆可以。"他这么说,也许喜欢那种花卉图案。

"什么名称?"他问,她告诉他这家宾馆的名称,名称里也有"花"字,是一种高雅的花。

他俩走到用两棵树做成的牌坊前面,院子里面是石板路,两侧竖立着石灯笼。也不知从哪里射来微弱的灯光,照在地面积水上朝周围泛光。

院子正面重叠着让人联想起深山幽谷的自然石块,乍一看,就让人觉得这是一家放心的宾馆。可是一直到走进这家宾馆的玄关门,她心里还是踌躇不安。当里面传出脚步声时,她猛地朝外奔跑。他追上后问怎么回事。

"因为有人出来。"她快言快语。

"你认识吗?"他问。

"傻瓜,如果被人认出来,神父您也不会高兴吧?"她轻声笑着说。

他点点头,觉得她是一个细心的女人。一旦他在这里被信徒或其他熟人认出来,那可就出大事了。宗教的清规戒律不认可邪恶,更不认可神父与女人在一起。然而,他早就破了清规戒律。

"上帝是伟大的,上帝知道一切。"但是他一厢情愿地相信,上帝允许他破清规戒律。在树林里奔走的小鹿,有时候受伤而趴在棘荆里。可是,他决心站立在棘荆里。其实,那种刺痛形成的快感只有负伤的鹿才能感受。

她开始喜欢上这年轻的神父,时常在夜晚跟着他去有树林的地方、小河边上和长着嫩草的绿草地。当被他拥抱在怀里的时候,她觉得沉浸在无比的幸福之中。他的眼眸清澈,表情温和。正因为说日语不太习惯,更让人感到可爱。当他提出那种要求时,她则脱口说:"去房间。"

让她感到担惊受怕的是和他在草地上做爱,担心被人发现。可是每天早晨,他做弥撒时的威严与解说天主公教要理时的真挚,又让她从心底里崇拜和仰慕他,因此,对他提出的要求并不完全拒绝。

她也有过好几次恋爱经历,可是曾经的恋人里没有异国年轻神父。年轻神父对人的温和、对上帝的真纯和对自己灼热的眼神,让她的心都快化了,简直像做梦那样陶醉了。他与日本人不同,棕色头发和深邃的蓝眼眸让她总是沉浸在梦境里。

从他驾驶雷诺轿车带着她驶向这里的时候开始,她就明白接下来的付出。她也是信徒,知道神父这样破戒可能导致的恶果。然而对于女性来说,罪恶有时候是魅力。男子是为了满足自己而违反严格戒律的。其实,女人成为所谓的牺牲品也都是为了满足自己。

终于,他俩走进了有潮湿石板路的院子。石板路弯弯曲曲地通向玄关,院子里的布置像达官贵人的豪宅那样应有尽有。他俩站在灯光明亮的玄关,女服务员出来向他俩鞠躬表示欢迎。

她半隐蔽地站在他的背后,而只会一点日语的他想让她翻译。

他不会这种场合的用语,他所熟悉的只是日常问候之类的用语。然而害羞的她没有搭理,女服务员当然清楚她不翻译的理由,于是把室内拖鞋放在玄关内侧换鞋间的踏板上。

矮个女服务员在长走廊上朝前行走,脚步很轻盈,这是普通宾馆服务员所没有的。女服务员打开房门,转过脸看着他俩,示意请进。房间狭窄,映入眼帘的首先是床,占据了房间大部分面积,还有两张椅子,房间里显得有点拥挤。另外,还有西服大橱。墙上挂着几幅画,墙是淡颜色,一切摆设都是便宜货,冷飕飕的。

女服务员卷发,塌鼻梁,进来把茶放在桌上,不客气地看着世津子:"是这样的房间吧?"

"不。"她小声回答。

女服务员默默地点点头,也许是向客人们致礼。接着,她介绍了浴室位置和洗手间位置,随后从外面关上房门,关门声直扑世津子的心房。她刚才说"不",是表示没有住这里的打算。虽有点暧昧,可她来这里是打算与他说完话就回去的。这时,眼角里映入了红色被褥和枕边的台灯,模糊的光线显得刺眼。

房间服务员送来的日本茶,他喝不习惯,站起来走了几步,这种房间对于激动不已的他来说太拥挤,可对于直打哆嗦的她来说是惶恐。也不知他踱方步的声音会什么时候停止。在她的脑海里,掠过他脚步停下后的想象。

脚步声终于停止了,但是他没有从背后扑向她,而是和她说话,于是她转过脸来,见他正朝衣架上挂脱下的上衣。

所有灯光熄灭了,唯枕边还亮着柔和的灯光。光线映照出他的头发,犹如发芽前早春的青草那样染成了黄色,十分松软。他深邃的蓝眼眸直愣愣地看着她,眼白布有纤细的血管,手臂健壮,胸部起伏,正中央有一长溜黄毛,怀抱她的手臂上显露着粗壮的静脉血管,手指上也长有黄毛。

她紧张得身体缩成了一团。为缓解紧张情绪,他不停地哄她,用纤长的手指抚摩她的头发。她的脸上湿漉漉的,但不是泪水,而是他嘴唇在她脸上亲吻所致。她那微翘的嘴唇和鼻子之间湿润得泛起了光泽……

他使出浑身解数哄她开心,手指时而摆弄着她的长发,时而抚摸她的脸颊,还不时地朝着她的耳朵说几句俏皮话。他有时说母语,但是语调平稳。河流不会说话,但因听者的情绪而不时地变换意思,有时候流水声是表示欢乐,有时候流水声是表示抽泣,有时候流水声是表示怒吼……他窃窃私语的母语声也犹如流水声,唯她明白的意思在她的心灵深处渗透。他不停地抚摩她的脸,让她无法察觉他的手究竟在她身上什么部位移动……

"不介意吗?"他轻声问,声音模糊,像耳鸣。他重复那句话。这一回声音比刚才大。她听明白了,全身颤抖起来。这时,他的双手朝下滑行,开始脱下她的衣服。她抵抗,可他没有停止。他狂吻的嘴唇变得更加激烈。

"关灯!"她嘴里直嚷嚷。他的手伸向枕边,微弱的台灯光线随着吧嗒声熄灭了。即便那样,房间里还是有不知来自哪里的微弱光线,模糊地浮现出他俩身体的轮廓。窗外响起风声。

"托鲁培库先生。"她按住对方的手,声音颤抖地问,"你真爱我吗?不是嘴上说说的吧?"

他明白了她说的意思,把手放在她的下巴上,让她的脸朝上,尽情地亲吻她。"我喜欢你,非常喜欢,我不会变心的。"他用含糊不清的日语回答。

"你一定要那样,好吗?"她慎重地进行确认。

"我不说假话,发誓也行。"他说完用手画十字。

于是,她把脸贴在他那宽阔的胸脯上激动地哭了。趁她哭泣的时候,他的动作变得肆无忌惮起来。这时她虽然也有小小的抵抗,可已经不像刚才那么强烈,抵抗一点点地消失了。她眼前的幻影变成了幻觉。

打那以后,他和她之间的关系更加亲密了。过去只是在达米尔那幼儿园里偷偷看她,现在那种视线刺激早已不能满足他的欲望了。他希望每天都能和她亲热。为此,他每天早晨提前四十分钟起床,开车去附近接她。

从古里艾鲁莫教堂去达米尔那幼儿园,要经过一条有许多杂树的林阴道。可她家在相反的方向,必须绕远路,要足足多上四十分钟的路程。雷诺轿车穿过乡村道路后驶向城市街道,由于时间还比较早,路况不是那么拥挤。尽管那样,还是得用去许多时间。穿过街道后来到事先约定的树林,她早已在那里等候。于是,他一边挥手一边将车徐徐驶到她的跟前。

"早上好!世津子小姐。"

"早上好!"

她赶紧上车。为引起她的注意,他戴了一副墨镜,头发被寒冷的晨风吹得凌乱。雷诺轿车径直驶向幼儿园,速度并不快,他俩需要在一起交谈。他驾车,她坐在旁边不停地说着什么。他的脸上始终堆满温和的微笑,时不时地用简短的语言回答。如果这样的交谈还不能满足时,他不得不把车停在寂静的路边。

当车到了达米尔那幼儿园的附近时,她便悄悄下车,并且站在那里朝他微微挥手,一直到他在远处消失的时候才迈开脚步。

在托鲁培库和世津子曾经歇脚的那家情人宾馆附近,有风景独特雅致的地段。那儿有很大一片树林,树林南侧有一条宽阔而又平坦的道路,没有电车,但巴士和其他交通工具川流不息。在那条道路与另一条道路的交叉地段,风景优美,道路两侧是整齐的银杏树。像这样的景色,有朝一日准能出现在展示东京风景的明信片上。

　　那地段里建有现代公寓,据说整个东京还没有这么高级的公寓。日本一著名女演员租住该公寓房间,公寓有三层楼高。众所周知,这里的租价非常昂贵,除摆阔的女演员以外,租公寓房间的,大部分是外国人。租房者中间,有叫朗卡斯特的英国人。从表面上还真判断不出他是否真正是英国人。他自称贸易商人。

　　通常租用一个房间的房租也已经惊人的昂贵。可是,朗卡斯特却长期租了两个房间。他看上去三十五六岁,体格健壮,表情严肃,尽管两鬓有白发,但头发梳理得整整齐齐。他自称英国人,外表给人的感觉不错。平日里身着笔挺的绅士西装,遇到邻居时和蔼可亲。

　　他在闹市中心办公大厦的事务所里,雇用了一个女秘书和一个事务员。公寓是他的居所,秘书常来汇报工作,有一头漂亮的金发。不用说,来公寓的人是清一色外国人,其中有毕里艾神父和戈鲁基神父,来访时西装笔挺。不知他们之间是从什么时候开始交往的,看上去俨如老朋友。

　　朗卡斯特并不是一年到头住在这幢公寓里,很多时间在外旅行、出差。有时候去香港,有时候去马尼拉,有时候去开罗,有时候去朝鲜,贸易面很广。每次出差前或者回来时,他总要与戈鲁基神父和毕里艾神父见面,似乎是巴奇里奥教会的忠实信徒。只要神父们一到那里,他便紧闭房门,三个人凑在最里面的房间交头接耳。至于内容,除这三个当事人外谁也不清楚。

不可思议的是,这时的他态度凌驾于两个神父之上,至少表情是那样的。就巴奇里奥教会来说,无论身份多高,如果是信徒,都应该在神父之下,因此他们之间的位置颠倒令人感到奇怪。并且,他们的会面大多选择在夜晚。

神父们悄悄地把车停在豪华的公寓旁边,一边观察周围,一边推开公寓的厚玻璃门,然后低着脑袋上楼,尽可能不与别人的视线交织在一起。公寓里没有电梯,他们在大理石地面走路和上楼时,尽可能不让脚下发出响声,走到三楼后则轻轻敲响 26 号房门。

门边有窥视窗,里面的人先通过该窗核实来访客人是谁,随后开门。主人有时只把门拉开一半,客人便敏捷地进入房间里。这幢公寓即便大白天也是万籁俱寂,除细微的收音机声音从房间传出外,整个世界无声无息。希望读者记住朗卡斯特的名字。从某种意义上说,古里艾鲁莫教堂及其下属教会已经多年处在他的操纵下。不用说,那与宗教无关。

新会计最初是跟着戈鲁基神父来这里的。古里艾鲁莫教堂的历任会计都是这样。新会计托鲁培库也不例外。眼下,是他提升为会计后终于懂得如何记录账簿的时候。他一直有个疑问,那就是前任会计和新任会计之间不知何故没有工作上的交接,这段期间的工作十分辛苦。

新任会计不主动向前任会计讨教工作,从工作习惯上看似有点古怪。谦虚、温顺和友情第一,是巴奇里奥教会的教规和宗旨。可是,神父们的所作所为与其截然相反。

托鲁培库也是其中一员,甚至在古里艾鲁莫教堂同事面前大骂前任会计工作散漫,账簿不齐。读者大概还记得战后不久,该教会把来自美国堆积得像山包似的砂糖放在仓库里,并违反当时的法律从事黑市交易。他们意识到与其把糖分给下属各分支机构,倒不如把一半砂糖出售给黑市生意人。把以这种方式获得的资金用于传教,可以取得更好的效果。

他们认为这样做不是犯罪,认为在传教上可以无视劣等国家的法律。在巴奇里奥教会的眼里,日本属于劣等国家。根据振兴教会和传教优先的前提,那样做是情有可原的。

但是砂糖流通靠外行是不行的,需要有黑市专家操作。在传教上,巴奇里奥教会不择手段的历史已经很长。秘密出售砂糖,凑巧成了日本警方的侦查对象。当警方进一步搜集证据的时候,却受到该教会信徒中间的实力人物的阻拦而偃旗息鼓了。

实力人物不是教会职员,而是日本政府高官。顺便说说依靠名门夫人传教的方法,这也许要追溯到五百年前。回忆起战国时期的诸侯家庭结构,就可以一清二楚。姑且不赘述该情况。

砂糖风波总算没有给该教会添麻烦而不了了之,某信徒因此成了牺牲品。牺牲未必令人赞叹,但是给该会历史增加了新的篇章。但是,"专家"没有落到那种地步。最初,该教会打算利用他发财,可那样的"贸易关系"有了以后难以切断,于是该"专家"成为颇有势力的主子。

读者们也许能回忆起鲁库尼神父与戈鲁基神父两人当初时常外出的情景吧?他们的目的地是芝浦仓库,监督把货物装上车。可也不知什么时候有同伙了,就悄悄地站在他俩身边,于是乎交易范围进一步扩大,当然主要是发挥砂糖作用的时代。

当然不只是砂糖。与战前相同的甜羊羹、西式点心和其他各种甜味食品,偷偷地来自著名的老店铺。这情况也许有些读者清楚。古里艾鲁莫教堂拿到黑市交易的不只是砂糖,交易手法也越来越巧妙,有许多是把砂糖送到点心店加工成产品后交易。采用这种方法,利润可以大幅度增长。

最后还有一件事必须请读者回忆。

日本战败后,来自美国救济物资里的大量衣服是以战争孤儿为对象的。那是众多宗教团体筹集后发给救济对象的。可旧衣服的衬里和面子之间,也许会有人猜想其中夹着什么东西。

在那些衣服到达教堂时,便被迅速送到门窗紧闭的房间里,悄悄解开后取出里面的东西再缝合后发送到被救济对象手里。

问题就出在那里面的东西,被缝在西服衬里和面子之间。该物品分量轻,从外表察觉不了。尽管增添那样的麻烦,但是经济上也是合算的。也就是说,它是高价物品。朗卡斯特是贸易商人。如果夹在旧衣物里的物品是他操纵的,那结果会怎样呢?古里艾鲁莫教堂的历任会计,为什么要傍晚或者夜晚避开他人视线偷偷拜访豪华公寓呢?

托鲁培库频频拜访朗卡斯特。现在,他也是脱去那身黑色圣装换上便服出门。换衣地点是江原康子的家。朗卡斯特本人绝不去古里艾鲁莫教堂,双方之间的联系都必须由教会派人前往。这并非他吝啬亲自去教会的体力,而是他一去教会,神父们会感到困惑。也并不仅仅是朗卡斯特和教会直接交涉,其中还有一些日本人,都是巴奇里奥教会的信徒。

是信徒,进出教会理所当然,算不上什么稀奇事。还有就是采用电话联系。古里艾鲁莫教堂有两部电话,一部在办公室,一部在二楼分会长室。电话铃一响,如果教堂里的日本职员有迹象接电话,旁边的托鲁培库马上会伸出手夺走电话听筒。眼下,托鲁培库在用母语与电话那头交谈。一有电话,日本职员便被支得远远的。他用手掌在话筒口围一个圆圈,压低嗓音说话。有时,话里还掺入暗号之类的单词。

他在做这些事情的同时,始终不忘与世津子之间的交往。他俩有时去树林旁边呼吸夜晚空气,有时去寂静住宅街的情人宾馆幽会。情人宾馆女服务员们觉得托鲁培库是精神饱满的美国人,脾气温和,招人喜欢。他有时把口香糖和巧克力等分发给负责招待的女服务员。

托鲁培库和世津子在静悄悄的房间里有时候待上两小时,有时待上更长时间。一般在女服务员看来,像世津子那样跟外国人来宾馆的,应该是专干明行的,没想到她留给女服务员们是一种少见的单纯印象,始终是怯生生的,没有那类女人专横跋扈的态度。她在与他共度快乐时光的同时,非常难得地博得了女服务员们的好感。

他俩之间随着幽会次数的不断增加,爱情也逐渐升华,她对于他的爱已经发展到可以奉献一生的地步,尽管原本就没打算过和这样的恋人结婚。幽会地点,有时也使用江原康子的住宅。一天傍晚,她按照他的意思来到江原康子家,当时毕里艾神父一个人正在伏案疾书。

"您好!神父先生。"她觉得来得不是时候,打算离开,还觉得被他看到自己与托鲁培库见面影响不好。

"哎,你好!坐!"毕里艾神父笑着挽留她,"江原康子就要回来了。"

她踌躇起来,一来与托鲁培库约会的时间快到了,二来担心听错约会地点不是在这里而走散。可是,又觉得一见到毕里艾神父就马上离开也许会被误解，于是勉强留下。

毕里艾神父的日语说得很流利，跟她展开许多话题，他的幽默感，逗得她发笑。说着说着，她不由得焦急起来，江原康子看来不会很快回来，约定的时间已经过去，也不见托鲁培库。毕里艾神父见状眯起眼睛问道："你是等什么人吧？"

"是的。"她脸朝着地面回答。

"大概是等托鲁培库吧？"

她没有吱声，脸瞬间变得通红。

"托鲁培库是我的朋友，年轻有为。世津子小姐大概很尊敬托鲁培库吧？"

"嗯，是的。"她点点头。

"他是好小伙子，我们对他抱有很大希望。为了摆脱眼下不景气的状况，教会必须有像他那样大有希望的人。"毕里艾神父大肆夸奖托鲁培库，这对于她来说不会不高兴，无论谁都希望恋人受别人称赞。毕里艾神父和世津子聊天后，也就搁下了手上工作。桌上放有厚厚的辞典和原稿纸等。

"我有点口渴。"毕里艾神父突然说。也许工作累了，也许是与她说话所致。

"我去端水。"她站起来。

"你知道水在哪里吗？"毕里艾神父看着她不熟悉这家里情况的样子。

到底是别人的家，虽然能估计出大概方位，可她还是不能准确地说出厨房位置。

"我来告诉你。"毕里艾神父从她背后走上来。这家真是不可思议，大白天也门窗紧闭，唯有毕里艾神父所在的房间亮灯，房间当中的隔扇也是关得严严实实的。经毕里艾神父指点,她这才找到厨房。这时,眼前突然出现牛犊那般大的牧羊犬,嘴里发出吼声,吓得她胆怯地站在那里直发愣。"我怕!"她不由得发出一声悲鸣。

毕里艾神父赶紧从后面探出脸窥探:"不用怕!"

可是牧羊犬直愣愣地看着她吼叫,眼看要朝她身上扑过来。她吓得脸色苍白,毕里艾神父立刻训斥牧羊犬。就在她的恐惧感还没消失的时候,神父冷不防从背后一把紧紧地抱住她,嘴唇凑在她脸上一阵狂吻。

秋天来了,古里艾鲁莫教堂没什么大的变化,但传教活动很顺利。毕里艾神父还是继续翻译《圣经》,快要接近尾声。教会仅有一个变化,那就是涉谷教堂的戈鲁基神父接到调令去大阪了。

说到戈鲁基神父,他是托鲁培库难忘的宗教前辈,是他把托鲁培库会计介绍给了朗卡斯特。调戈鲁基神父去大阪教堂的,是马鲁旦分会长,他是巴奇里奥教会驻日本分会的最高负责人,办公地点就在古里艾鲁莫教堂二楼。

调动手下神父,是他的工作方法之一。调戈鲁基神父去大阪不久,他便把托鲁培库喊到他的办公室。"托鲁培库,工作顺利吗?"马鲁旦分会长坐在大办公桌后面问他。

"顺利,分会长。"托鲁培库恭敬地回答。

"与那个人之间的联系怎么样?"分会长压低嗓音。

"顺利并且在谨慎地进行。"

"你还年轻。"分会长继续告诫,"谨慎是最重要的,明白吗?"

"明白,分会长。"

"戈鲁基神父不在东京,你的责任重大。明白我说的意思吗?托鲁培库。"

"我明白。"

"有什么困难,找毕里艾神父商量。"

"是,按您说的办。"托鲁培库笔直地站在分会长面前,自始至终谨慎地回答。

"有人向警方检举新桥教堂的黑市交易。"马鲁旦分会长从椅子那里站起来,焦急地踱起了方步。"太麻痹了。"他说道。

"主任神父和会计神父都被解职了,调去干杂务。尽管那样处置,但还是迟了。麻痹大意才被警方知道的。托鲁培库,你可要小心哟!"分会长走到托鲁培库旁边,注视着他,"你的责任重大,不许因麻痹而重蹈新桥教堂的覆辙。你应该清楚万一出事会带来怎样的恶果!"

"这我已经清醒意识到了。"

"那好。"分会长说,"你知道小心谨慎,我也就放心了。还有一件事情是我必须提醒你今后要注意的, 希望你与他之间的联系今后要继续,但还是不能让任何人察觉。"

接下来的所有交谈都是用他们的母语,并且是在密室里进行。交谈结束后,托鲁培库离开分会长办公室返回会计室。也不知毕里艾神父是什么时候突然出现在他旁边。

"分会长说什么啦?"他用母语问,是防止日本职员偷听。恰逢一日本职员从旁边经过,见毕里艾神父朝他瞟了一眼赶紧加快步伐离开。

"不能麻痹大意,重大事情都要在没有日本人的时候说。电话怎么样?"毕里艾神父又问。

"电话尽可能由我接。"

毕里艾神父点点头："你那样做很好。日本人接电话,虽然听不懂,但只要记住电话那头的声音,我们就会麻烦缠身。托鲁培库,你要尽量像说的那样做。"

他俩就那样在长走廊上走着。这时, 毕里艾神父奇怪地笑着说："最近没有见到世津子小姐,你一直在与她见面吧？"虽嘴角堆笑,可视线紧盯着托鲁培库。

"不,不怎么见面。"托鲁培库不知怎么的脸红了。

"大概是吧！她也不常去江原康子家。你下一次见到她时,就说江原康子要她去玩。"

"我会向她转达的。"托鲁培库答道。其实,他大概知道世津子不去江原康子家的原因。

"我害怕去那家。"她曾对他这样说过。他大致能猜测到她为什么害怕去江原康子家,因为她已暗示了那样的理由。

秋天不知不觉地过去了, 冬天来了, 他和她的幽会一直在继续,两人的爱情如胶似漆。对他来说,她是唯一的心上人,而她也是一心一意地将火一般热情倾注在他的身上。遗憾的是,他是巴奇里奥教会的神父,上帝不允许他结婚娶妻。但她已下定决心,即便牺牲青春也要把一切献给他。

现在,她已经陷入没有他就几乎无法生活的感情泥潭里。他说爱她的时候,让她感到人生价值。他拥抱她的时候,给了她生活的激情。他早已不用祷告的形式向神谢罪,因为他的灵魂早已被她夺走了。

现在,他对上帝不再有恐惧感。但是他始终认为,那是神的大慈大悲把爱赐给了他,有了这样的意识,他的罪恶感便像冰块那样融化了。

他依然秘密地去高级公寓与那个人会面。这跟自己与世津子的快乐并无关，只是他的工作而已。人在享受快乐的同时也必须致力于工作。那究竟是什么工作？必须先了解清楚其真实面目。

但是就像晚上蹑手蹑脚地走在阴森森的楼梯上，随后用暗号敲响朗卡斯特房门那样，其真实面目与黑暗融为一体。只能说，他与朗卡斯特之间的交往不属于个人行为，而是古里艾鲁莫教会与他之间的特殊联系，并且一切都是马鲁旦分会长在幕后指挥。

一个冬天的晚上，他像往日那样走进朗卡斯特的房间。不知何故，郎卡斯特像热锅上的蚂蚁坐立不安。大概就二十分钟的时间，他俩结束了商量。说是商量，其实是朗卡斯特在指令他行动。他们压低声音说话，重要的地方做笔记。

朗卡斯特皱着眉头："最近我们的流通渠道变得危险了。我在思考是否有更安全的方法。"

以往，朗卡斯特总是一副沉着坚定、富有智慧的表情，可今天阴暗得仿佛乌云笼罩在他的脸上。托鲁培库进屋的时候立刻察觉到了。他的情绪不好，原来是流通渠道出了问题。"我终于想出安全办法了。普通的通讯办法让我不放心，我的几个伙伴掉到警方设下的陷阱里。我不得不为此慎重思考。"朗卡斯特说完，朝蜷缩在沙发里的托鲁培库瞟了一眼。

"我想到一个最安全的办法！托鲁培库。"

"什么办法？"托鲁培库问。

朗卡斯特在房间里一边踱方步，一边说："我如果有危险，则意味着你所在教会也难逃厄运。你明白这道理吧？托鲁培库神父。"他紧盯着托鲁培库的脸。

"这不用说,朗卡斯特先生。那样的结果太可怕了!就只是想,我也会全身颤抖的。"其实,托鲁培库的手指已经在颤抖,"已经出现那样的预兆了吗?"

朗卡斯特没有立刻回答,仍然一个劲地在房间里踱方步。房间里鸦雀无声。这种公寓就是因为安静,他才喜欢上的。这时候,能在寂静的房间里听到朗卡斯特沉重的呼吸声,有时候还偶尔听到从玻璃窗外传来警笛声。

"我想要'鸽子'。"朗卡斯特的嘴里冷不丁冒出这么一句话。

"鸽子?"这突如其来的话,使得托鲁培库惊讶地抬起头来。

"是的,是'鸽子',我想要驯养的'鸽子'。"

托鲁培库脸上还是莫名其妙的表情:"是在这房间里养鸽子吗?"

"我们需要'鸽子'。"

"我们?"托鲁培库两眼紧盯着正在踱方步的朗卡斯特的脸。

"是的,是我们,是我们的'鸽子'。托鲁培库神父。"朗卡斯特停下脚步,把椅子搬到托鲁培库面前坐下,"'鸽子'是最安全的!为此我想饲养可爱的'鸽子'。"

"请解释。"托鲁培库嚷道,"到底是怎么回事?"

朗卡斯特镇静地把烟叼在嘴上,咔嚓! 点燃了打火机。

"要不了多久,有国家将开通从东京飞香港的航班。如果快一点,多半是来年春天。"他吐着烟雾说,"我放飞的是来往于东京与香港之间的'鸽子'。"

托鲁培库嘴里响起了啧啧的赞许声:"明白了,那让谁来往于那条航线呢?"

"我当然是说让'鸽子'来往于那条航线,不是临时让人替代。我是想让'鸽子'神不知鬼不觉地来往于东京与香港之间。"

"你的想法我明白了一半。"托鲁培库说，"剩下的疑问，请解释。"

"新航班每天在规定的时间，来往于东京和香港之间。那家航空企业目前正在招聘这条航线的空姐。"朗卡斯特解释道，"上述就是我对'信鸽'的解释。不依赖现代通讯手段，而是由'信鸽'完成人之间的通讯任务。那就是'空姐信鸽'，托鲁培库。"

朗卡斯特紧盯着托鲁培库："你是教会神父，你拥有大量信徒吧？那中间有没有适当的人选？当然，是让女信徒担任那条航线的空姐。我们让她发挥这样的作用。"

"那是个好办法！朗卡斯特先生。不过，那可不能随便说。尽管教会里有许多女信徒，其中不乏年轻姑娘，但是公开秘密让她们担任交通员，那做法太危险了。"

"是那样的，托鲁培库神父。"朗卡斯特点点头说，"必须绝对保密。一旦向外泄露，我们将全军覆没，所以想请你寻找适合的年轻姑娘。"

托鲁培库没有立即回答，满脸犹豫的表情。不，是困惑和混乱交织在一起的神情。"我不能胜任那样的工作吧？朗卡斯特先生。"他不知所措地说，"我想最好还是你去找这样的人选。"

"我没有这样合适的日本女友。"朗卡斯特苦笑着说，"这可不是任何人都有这种资格的。我熟悉的一些女友不具备担任新航线空姐的资格。像你这样的神父，理应知道信徒里有没有适合的女性。"

这时，世津子在托鲁培库的脑海里一闪而过。正如招聘广告要求的那样，当空姐首先要容貌端庄、美丽、年轻，只是要通过那样的考试太困难了，不知她的英语怎么样。她一心向着他，即便他本人泄密，她也不会泄密的。他很想说她的情况，但最终还是没能说出口。

"难办呵,朗卡斯特先生,给点时间让我想一想。"

"喂喂。"朗卡斯特摊开双手,"这物色人选的时间很急,你慢吞吞的思考可不行。这条航线的空姐,对于我们来说是唯一的机会。务必抓住它!托鲁培库,能否请你立即找到这样的人选?"

托鲁培库抱着脑袋。

"无论从哪个角度看,把空姐当作信鸽使用都是最安全的!她们的随身携带品,海关是不检查的。工作需要她们每天来往于香港和东京之间,不会引起任何人怀疑,是吧?托鲁培库,你有没有这样理想的'鸽子'?怎么样?你大概有人选了吧?!"

"让我想想!托鲁培库还在犹豫。突然,朗卡斯特的眼睛炯炯有神,嗓音也变粗了:"不要瞒我!托鲁培库,你和世津子小姐是什么关系?"

托鲁培库"啊"了一声,大吃一惊。朗卡斯特是怎么知道这一情况的?

见他被问住了,朗卡斯特脸上露出淡淡的笑容。

托鲁培库把接下来的幽会地点选择在了老地方的情人宾馆,见面时把朗卡斯特的话告诉了她。那家宾馆的房间是充满快乐的密室,那种氛围也适合说秘密话。只要是他说的,不管什么她都信、都服从。她的心里充满了爱情。当然,他对她说这一情况时,没有说出朗卡斯特的名字,始终坚持说是自己的想法。

"让我当空姐!"她瞠目结舌。据他说,那还是一家外国航空公司。她的眼睛开始发光。她惊诧地感到自己像遭到突然绑架似的,正在被拽往她过去连想都不敢想的空姐世界。

"你真漂亮。"他赞美她说,"漂亮是应聘空姐的首要条件,如果你应聘肯定能顺利通过。"

他劝说,但并不怎么积极。从某种意义上说,他是被迫执行命令,难以产生劝说的激情。再说那不是一般意义的空姐,是朗卡斯特胆大包天的阴谋,让他感到心情沉重。

"可是我没有信心。"她面红耳赤地看着地面。

"你长得漂亮,没关系。"托鲁培库继续劝说,还是不很起劲。

"不,不是那回事。在外国航空公司当空姐要会说英语吧?可是我对英语毫无信心。"

他沉默了。招聘空姐除身材和五官端庄漂亮外,英语素养被作为重要条件。她也许没有具备那种才能,在平时与她的交往中一次都没有听她说过英语。

"这是好职业。不过不会英语我肯定落选,你的建议对我来说简直是高不可攀。"

"先试着考一下怎么样?"他只得劝说到这里。在他看来,她的拒绝反倒使自己心里感到踏实。他深知朗卡斯特从事的职业真相,如果把她卷进这种贸易圈,也就等于把她推到了危险的境地。当外国航空公司空姐,这职业是许多姑娘的憧憬。然而她没有头脑发热,心血来潮。这让他实实在在地松了一口气。

托鲁培库清楚世津子的性格,知道她不是一般的女人。虽保守但心里充满了年轻女人特有的理想和憧憬。通常,一般女性听到这样的建议会马上欣喜若狂。可她的想法让人感到格外的实在。诚然,不会英语确实是不能胜任这一职业的。

"不,我不去干毫无自信心的工作,那只能是出丑。亲爱的,我

114

只为达米尔那幼儿园工作就够了。"她说得很干脆。但是,她脸上掠过一丝遗憾的表情,很明显,她是不得不放弃这一难得而又令她向往的职业。

刚才,在他提出该建议的一瞬间,她仿佛觉得自己乘坐在细长、矫健和插有翅膀的银色胴体里,在蓝天上翱翔,在云雾中穿行,似乎觉得地球就在机身下旋转。她乘坐的飞机将身影投射在地球上,编织成一道美丽的风景线。

"只为达米尔那幼儿园工作的想法了不起!"他严肃地说,"为上帝工作是我们的首选职业,你的想法了不起。"

她的拒绝,让他高兴和放心。如果应聘空姐的首要条件是英语,这或许能让朗卡斯特改变原来的想法。她英语不过关,不能胜任空姐,当然也就不能担任所谓的"鸽子"了。他沉浸在得意之中,一把将她紧紧抱在怀里。

"好吧,我劝你当空姐的想法就到此为止。亲爱的,你即便稍稍离开我一会儿,我也会感到伤心的。我只是为你考虑才提这一建议的。对不起,你就当我没说过。"

"我非常理解你的好意。谢谢!"她表示谢意,但是似乎没有心思接受他的吻,任凭他充满激情的嘴唇在自己的脸上、额上和脖子上狂吻。她那双微微睁开的眼睛直愣愣地看着机会离自己远去,似乎是惆怅,似乎是内心的摇曳。这些并没有引起他的注意。

第二天晚上,他开车来到朗卡斯特的房间。在他转达世津子拒绝应聘空姐以后,朗卡斯特很不高兴,表情比他俩任何一次见面都差。朗卡斯特向来彬彬有礼,像商人那样会应酬,态度和蔼。在教会看来他是重要人物,虽说使用的是商人语言,可其坚定的信念包含在他那柔软的语言里。

他温文尔雅，就连笑的时候也绝不出声。他的笑脸，似乎在向古里艾鲁莫教堂的神父们传达他强烈的意志。托鲁培库记得毕里艾神父嘴里曾漏出这么一句话，那是从朗卡斯特那儿回教堂的路上："那家伙可怕！"

当时，他没那么认为。其实，旁人并非能看出朗卡斯特鲜为人知的另一面。不过，理解毕里艾神父当时那番话的意思并没花很长时间。不久，他开始单独与朗卡斯特接触。他真正感到了可怕，是随着见面次数增多而渐渐明白的。

朗卡斯特是令人不寒而栗的家伙。从外表看上去着装整洁，发型讲究，绅士风度。可是，那对大眼睛里射出的是毛骨悚然的目光。此刻，朗卡斯特的那种目光咄咄逼人。不知朗卡斯特是否听完了他的转达，表情变得阴险极了，于是他的脸色也随之发生变化，不知该怎么办。

"我们需要'鸽子'！"朗卡斯特从椅子上站起来，一边踱方步一边大声吼叫，"这句话我已经跟你说过，托鲁培库先生。"

"是说过的。"他不安地坐在椅子上回答，"所以，我按你的吩咐对世津子说了。"

"你肯定没有对她说有关'鸽子'使命的话吧？"

"那是当然的，朗卡斯特先生。"他的视线没有离开踱方步的朗卡斯特。

"你没有对她说，因为那是只有我们才能知道的秘密。"朗卡斯特慢吞吞地说，"可是，'鸽子'的人选只有世津子。我是这样想的。"

"但是……"他正想说什么，被朗卡斯特的手势打断，"你别说了，还是听我说！她为了对你的爱会为我们保密。只要你让她那么做，她肯定会忠实执行。是吧，托鲁培库。"

"那倒是的。"他把双手合在一起。

"所以,答案应该很简单。世津子是担任我们'鸽子'的最佳人选。"

他诚惶诚恐地答道:"但是,朗卡斯特先生,她没有英语基础。这不是日本航空公司招聘,而是外国航空公司招聘空姐。她也说无法胜任这项工作。不会英语,考试是不可能通过的吧?"

朗卡斯特还在踱着方步,眼朝地面似乎在听自己走路的脚步声,但脸上已经浮现出淡淡的笑容,他走到托鲁培库坐的椅子跟前,冷不丁停住脚步。瞧那架势,朗卡斯特不像商人,而像行政长官那样,耸起肩膀说:"只要是我推荐的,航空公司考试就一定能过关。"

"你推荐就能合格?"他惊讶地抬起脸望着朗卡斯特,只见他嘴角边挂着微笑。

"能合格。这世界上,没有我办不到的事情。那家航空公司里有我的生死弟兄,并且他还是公司的高层干部。凡是我推荐的,他都会高抬贵手的。至于酬金,我已经准备好了。朗卡斯特又在他面前耸了耸肩。

"别对我说不信,托鲁培库先生。"对方的视线笔直地射向他的眼睛。

"不,要是你推荐,我相信能合格。朗卡斯特先生。"他受不了对方的犀利目光。

"你也是那样想的?我干过许多大事。为了自己的目的,别人干不了的事情我也能一一办到。例如,把我讨厌的人……"朗卡斯特刚说到这里又突然耸起肩膀,"不,你是神父,我就不说了。"

朗卡斯特又继续踱起方步来:"总之,我按照自己的意愿去做,凡自己办不到的就请别人按我想的去做。世津子说她英语不行，但考试不会有困难。你也许听说这次应聘空姐的人数很多，考试严格，可能有许多人落榜。但是只要是我推荐的，不幸落榜的名单中间应该不会有世津子。只有我才能下这么肯定的结论。"

托鲁培库说不出话来，不知如何是好。

"我重复一下我说的内容。我需要'鸽子'。这就是我现在的目的。要使买卖顺利，就必须配备自由来往于东京和香港之间的运输'鸽'，因此迫切需要你的世津子。"

"航空公司那里的考试，你不用操心。我的朋友是高层干部，同时我还会事先与国家民航管理局打招呼，那里的一个权力人物是我事业的支持者。"

朗卡斯特信誓旦旦地说，让托鲁培库哑口无言屈服了。

托鲁培库驾驶雷诺轿车朝江原康子家驶去。天色很晚了，去朗卡斯特公寓时已经是晚上，加之在那里待了很长时间，到江原康子家时快接近半夜了。牧羊犬听到脚步声便开始吼叫，但听到斥责声后又变得乖顺老实了。

他断定毕里艾神父肯定在屋里，果然树林里停放着那辆熟悉的轿车。听到犬叫声，里面人理应知道有人来了。他不打算敲门，但里面没有人出来开门，只好敲门。

这时，窥视窗里亮起了灯，只有江原康子的脸出现在玻璃内侧。

"是托鲁培库先生？"江原康子一下认出他来。

"是的。"

江原康子缩回脸去，朝外开门。

"毕里艾神父来过吗？"他知道毕里艾神父来了，但必须这样问一下，因为时间太晚了。

"他在这儿,请进。"

江原康子身着华丽的睡衣,平时一直在充满神秘的住宅里不外出。屋里除必要的房间外,其余的都不让别人看。咦!这是怎么回事?他看到毕里艾神父也身着睡衣,顿感耀眼而赶紧视线朝下。

"到我这里来!"毕里艾神父愉快地喊道,"怎么这么晚呵?"毕里艾神父躺在安乐椅上,那模样俨如在自己家那样轻松自在。

"我刚从朗卡斯特那里来。"他恭敬地坐在椅子上,这是因为对毕里艾神父和江原康子的穿着感到拘束。但是,毕里艾神父和江原康子根本就没有拘束感。

"他对你说什么了?"毕里艾神父支起胳膊肘儿,跷起二郎腿正在抽烟。狭小的房间里烟雾弥漫。巴奇里奥教会没有特别规定禁止抽烟,但是神父们不准抽烟是不成文的规定。断绝所有的人之欲望,是该教会的规定。唯独抽烟暂时没有被列入禁止范围,但在别人面前还是很介意的。

教会里有年轻信徒进进出出,神校里有青少年在学习。考虑到对他们的影响,教会和神校通常都规定神父不准抽烟。毕里艾神父频频抽烟,是贪婪品尝打破禁欲规定的愉快滋味。不仅抽烟已经证明,和江原康子都身着睡衣也已经证明。语言爽快和表情爽朗都足以证明。"朗卡斯特先生约你去那里,有什么重要事?"毕里艾神父靠在安乐椅上问。

"他想让世津子当空姐。"他详细介绍了朗卡斯特的提案。

毕里艾神父侧着脸听完,微笑地表态说:"好主意!我也赞成。托鲁培库,世津子小姐一定能成为空姐。那家伙真能出好主意。一想到你的世津子小姐能像鸟那样在东京和香港之间飞行,我就觉得高兴。"毕里艾神父说的那家伙是指朗卡斯特。从说话的表情来看,似乎早已得知和赞成朗卡斯特的这一计划。

一个冬天的晴朗早晨，托鲁培库驾驶蓝色雷诺轿车来到大片树林前面，那里面是崇高的神殿。上班族急匆匆地朝着车站走去，他停下车后打量周围，可是她还没有出现。他尽可能把车停在不显眼的地方，坐在车里等她。匆匆朝车站赶路的人们并没怎么注意他，都忙着赶路。

现在，他已经被免去幼儿园的传教工作，专职古里艾鲁莫教堂的会计工作。所以，这等候场所是他和她每天早晨唯一见面的地方。她乘坐叔叔的车经过这里，然后再上他的车去幼儿园。他俩平时见面的那家情人宾馆也在附近。

他坐在车里看《圣经》。这时耳边传来刹车声，走下车的姑娘是身穿崭新藏青色风衣的世津子。他眼睛朝着车内后视镜，看着映入镜里的世津子正在与叔叔挥手告别。叔叔看上去五十多岁，翩翩的绅士风度。

据她说，叔叔是某公司高层干部，从白发和红光满面的脸上可以看到那种威严。叔叔的车渐渐远去消失了，路上只剩下她。当看到托鲁培库的车时，她便走到跟前。这时，他才伸出手示意。她今晨的浓妆使脸蛋变得格外漂亮，风衣下边裸露出两条纤细的长腿。

"太漂亮了！"他赞美说。

"对不起，让你久等了。"他下车为她打开车门，随后上车握住方向盘。车沿着平缓宽敞、两侧有银杏树的下坡道奔驰。银杏树高高耸立，树上的枯叶已经在飘落。

"昨晚没有睡着。"她对坐在边上的他说，"我担心白天没有精力。"

"别担心。"他一边驾车一边安慰说,"请静下心来参加考试,你一定能考上的。"

今天是世津子参加航空公司招聘空姐考试的日子。起初因为英语不行拒绝考试,但经不住托鲁培库的再次劝说,最后还是下了决心去参加考试。其实,空姐这一职业曾经深深地吸引过她。

此刻,车向闹市中心驶去。"对不起,承蒙你特地送我去考试。"她表示由衷的谢意。

"我一直在向上帝祈祷,希望你能考上。"

"如果真能考上就好了!可我已经说过好多遍,对英语实在是没有信心,觉得难度太大。"

"别担心,别担心。"他鼓励她。

片刻,车驶到闹市中心的繁华交叉路口。那家外国航空公司的大厦就矗立在街角上,世津子走到大门口。"别紧张,请认真地考!"托鲁培库给了她考试前最后的安慰和鼓励。

"谢谢,不管结果怎么样,我会尽最大努力去考的。"送走她后,他驾车沿来路返回,途中发现路边有一座公共电话亭,便停下车朝那里走去。

"是朗卡斯特先生吗?我是托鲁培库。"

"早上好,神父先生。"对方的声音听上去有点苦涩。

"我刚才送世津子去航空公司考试了,请多多关照。"

"明白了,用不着担心。她的情绪怎么样?"

"她说对英语没有信心,还是担心的模样。"

"精神状态好吗?"

"我一直在鼓励她。"

"那太好了。托鲁培库先生,接下来看我的。"

傍晚,托鲁培库又驾车来到航空公司门口,等待世津子出来。没等上半小时,只见一群年轻姑娘从那家公司的大厦里拥出,全都是应聘空姐参加考试的。高挑的个头,漂亮的身材……世津子夹杂在她们中间一起出来。这时,无论怎么用偏袒的眼光看世津子,总觉得她稍稍差了一点,尤其是个头比别人矮。

他举起手,她发现了他,于是一边注意着左右两侧的来往车辆,一边快步从电车道对面朝他走来,脸上气色不错,可惜不怎么有精神。"怎么样?世津子小姐。"

她默默地摇摇脑袋:"肯定不行,我没有希望了。"

他皱起眉头:"是不是考砸了?"

"英语考试太难了,我肯定通不过。可你不知道,其他人都考得很好。"

那天晚上,托鲁培库去了朗卡斯特的公寓。

"进来!"他跟在朗卡斯特身后一声不吭地走进房间。房间里的桌子旁边已经坐着一个日本人,由于太突然,他不知道如何是好,直愣愣地望着朗卡斯特的脸。

"我来介绍一下,托鲁培库。"

朗卡斯特朝着那男子,男子从椅子上站了起来,体胖个矮,短平头发型,脸色红润,好像刚喝过酒,托鲁培库判断不出对方年龄。

"他叫冈村正一,是我的客户。"接着,朗卡斯特把托鲁培库介绍给对方。冈村正一向他致意,眯起眼睛笑嘻嘻的。

"他是我的好友,在一起合作了很长时间。在他面前不管说什么都行,托鲁培库先生,别拘束,说说你的事情吧!"不用说,他俩交谈时用的是母语。冈村正一是听不明白谈话内容的。

"我今天去航空公司接她了,现在非常担心考试结果。"

"原来为这担心,她觉得如何?"

"好像不行。她说英语过不了关。情绪很悲观。"

"是说考试不行?"

朗卡斯特的表情很平静,愉快地吐着烟雾,连眼睛也眯成一条缝:"这是我经过周密思考制定的方案。在你来之前我早就打过招呼了。即便世津子交白卷对方也能帮助我实现她的理想。"

朗卡斯特站起来,一手夹着烟,一手则搭在托鲁培库的肩膀上:"托鲁培库先生,前期工作我已经做好了,接下来的事情我就无能为力了。也只有靠你。你的世津子小姐不久要去香港了吧?自由自在地指挥那只'鸽子'是你的事情。明白了吗?托鲁培库先生。"

托鲁培库像孩子似地站着,一时间说不出话来。看着他的模样,朗卡斯特不由得大声笑了,随后在他身边来回地走两三次。

"对不起,失礼了。"他对于自己刚才的笑表示歉意,"世津子小姐的事情,你就放心吧!不过,我必须进一步把这个客人的情况介绍给你。他叫冈村先生。"

朗卡斯特手指着冈村用日语说:"他原来是古里艾鲁莫教堂的信徒。"

他大吃一惊,不由得打量起冈村正一的脸来,但是没有一点印象。在做弥撒的时候,许多日本人聚集在一起,无法记住每一张脸。

"神父先生,其实,教会里的情况,包括您托鲁培库神父我都清楚。我是您还没来教会之前的信徒。是呵,如果是毕里艾神父,他肯定非常了解我。不,就连你们的分会长也理应了解我。我是八年前被他们赶出教会的。"冈村正一脸上浮现出的微笑里没有恶意。

这日本人是以前被赶出教会的,托鲁培库还是第一次听说。信徒被赶出教会是罕见的。

"你是在开玩笑吧！"他对冈村正一说。

"不是开玩笑。我给教会添过麻烦。不过，被赶出教会是我随便说说的。去那教堂我总觉得不好意思，于是现在去了涉谷教堂。"

"噢，那么，你认识戈鲁基神父？"

"嗯，认识。"冈村正一点点头。

"承蒙戈鲁基神父照顾了我很长时间。"冈村正一微笑的表情里含有嘲讽。但是这种神情，托鲁培库不理解。

在砂糖黑市交易的时候，他经常出入古里艾鲁莫教堂。当时，田岛每天从教会仓库里用卡车运出砂糖，到处兜售推销而引起了冈村的反感，于是冈村向警方秘密报了案，可是教会没能把他赶出去。这便是教会的弱点。

冈村对于自己背叛教会的行为满不在乎，不知什么时候又去了巴奇里奥教会所属涉谷教堂。不仅如此，还当上了朗卡斯特的助手。

"托鲁培库先生，你呀，我常常见到。"冈村信徒说。

"你偶尔去古里艾鲁莫教堂吗？"托鲁培库问。

"不，我刚才说了不去那里。我是在别的地方见过你，你的模样我记得很清楚。"

"哦。"托鲁培库脸上的表情变得复杂起来，也显得胆怯了。一想到这日本人在哪里见过自己，脸色又顿时变得苍白。冈村见状哈哈大笑："托鲁培库先生，今后请多多关照。"

不用说，这是指"工作"。他俩旁边站着朗卡斯特，嘴里叼着烟。

"冈村是贸易上的一把好手，而且守口如瓶。托鲁培库先生，只要是他，你不管说什么都不必介意。他既是我的朋友，又是我的搭档。"

少顷，托鲁培库起身告辞。

"托鲁培库先生，世津子应聘空姐的事由我担保，你可以放心了。这次应聘的人很多，听说是两百人中间挑一个，但那难不倒我。只要我说了，录取就绝对有把握。你可以这样对她说，明天或者其他日子先买张香港地图，可以事先了解一下那里的街道和街道名称。"

托鲁培库鞠躬致意，相继和朗卡斯特、冈村握手告别。朗卡斯特一直送他到房门口，那是为了把门关好。托鲁培库走下阴森森的楼梯，觉得朗卡斯特不寻常，说话口气俨如大型航空公司的高层干部。两百人中间只挑选一个那么高难度的空姐考试，他居然那么轻松地向自己保证。他还说过，他没有办不到的事。就像在背地里支配教会那样，他在各方面都有着举足轻重的发言权。

这时有三四个人从下面沿楼梯朝上走来，很安静，慢悠悠的。他跟他们擦肩而过时，侧过脸不希望被他们正面瞧见自己。他用余光迅速地瞥了那几个人一眼，其中有瘦高个男子，有矮胖男子，无疑都是日本人。对方似乎也一边警惕着他，一边与他擦肩而过。他感到许多视线都集中在自己身上，背部好像有疼痛感。

一来到公寓外面便赶紧做深呼吸。朗卡斯特的房间里，不，应该是这幢公寓里，空气凝重得险些让人窒息。尤其是与朗卡斯特面对面的时候，一种像被刀尖抵在脸上的恐怖感常常贯穿于全身。他深呼吸完毕，朝停放在黑暗场所的雷诺轿车走去。

朗卡斯特的事务所在闹市中心的大厦四楼，磨砂玻璃门上是用英语写的贸易公司名称，但无法判断进口范围是什么。事务所里有女秘书和事务员，有电话，但生意好像并不红火。朗卡斯特一般不在这里会客，密谈通常选在那幢公寓的私人房间里。

他每天都会去大厦四楼事务所上班,见到熟人总是一脸严肃,给人一本正经的商人印象。不过,他在事务所最多待一个小时,随后驾驶高级轿车消失得无影无踪。他不在时如果外面来电话,事务员多半这样回答对方:"对不起,总经理外出了,他没告诉我们去哪里,也不知道什么时候回来。是的,实在抱歉。"

事实上,事务所里的事务员也确实没有被告知什么。

最初听到世津子应聘合格的消息的时候,托鲁培库正在教堂办公室里。平日里,只要电话铃声一响,他便会抢先拿起电话听筒。如果日本职员不小心接了电话,他会毫不客气地从别人手上夺过电话。他不仅期盼世津子打来电话,还由于朗卡斯特最近常来电话。

"是我!我考上了,通知书刚到!"电话那头是世津子眉飞色舞的声音。

"恭喜你!"托鲁培库用手掌围着话筒说祝贺的话。

"像做梦!我根本就没有一点自信……据说录取率仅二百分之一,我一听这数字差点晕倒。看到合格通知书,简直不敢相信那是真的。"她的声音里充满了兴奋。

"太好了,恭喜你,必须庆祝一下。"他的眼前,立刻浮现出朗卡斯特那张嘴上叼烟的脸。

"谢谢!我也想快点见到您。"

"今天晚上。"

"今天晚上见面?"

"嗯,说定了哟!今天是星期五。"

她确认了今天是星期五。至于地点、时间是不需商量的,因为时间和地点都是视星期几而定。这是他俩以前就商定好的。她核实星期五,其目的是使双方别弄错。

晚上,他和她准时在老地方见面。这里的服务员,服务周全态度和蔼,是外国人常来的地方。他和女服务员们也很熟悉。这天晚上她像孩子那样乐得又蹦又跳的,兴奋地问他各种各样的问题。

还问到伦敦和香港是什么样的,央求他回答。可他不了解香港,只好讲了些自己听说过的关于伦敦的情况。其实他也没去过伦敦,他出身在贫困家庭,根本就没有外出旅行的经历。

加盟教会后接受了宗教教育,成长为青年后被送到日本神校学习,但是他又不能对她说自己什么也不知道,于是只能把听说过的伦敦情况适当地串起来说了一遍。什么泰晤士河、伦敦塔、海德公司、皮卡迪利广场……他很擅长把自己听说的和猜想组合在一起。

"听说一进航空公司就要参加培训,说是立即去伦敦。"她兴致勃勃地说,"先去伦敦航空公司培训所学习两个月,再回日本培训所学习。"

她一边用手指抚摩他柔软的长发一边说:"虽说是愉快的事情,可还是挺担心的,对于在伦敦培训我又没信心了,不知是否过得了关。"

"你就放心吧!没关系。"他为了消除她心里的不安,边说边抚摸她的脸。

"不,听说伦敦的培训还有一次英语考试。培训内容虽说是照看婴儿、餐桌礼仪和护理技能,可全部是用英语讲课。我实在是心中没底。"

"没关系,没关系。"他继续安慰她,"别担心!我已经为你向上帝祈祷过了。"

"谢谢。"她感激地说,"我能在二百分之一的录取率中获胜,这也许是你为我向上帝祷告的结果。我知道自己没有实力,却能如愿以偿,打心眼里相信是上帝的保佑。"

她的眼眸凝视着远方说:"听说我们的任务是去香港。飞机从羽田机场起飞,到中国香港后和内地空姐替换。休息两天后,再乘飞机回国。那两天时间据说可以自由支配,做什么都行。"

对于在国外的两天自由时间,她似乎已经梦见了自由的内容。然而他也有安排,要把秘密任务交给她。这是朗卡斯特的命令:说世津子上班后希望他尽快按计划指挥她"工作",还说她绝不会拒绝工作的。他称世津子为"你的女友",也就是说,只要托鲁培库提出,不管有多大困难,她都会心甘情愿地为他牺牲。

"你去伦敦后我会天天向上帝祷告,请求上帝保佑你。你在培训期间可能会忐忑不安,我会送礼物给你,你看到它就会觉得我在你身边。"

"谢谢,拜托了。说真的,两个月的时间对我来说还真是难熬呢!我希望每天看到你的来信。虽说有一起去的同事,但我不知道能不能和她们成为无话不谈的好朋友。"她怀着紧张不安的心情诉说,两手抱着他的脖子撒娇。

当她被 EAAL 航空公司录用为空姐后,他立刻去公寓向朗卡斯特报告。

"嗯,我说的没错吧!三个月后,我们的'鸽子'就要起飞了!托鲁培库先生。"

"不过她还是心神不定,说对外语没有信心,还说培训结束时也许不及格。"

"你让她不要太在意。她是我让航空公司从一千几百个应聘者中挑选出来的,请尽管放心。空姐的外语,轻轻松松就可以掌握。托鲁培库先生,主要还是让她扎扎实实地参加培训。"

朗卡斯特说完后凑到他面前,咄咄逼人的视线似乎要把他压倒在地上。

"明白了,我一定让她那样做。"

"而且这不光是你的事情,还关系到巴奇里奥教会在日本分会的繁荣。分会长也好,毕里艾神父也好,都赞成这么做,明白了吧,托鲁培库神父。"

朗卡斯特拍了一下他的肩膀。这时,他回忆起曾几何时在江原康子家里说起这件事的时候,毕里艾神父并不感到意外,那表情好像事先知道并且赞同这种做法。

由此可见,这一切朗卡斯特和分会长他们都是事先说好了的,并也清楚朗卡斯特说的"繁荣"意味着什么。

"你的小姐什么时候去伦敦?"

"她说还有一个星期。"

"原来是那样。她在伦敦期间,你要给她写信。"

他觉得朗卡斯特很有人情味。

"那是训练'鸽子'必须做到的。你必须让你的世津子小姐明白,你一直在保护她。换句话说,要让她一直感到自己的身上系有类似风筝那样的线。为此,你要不断地给在伦敦的她赠送礼物。通过这样的馈赠,她的脑海里就会形成只接受你约束的意识,她的心里就会永远有你的存在。我这不是说爱情,实话告诉你,爱情是靠不住的。

"例如,她的心里也许哪一天不再有对你的仰慕之情。到了新环境,女人有时候希望有新的男友。尤其空姐,有许多的诱惑。我不是为你的爱情让她当空姐的,我是以全部精力投入于工作的男人。如果让她按照自己意愿模仿别的空姐,那我花费的心血和努力则付诸东流。我不是因为喝醉酒稀里糊涂做出培养她为空姐的决定的,纯粹是为了我和教会的合作,为了崇高的贸易事业。绝对不准她忘记是在你的影响下才当上空姐的。为此,她在伦敦接受训练期间,你要不断地送东西给她,信也可以。总之,你要隔三岔五不间断地从日本寄东西给她。这是让她感觉到你这根风筝线永远在她身边的最好办法。用这种手段让她成为我们的忠实部下。这就是所谓的谋略!托鲁培库先生。"

托鲁培库面对朗卡斯特滔滔不绝的演说,无言以对。

一个晴朗的早晨,EAAL航空公司的客机载上新聘空姐离开羽田机场去伦敦。许多人前往送行。夹在人群中的托鲁培库眼睛注视着飞机离开跑道,渐渐远去,直到消失在高空。

第四章　神秘的堂兄

自世津子离开日本后，托鲁培库每天的日子是寂寞的，他甚至觉得身体里好像出现了莫大的洞窟，每天都那样乏味、空虚，没有乐趣。每天等来自伦敦的信，然后给她去信，成了他唯一的乐趣。

她在成为空姐前必须接受培训班的学习，而所有科目都是用英语教学。她的来信里自然而然地诉说了英语不好的烦恼。他在回信里鼓励她，每当晚上教会工作结束后他便在灯下写信，字里行间充满了鼓励和安慰之情。

"你那可爱的'鸽子'怎么样啦？"朗卡斯特向托鲁培库问起了关于世津子的情况。那天，因为他有要事必须去豪华公寓拜访。不是为私事，而是为巴奇里奥教会，为古里艾鲁莫教堂。自涉谷教堂的戈鲁基神父调到大阪以后，他基本上是直接接受马鲁旦分会长指令。

但是最近，日本人也夹在中间，就是上次朗卡斯特介绍的矮胖男子冈村。有关冈村的情况，他回去后就向分会长和毕里艾神父做了汇报，他俩一个皱眉头，一个耸肩膀，没有详细解释。

冈村和教会之间究竟有过什么冲突？他觉得也没必要询问，只从前后关系模模糊糊地感觉到冈村是被赶出教会的。但马鲁旦分会长和毕里艾神父不能拒绝他出入于教会，不单是因为朗卡斯特的美言。现在,巴奇里奥教会下属的所有教堂都与一部分日本人在联系,而这些日本人与朗卡斯特有联系。相互间的联络是秘密的,时常通过电话交换暗号。这些暗号都是朗卡斯特发明的。托鲁培库去那幢公寓的次数开始频繁起来,通过朗卡斯特的介绍,认识了许多人,有日本人,也有其他东方人。

第二次世界大战结束后,作为救济物资送来日本的旧衣服由古里艾鲁莫教堂秘密经手,从旧衣物中间取出装有白粉毒品的袋子。这是朗卡斯特现在经营的最主要的商品。日本是战败国,当局在对外国宗教团体的管理上非常宽松。这就是罪恶的根源。利用宗教组织犯罪,是朗卡斯特的着眼点。

古里艾鲁莫教堂不断扩展宗教事业,不断扩建建筑物。设在杂树林里的教堂简直是今非昔比,发生了翻天覆地的变化。不只是武藏野地区,就连涉谷、大阪和九州的教堂都改建得非常雄伟和气派。巴奇里奥教会日本分会成为其他教会的羡慕对象。但是其他教会并不知道内幕,到底是谁赞助扩建资金的。欧洲总部没有多余的资金,也没有从资金上支持。

朗卡斯特也绝对不去教会，他与教会之间的联系也不是那么紧密,即便电话也是如此。大多都是神父们去公寓拜访,在那里秘密商量。其实,与其说商量,倒不如说是去接受命令。

"我们必须保证生意绝对安全,把危险率降到最小程度。要有绝对没有危险的运输方法。那是商品,因此必须使用快而安全的交通运输工具。"朗卡斯特对聚集在房间里的人说。

其中有人问:"有那样的方法吗？"

"有,我正在培训。不在这里,在遥远的地方,培训费用由其他公司承担。各位,这是最好的买卖。"朗卡斯特自豪地告诉大家,"也就是说,我正在培养传递使者,不久就能独立操作。如果成功了,接下来就不止是一个两个的,而是培养一大批。"朗卡斯特笑着说,那表情完全沉浸在成功在望的喜悦里。

"朗卡斯特先生,我们相信你,你干的事情没有不成功的。"大家异口同声。

"谢谢大家的信任。我也需要大家齐心协力,应该感谢大家。目前正在助我一臂之力的就有一个,是神父。他用真诚的心温暖了我们的传递使者,协助我让使者早日起飞。你的小'鸽子'一切平安吧? 托鲁培库先生。"

"一切平安。她来信了,忧心忡忡的,说英语怎么也上不去。我在信里给了她勇气。"

"干得好! 你采纳了我的忠告。是的,你要不间断地给她信心,爱的话也好、请她休息的话也好,不管什么都行,通过书信给她自信。哎,她零花钱怎么样?"朗卡斯特似乎察觉到了什么,问道,"哎,我想手头大概不会宽松吧!"朗卡斯特吹了一声短口哨说:"如果是这样,可以给她汇钱。"

"但是,从日本汇款到国外的手续很麻烦。"

"我知道。托鲁培库先生,我这儿有些高价邮票,你最好寄给她。这些邮票珍贵,售价高,在伦敦可以卖好价钱,卖了邮票她就有零花钱了。你要多留神,别让她用起钱来觉得紧巴巴的。回忆一下我曾经对你说过的一句话:要让她不断地意识到你手里握有系在她身上的风筝线。"

世津子从伦敦寄信给托鲁培库。

自东京分别后不断收到您的来信,谨此衷心感谢。

我也逐渐习惯了这里的生活，可是培训也已接近尾声。身体情况非常好，勿念。

　　这次又收到您寄来的宗教通讯，太谢谢了！更令我感动的是，没想到您还寄来高价邮票。我按照您信中的吩咐，带着那张邮票去了邮票公司。

　　最近，我总算一个人能在伦敦城市附近走一走了。虽然英语永远也不会进步，但简单英语能说一点了。买东西我也是一个人去。那张邮票卖了大价钱。托您的福，我一个人去餐厅吃了一顿美味可口的饭菜，然后去商店购物。总而言之，有钱可以让人快乐，可以让人尽情地购买那些自己喜欢的东西。

　　神父先生，你没有属于自己的钱而手头不便吧?！虽说为上帝奉献理所当然，可是不能随心所欲地购买自己喜欢的东西，也一定是十分难受的吧?！或许你的心里已经不存在凡人那样的购物欲望了吧?！

　　我还是没能和同事交上朋友。总之我的英语差，总觉得大家看不起我。就是现在，还有人说我是某某人开后门进来的，好在我也习惯了那样的传闻。虽说培训课上都是用英语，但幸亏有护理和接待客人的培训，可以根据手势和表情判断老师说的英语是什么意思。尽管那样，但一想到这种提心吊胆的生活就要结束了，真恨不能立即插翅飞回日本。我现在是归心似箭，再说托鲁培库先生又如此爱着我，一心想飞回您的身边。企盼尽快回国，见到您的那天我一定会非常愉快，到那时我一定会忍不住大哭的。您信上最后写的祈祷语句，我常常愉快地朗诵。我感到它已经深深铭刻在我的心里，相信上帝会给您带来好运。像我这样的女人能得到上帝和您赐给的爱，简直太幸运了！邮票出售后的钱还剩一些，我想回日本时给您买一样珍贵的礼物。

此时此刻，周围静悄悄的，大家都睡着了，我接下来也要对您说"晚安"了。上床睡觉闭上两眼的时候，我就能看到您善良的脸，耳边就会响起您亲切的声音。

好，就写到这里吧。晚安！愿上帝保佑我们。

谨呈我亲爱的托鲁培库先生

爱您的世津子

托鲁培库收到世津子的来信后，写了一封回信给她。

听你说身体很好，我就像吃了定心丸那样放心了。你在信上说，因为邮票卖了好价钱很高兴，我也一样高兴。你乘飞机离开日本已经过去几十天了，这些天里我每天早晨去教堂做弥撒，白天是在办公室里履行会计职责。每次向上帝祈祷时，我都代你祈祷，即便工作时我也每时每刻想着你。你好像为自己不擅长英语而感到烦恼，可我为你逐渐习惯那里的生活而感到高兴。总之，你要有勇气。上帝是伟大的，是帮助弱者的。有上帝保佑，你不会有伤心事的。

我喜欢你的程度，我想只有上帝知道。我对你的爱深过大海，请相信我说的话。你不在我身边的每一天，我仿佛像在沙漠里生活那样。值得庆幸的是，培训快要接近尾声了。你说你想尽快回到我的身边，其实，我想早日见到你的心情也许比你更加迫切。你说你因为我时常在信中写'上帝教诲'而高兴，这我也感到非常高兴。其实我在写'上帝教诲'的时候，其他神父已经在各自房间里进入梦乡。整个二楼宿舍，就我一个人还没有睡，因为我的心紧贴着远方的你，让我牵挂，让我思念。我深信，在我们上面有上帝的恩宠。今天是星期四，我向充满上帝恩宠的你敬礼，上帝与你同在，你是女人中间受到上帝祝福最多的人。

就写到这，愿上帝的祝福永远陪伴我深深爱着的世津子。

爱你的托鲁培库

托鲁培库收到了世津子的来信。

终于，培训结束了。从离开日本那天开始就一直受到您无微不至的关照，让您费心了。每次得到您关怀的时候，您的诚意就像一股暖流沁入我的心田。昨天培训结束，今天公司让我们参观伦敦闹市中心。不过和大家在一起让我感到没趣，因为同事们还是把我晾在一边。跟她们在一起参观，无论景色多美，也还是无法让我身临其境。伦敦是历史悠久的名城，百年前的建筑物鳞次栉比，占据了很大一片区域，红色砖墙建筑酷似古老的东京，走在那里就像走在东京城里，此时此刻如果与您手挽着手在一起散步该有多美。

一想到就要和伦敦告别还真有点舍不得。

最近，总算也习惯英语了。乘务用语比较简单，记住几句问答英语就行了，主要是为乘客服务。现在就是同事瞧不起我的蹩脚英语，我也不在乎了。之所以有这样的平常心态，是因为您不断来信鼓励我，帮我克服了低人一等的自卑心理，勇气也渐渐鼓了起来。实在是太感谢您了。如果没有您的信，我现在恐怕早已患上神经衰弱了。

我回日本时您一定要来机场迎接。不过，我叔叔和婶婶也会来接我。我在想，也许看到您的一瞬间会激动得泪流满面。一想到这里，我真想说，亲爱的，别到羽田机场来接我。这次伦敦之行让我深深体会到，与爱的人分离是识别自己爱的时候。

谨呈我亲爱的托鲁培库先生

爱您的世津子

在伦敦的世津子又接到来自托鲁培库的信。

亲爱的世津子小姐：

看了你的来信，知道培训快要结束了。其实，那日期我比谁都清楚，是因为我和你一样每天都在数日期。你终于变得坚强了，这比什么都重要。当得知是我的不断鼓励而改变了你并达到意想不到的效果时，我的心简直乐开了花。这是上帝的保佑。也许，上帝在夸我日日思念着你。

可以这么说，我对你的思念远远超过你，希望能尽早地触摸到你柔软的双手。如果我俩都在东京，纵然一星期见不着，可能也不会有如此深深的思念。一想到你在那么遥远、想见却见不着的地方，我的心里有时会连着几天不好受。你回来的那天，我一定会去羽田机场接你，即便遭到你的拒绝，我也要挤在人群里看你一眼。如果你看见我了，请千万别哭泣，笑嘻嘻地向我挥挥手就行了。在那种场合，你千万不能把我俩的关系让任何人知道。我来机场，你就看作托鲁培库代表教会来接你就行了，到时说些见面的客套话。我也会这样做。

你回国后大概要休养几天吧?!我想只有这种时候才能表白我对你的爱。但千万千万记住，别把我们的相爱让别人知道。如果教会知道，我必将受到教规的严厉惩罚。我作为神父，是禁止与女性交往的。那是几个世纪前流传至今的清规戒律，是套在我们神父脖子上的枷锁。如果违反，我将离开神父岗位。

我视圣职为头等大事，同时也深深爱着你。我不认为，我爱你是冒犯圣职，但是教会对此有严格的清规戒律。如果我被解除神父职务，"驱逐惩罚"这一灾难就将在我身上降临，如果那样，留在祖国的母亲和哥哥就一定会悲哀无比，因为我家经济困难。我在日本担任神父，他们则以此为自豪和骄傲。我不希望母亲和哥哥因为我受惩罚而悲伤难过。为了我们的爱能天长地久，请你永远牢记我的这一恳求。

就写到这里吧！这封信可能是你在伦敦收到我的最后一封信。为了你，我将永远感谢上帝，在祈祷的时候想起你。我要在慈父般的上帝面前，经常想起你为信仰所做的努力，想起你为爱和德付出的艰辛，想到耶稣基督的忍耐，愿上帝施你恩宠，保佑你平安。

爱你的托鲁培库

那天羽田机场"国际航班到达"的大厅里，挤满了人。这天来迎接归国亲友的人特别多，其中三分之一是迎接培训归来的 EAAL 航空公司空姐。这些在伦敦接受培训的空姐有二十个左右，因此来迎接她们的人也多。虽离别只有短短的两个月，但他们的兴奋程度似乎在迎接国外生活多年的亲友。

托鲁培库身着神父专用的黑色圣装，彬彬有礼地站在人群里。大厅像广场那般大，宽大的墙上挂有世界地图，上面绘着世界各地飞往日本的纵横交错的航线。标有伦敦、香港、纽约、卡拉奇、奥斯陆的地方,都亮有漂亮的灯光。就像地图那样,大厅里也洋溢着国际气氛。大厅外面的停机坪上,恰逢太阳还没有完全下山,黄昏的阳光与各种灯光交相辉映。停机坪上到处亮着指示灯光,引导车像海上汽艇那样川流不息,飞机两翼上眨巴着可爱的灯光。天上已经出现星星,唯地平线那里还有太阳下山后的余光。

时针指向晚上六点,喇叭里传来播音员的声音:"迎接空姐实习生的亲友们,请注意了,伦敦飞来的国际航班还有十分钟就要降落在本机场。由于实习生们要办理检疫、报关和入境等手续,大概需要四十分钟时间,请你们耐心等待。"

人群立即兴奋起来。托鲁培库故意装着平静的模样,白净的脸上挂着谦虚的笑容,跟在人群后面朝那里走去。

再过几分钟,来自伦敦的客机就要降落,他的心跳也随之加快。人群中间有世津子的亲戚和朋友,但是似乎没有谁比托鲁培库更激动,似乎也没有谁像他那样想见到世津子。

人们靠在扶手上等待,人数足足有三四层那么多。托鲁培库站在最后面,旁边有候客室,室内有座椅。为给孩子解闷,机场配备了有窥视机和"周游世界"等游戏设备。

一部分迎接的人走进候客室,托鲁培库也走了进去,为了控制见到世津子后的兴奋,他想在有座椅的候客室里休息,于是微笑着朝窥视机走去。那里人多拥挤,所有窥视机的前面都站满了孩子和妈妈们,他们都是眼睛凑在窥视镜跟前,用手旋转世界著名大城市的明信片,亲切解说的声音从窥视机传到耳朵,有纽约的、有巴黎的、有威尼斯的、有罗马的……

如此有趣的窥视机似乎很受孩子的欢迎。其中有孩子想窥视,可不凑巧的是已经有人在窥视,而且居然是高个子的外国成年人。

窥视机里不时地传出清脆悦耳的解说声音，连站在旁边的人也能听见。于是，那孩子又哭又闹的。

托鲁培库是神父，无论对象是谁都必须伸出友爱的双手。他劝孩子别哭，然后直接走到那高个子外国人的背后。倘若男子继续占着窥视机，他就想请男子给孩子让位。那男子从站在窥视机面前的时候起，就一直接连不断地把十日元硬币塞入投币孔，而且不厌其烦地重复窥视相同内容，他头戴藏青色贝雷帽，身穿藏青色风衣。

这时，窥视机的解说声音停止了，按理窥视也该结束了。如果那男子再朝投币孔塞硬币，他则打算上前抗议。瞧那模样，那男子根本没离开的打算。他觉得如果不上前交涉，男子也许还会继续窥视。

"喂，喂，对不起，这孩子想窥视，请让给孩子看好吗？"

男子没有马上转过脸来，看来是蛮横无理的家伙。正当他欲再次催促的时候，男子冷不防回过头来。看到男子那张脸，他不由得"啊"了一声，虽头戴贝雷帽，可他千真万确是朗卡斯特。

"你的心还真善良！托鲁培库。哎，伦敦我已经看厌了，好吧，就让这小孩看吧！"朗卡斯特转过身来碰了他一下，"跟我来，有话跟你说。从伦敦飞来的客机马上就要到了，你的世津子小姐也就要出现了。我还没见过她，但有必要记住她的长相，因为她是我们重要的'鸽子'。你给我介绍一下，不，不是正式介绍。托鲁培库先生，她从机场出来时你总该向她问候吧！我只是在那时候看一下就可以了。我想知道新空姐中间谁是你的世津子小姐。"

这时，空中响起飞机引擎的轰鸣声。顿时，在大厅等候的人们热闹起来。来自伦敦的客机一边亮着两翼上的小灯，一边正从黄昏时分的天空里朝地面缓缓降落。

"到了，托鲁培库先生，以后有机会时请你正式介绍。是呵，我一定会找到那机会的。今天我只是从旁边悄悄地看一眼她的脸就行了。"朗卡斯特拍了一下他的肩膀。

国际航班到达后，大厅里人声鼎沸。这时正是乘客从出口出来的时候，只见一群日本姑娘夹杂在外国乘客中间，她们身着崭新的藏青色制服，几乎排成一个队列出现在大厅里，胸前的 EAAL 航空公司徽章闪闪发光。手里提的沉甸甸皮箱，似乎也散发着国外的新鲜气味。

刹那间，迎接的人群围了上来，把她们一个个围住，分成许多个以空姐为中心的圆圈。世津子也被人围住了。婶婶高兴地跟她说话，站在边上的叔叔红光满面，脸上也是笑嘻嘻的。其中还有年轻姑娘，好像是她的朋友。托鲁培库站在圆圈外面，观望了好一会儿。他意识到自己背后有朗卡斯特射来的视线，顷刻间有一种莫名的灼痛感。

这时，世津子也开始转动视线，她一边在迎接她的人群里寻找托鲁培库，一边应付周围人的问候。托鲁培库向她走去，与其说为了引起她的注意，倒不如说背后有朗卡斯特的视线在一直推着他向前。

他分开人群，世津子认出了他，朝他走去："托鲁培库神父。"

"回来了，世津子小姐。"他面带微笑地迎上前去。他清楚，在这里必须是古里艾鲁莫教堂神父的身份，绝不能露出半点个人的情感来。

"我回来了。"她睁大眼睛仰视他。她的脸似乎消瘦了点，刚才还是疲劳而苍白的脸色，眨眼间像注入新鲜血液那般红润起来。

"你回来了，身体好比什么都重要。"

"谢谢！"她的脸上露出感激的神情,不过这种变化没有引起别人注意。其实,这种表情变化也是他俩之间的秘密对话。然而这种问候时间短暂,眨眼工夫就被其他日本人替代。这种场合对他来说,必须小心谨慎,于是他主动退到人群外面。

她则仍然不停地与身边前来迎接的亲朋好友们互道问候。这时,朗卡斯特站在他背后,头戴贝雷帽,双手插在风衣口袋里。

"终于培养成功了,托鲁培库先生,今后就看你的了！"朗卡斯特的视线射向被人墙围住的她的背影,犀利的目光着实让他浑身颤抖。

"成了优秀'鸽子'的她,我还是第一次拜见。是呵,可爱的'鸽子'！托鲁培库先生。"

世津子回国后一个月过去了,东京这段时间一直下雪。他和她已经多次约会相见,地点都是老地方。他俩之间的爱情,比世津子去伦敦之前更加热烈。

"那段日子我实在是太寂寞了,一点也打不起精神来。那些同事都好像把我当外人,经常嘲笑我的英语水平。身在异国他乡,又处在那种被孤立的状态,实在是感到悲哀呵！当时,我真想不顾一切独自回东京。"她在他的耳朵旁边轻轻地诉说,眼泪扑簌扑簌地往下流,"好在你的来信给了我许多勇气,才总算挺过来了。我真不知道该怎么样感谢你！如果没有你的信,我也许心情压抑而最终精神崩溃走向自杀。"

"我为你明白我的心情感到高兴。"他的手指似乎一刻也不能忍受离开她的身体,时而捏捏她的手,时而抚摩她的头发。

"你在信上引用《圣经》里的句子鼓励我,我也不知道该怎么谢你。正是在那种时候,才使那些句子深深地铭刻在我的心里,跟在教堂里念诵时是两种不同的效果和感受。"

"是这样的。人不处在那种环境下,就难以理解上帝声音的可贵。在寂寞时给你安慰和勇气的,不只是我真诚的心,还有上帝的拯救。"他疼爱地用嘴唇从她的额头、脸颊、鼻尖、嘴唇、下巴一直吻到咽喉和肩膀。但是,他有必须转达给她的话,由于与爱情无关,他一时难以开口。

他可以说许多让她开心的话,但是唯独那句话说出来不易。可又必须说,而且说的时候还必须慎而又慎,同时说了以后还必须成功。他知道一旦失败则是无法挽救的。再说这不是自己的事情,而是朗卡斯特布置的任务。

然而,那并不是简单的信息传达。从某种意义说,他如同战场上的士兵,接受命令后必须设法完成。他多次想传达朗卡斯特的密令,那密令是不能对任何人说的。一旦说出口,如果遭到她的拒绝,不仅自己,毁灭的灾难还将降临到她的身上。

密令的内容不复杂,一句话就可以说清楚,可那句话与死亡的恐怖紧紧相连。他感到烦恼,觉得恐怖一直缠绕在他的心头。尽管与她在说爱情悄悄话,可总是有点心不在焉,因为恐怖在不断地威胁着他。这时候的她,似乎察觉到他坐立不安的神色。

"托鲁培库,你怎么啦?你变了!你变得心神不定,是思考问题吧?什么问题呀?"

他笑着问她:"你能从我脸上的表情判断出来吗?"

"当然啰!不管表情的变化多么微小,总能敏感地传递到喜欢他的人身上。你在用语言向我表达爱情时跟以往不一样,好像在思考什么。你究竟有什么烦恼?"

他深深地爱着她。如果不是神父身份,他会立刻与她结婚。然而,现实不能按照他的意志变化。不,已经不是他的意志,而是教会的意志,是朗卡斯特的意志。是他的意志在统治教会。而教会,把会计托鲁培库推到朗卡斯特的前面。

这时候电话铃响了,他像平时一样抢在别人前面拿起电话听筒。

"你是托鲁培库先生吗?"即便不猜测也能知道打电话来的人是谁,因为一听这嘶哑声音就知道肯定是朗卡斯特。

"是的,我是托鲁培库。"对方说:"你好!"这是普通问候。但是他立刻明白对方想跟他说些什么。这是让他挂念也是让他担惊受怕的电话。

"你对她说了吗?"

"还没说。"

电话那头传来好像是朗卡斯特不满的鼻音,没有立即说话。

"喂,喂,我还没对她说的原因是没有找到机会。正如你知道的那样,我不能威胁她,要等待最佳时机。"

"托鲁培库先生,我们是不能磨磨蹭蹭的。等待最佳时机的想法没错,但你不抓紧解决,我这里就难办了。这是非你莫属的工作。托鲁培库先生,只有你才拥有与她说话的资格,我们可是无能为力。可是,托鲁培库先生,你办事拖沓,让我感到为难。"

虽然朗卡斯特说话的声音里没有愤怒的语调,但直觉告诉托鲁培库,对方是在极力克制自己。

"请您再耐心等一下,两三天后我一定跟她说。"

"真的?其实,我这里有火烧眉毛的事。你那里不尽快解决,我这里就不好办。我眼下的业务能否成功全取决于你了。"

"不必担心,只要我对世津子说了,就不会有什么意外,她一定能承担起那项工作。因为我迄今为止说的事情,她从没说过'不'字。"

"既然靠得住,我希望你以那样的自信抓紧解决。托鲁培库先生。"

"我有自信。"

"那好。但是不能再磨磨蹭蹭的了,我已经说了好几遍,希望尽快解决。"

"明白了。"

"是呵,希望你设法在三天内告诉我她明确的答复。我这里还有许多项目,在电话里不方便说,都是要请你同意的。那些事先放下不说,因为情况紧急,为了我们的事业,尽快让你的世津子出力。"

他放下电话听筒。虽然气候寒冷,可他额头上冒出了汗珠。她爱他,那是因为他具有温柔和单纯的一面,还有她作为信徒对神父的尊敬。尽管他违反神父戒律与她频频约会,但那是对她的爱所致,她并不怎么太放在心上。也就是说,他是为了爱她而违反了宗教的清规戒律,这反而是让她对他深信不疑的理由。虽说理由里有自相矛盾的地方,但也许是女人自私自利的表现。

女人觉得爱是最神圣的。为此,她没有把他的破戒行为看得非常严重。也就是说,她在相信他的神父工作属于纯粹奉献的同时,也没有把他背叛宗教的行为归罪于对自己的爱。

他用手帕拭去额头上的汗珠,心里在想,她会怎样回答自己呢?哦,已经没有时间踌躇再三了,再这样拖下去,无疑朗卡斯特的训斥会更加严厉。也许是心灵感应,她正好打来电话。

"托鲁培库先生,是我。"她撒娇地说。

她回到日本后经常打电话给他。她已经开始在东京至香港的航线上工作了。一旦到香港,则在那里休息两天,随后飞回东京再休息两天。这两天里空姐放假,无论去什么地方或做什么都属于自由时间。从香港回来的当天,她一定会打电话来,并且一定那天晚上和他幽会。

"我回来了。"

"你辛苦了。"

"今晚想见你行吗?"

"行。"这机会太难得了,他决定在今晚向她传达朗卡斯特的指示。"是的,今天晚上对她说,必须说。"他自言自语似地嘟哝了三遍。恰逢日本职员听到他说话的声音,惊讶地抬起脸来望着他。他狠狠地瞪了日本职员一眼。

他与她见面了,老地方,老时间……

"哎,托鲁培库先生,你好像有什么心事。我上次跟你见面时就已经察觉到了,今天好像更严重了。是否跟我有关?如果是,那就请说出来!不管什么情况。与其你一个人闷闷不乐,倒不如向我公开,我们共同承担。无论什么,我都能挺住。"她主动要他公开,可以说是求之不得的机会。

"那我就说了,我有事求你。"

"什么?不会是我俩的事情被马鲁旦分会长发现而让你挨罚了吧?"

"不是那回事。有一个帮助过我的人对我非常关照。"

"是吗?凡是帮助过你的人,你一定要把他当一回事,托鲁培库先生。"

"是他求你,而且一定要我代他求你。"

"什么事?如果是帮助过你的人,我也希望能回报他。"

"等一下。"他站起身来,像检查那样在房间里走了一遍,并推开玻璃窗,朝外面打量。

"你为什么要那样做?"她奇怪地望着他。他回到她身边的时候,脸上神情严肃。

"你真的听我说吗?"

"大概是什么事?如果是为了你,我想听。"

"你想听?"

"是的,如果是我可以办到的事情……"

"只有你才行。除了你,任何人都起不了作用。"

"什么事?"

他把她的身体移到自己跟前,是为了把嘴凑到她耳边窃窃私语。她听着听着,脸色骤变,瞠目结舌,睁大两眼看着他,发现他的表情里夹杂着不安和期待,那酷似赌台上的神情。她好一会儿没有开口说话。

"托鲁培库,他是谁?"这显然是否定的语调。不,简直就是非难的口吻。他不由得眼睛看着地面,仿佛脸上挨了一巴掌似的。她毫不留情地非难男友,鞭挞把灵魂出卖给恶魔的男友。眼下他不得不守口如瓶,既不能说出朗卡斯特的姓名,又不能说他是贸易商人,总之不知如何是好。

他急得背上冒出了汗:"是我堂兄。是他求你办的,我已经答应了。"

"堂兄?帮助你的人是堂兄?"

"是的。他为了让你成为 EAAL 航空公司的空姐,不辞辛劳,费尽周折。"

"什么,也为了我?"世津子的视线紧盯着托鲁培库。

夜晚,托鲁培库来到那栋公寓。他像平时那样敲响朗卡斯特的房门,却是有气无力。里面有人从猫眼朝外窥探,确认来者是谁后便把门推开一半。这顺序也像以往那样。朗卡斯特把他请进房间,态度和蔼地握着他的手。

"我在等你,托鲁培库先生,哎呀,请!"

今天晚上房间里没有其他人。但他无精打采的,从进入房间开始身体就缩成了一团。

"怎么样?托鲁培库先生。抓紧时间说说,我想听听她是怎么回答的。不用说,你的世津子小姐同意了吧?你不是说了吗,她肯定会同意的。"

朗卡斯特坐到椅子上,双手环抱在胸前微笑着打量他。他没有立刻回答,磨磨蹭蹭的,耷拉着脑袋,表情十分痛苦。

"喂,怎么啦?托鲁培库先生,你说过了吧?"朗卡斯特问。

"说过了。"

"那,结果怎么样?回答不出我所料吧?"

"她不同意。"

"什么,她不同意!托鲁培库先生,希望你说详细点,你确实对她说了?"

他点点头。

"她说不同意?"

"是的,朗卡斯特先生,她说什么也不同意。"

"她说什么原因了吗?"朗卡斯特掏出烟嘴,不厌其烦地朝里装着烟丝,但是两道锐利的目光笔直射向垂头丧气的托鲁培库。

"她说她完不成那样的任务,要我原谅。"

"哼,你脑子清醒点!托鲁培库先生。这不是让小孩跑跑腿的事。你把我们的秘密全告诉了她,她现在什么都知道了。她不同意,你就可以不声不响地放弃了?"

"不,我不顾一切地要求她,威胁的话也说了多次,也像哄孩子那样央求过。无论怎么软硬兼施都无济于事。她无论如何不同意。"

"世津子是你宠爱的女人吧?她为什么不听你的话?"

"她责备我,说我这种要求是背叛上帝。"

"是说上帝?那你怎么回答的?就没再说下去了?托鲁培库先生,你头脑是否清醒?你以为打了退堂鼓就可以平安无事了?你已经把我们的秘密告诉她了。你看怎么办?"

"朗卡斯特……"

"哎,听我说!你把我和教会之间的关系告诉她。不仅如此,你还把我从事的工作告诉了她。我今后怎么办?喂,托鲁培库先生,你给我回答!"

"对不起。"

"你真让我惊讶!说一声对不起就什么事也没有了?她如果把我们的秘密告诉别人,将会是什么后果?"

"不,朗卡斯特先生,她不会对别人说的。"

"我不相信任何人!你再次给她下令,一定要让她接受。否则,托鲁培库先生,那我只能对不起你了。等待你的,是被驱逐出古里艾鲁莫教堂。因为你违背教规了!我有许多朋友,只要我一开口,不光你,就连整个巴奇里奥教会也将灭亡。"朗卡斯特满脸愠色,泛着青光。

那以后的三天里,托鲁培库是在极度苦恼和不停的思索中度过的。这情况不能对任何人说,也不能跟任何人商量,更无法从别人那里得到帮助,是必须独自思考、独自解决的问题。如果这仅仅是一般工作,他肯定会与马鲁旦分会长商量,并且毕里艾神父可能也会告诉他办法,然而这是不可能的。

他有女友,只要她在,就不能对任何人公开朗卡斯特的密令。其实,朗卡斯特与分会长、毕里艾神父和在大阪的戈鲁基神父之间分别保持着联系。然而那任务是交给他的,只有他处在无人替代的位置。正因为有了她,才失去了能帮自己说话的人。

朗卡斯特曾经信誓旦旦地说过多遍,不对任何人提及世津子。可是信誓旦旦的结果,却是苛刻的指令。他冷酷,躲在阴暗里控制着在日本的巴奇里奥教会下属所有组织。就连马鲁旦分会长的生死大权也都握在他的手里。无疑,年轻的神父托鲁培库是不可能逃出他手心的。

眼下唯一的办法是必须让世津子同意。这是唯一的解决办法。世津子飞去了香港,预定第三天飞回日本。他看准了返回日期,于出发前与她商定了悄悄见面的地点。他俩的幽会是不能让任何人看见的。

飞机从香港飞出,到达羽田机场的时间是下午六点半,办完入境手续乘上巴士来到市中心营业所的时间是八点二十分。随后,他俩见面了。她站在大厦旁边光线不亮的地方等他,他驾驶雷诺轿车来接她。

"辛苦了,你还没有习惯飞机上的乘务工作,大概很忙吧?"

他安慰她,其实她的精神状态还算饱满。刚下班的兴奋和疲劳浮现在她皮肤细腻的脸上,她身上的藏青色制服还是崭新的。由于已经拒绝托鲁培库的要求,她以为那个话题已经结束。爽朗地说:"托鲁培库先生,我搬家了,不和婶婶在一起住了。"

"为什么?"他一边驾车一边问。

"如果继续在婶婶家住,我觉得过意不去。过去多亏婶婶照顾。现在做这样的工作,我当然想一个人住。我没跟你说就租了房子。"

"在哪里?"

"离教堂不远,等一下我会把地址告诉你的。"她兴高采烈地说,"我离开婶婶家在外租房子其中还有原因,你大概明白吧?

"什么?"

"因为可以自由自在地与你相会。住婶婶家随便外出总有顾虑,现在是一个人住就没什么约束了。"

这意思,托鲁培库明白了。即便常常在外面过夜也是自由的。她微笑着注视着他的侧面。

车行驶了相当一段路程后,在一处寂静的地方停了下来,他自己也不知道那是什么地方,周围是黑压压的树林,这里已经远离闹市区,美丽的住宅灯火似乎飞到了非常遥远的地方。

路上其他车辆不停地擦肩而过。但是,所有驶过这里的车辆都没有注意这辆熄了车灯悄悄停在路边的雷诺轿车。

他抱着她,觉得全身热血沸腾,不由自主地把她抱得更紧。她呼吸开始急促起来。

尽管来来往往的车辆灯光不时照亮他俩, 然而他全然不顾这些。

"不行,托鲁培库。"她轻声叫嚷,但是他无法控制自己,一粒一粒地解开她衣服的纽扣。她的脖子被牢牢地搂在他另一只手臂里,无法反抗。她的声音在他的手臂里变成了低沉的吼声。

"讨厌！托鲁培库。"她一边说一边整理身上的衣服。她终于获得了自由，弯下腰捡起掉在地上的帽子。"不过，没关系！我呀，也很想见到你。"她撒娇似地说。他又把她抱在怀里，但是这一回很平静，因为激情已经过去。

"没被别人看见吧？"她担心地环视周围。

"托鲁培库，我想和你一起生活。哎，难道就没有在一起生活的办法？"

"我也想和你一起生活！但是就我现在的工作来说，不能那么做。"他吻着她的脖子有气无力地说。

"我懂，托鲁培库，可我不能一直这样下去。即便不是名正言顺的夫妻也行，我确实是想在你的身边跟你一起生活，照顾你。哎，托鲁培库，我没有说立刻，请你考虑一下！"

"嗯，我会考虑的。听我说，世津子，能和你在一起生活是最幸福的！这世上我只爱你。"他说到这里又紧紧地抱住她，在她耳边不停地说着悄悄话，"哎，世津子，能让我提一个无理要求吗？"

"什么要求？"她认真地问。

"别生气，就是上次要求你的。"

"上次？"

"你忘啦？就是我堂兄求你的事。世津子，我也求你了。
你就听我这一回好吗？只要你答应了，不管你提什么要求我都答应。求你了！世津子。"

"托鲁培库，你那堂兄给了你什么样的恩情？"她的声音近似叫嚷，语气严厉。

"世津子，你别发火！他有恩于我。"

"你上次说我进 EAAL 航空公司是他帮的忙。那好,如果真是那样,我可以辞去空姐工作。哎,托鲁培库,我不知道他给了你什么样的恩情,但是你别忘记,你是为上帝工作,你不能把自己的灵魂出卖给恶魔。

"托鲁培库,你不是一直对我说要拿出勇气来吗!你说,耶稣一直在苦难路上行走,因为始终有勇气。听我说,托鲁培库,我会做昧良心的事吗?'从香港携带毒品',我即便只是听那几个字,就毛骨悚然。我不是说被抓住时怎么办,而是说那种行为非常可耻。哎,托鲁培库,请你和你的堂兄断绝来往,我帮你鼓起勇气。"

"世津子,你如果不同意,我会身败名裂。"

但是她并不明白他说这话的真正意思,仅把它当作一般意思理解:"听我说,托鲁培库,别说那种没志气的话!身败名裂什么的,是不会轻易发生的。走正路是不会身败名裂的!上帝是伟大的。这句话不是你经常对我说的吗?!这句话,我也不知道听你说过多少遍了。

"托鲁培库,希望你真正拒绝你堂兄的诱惑。如果仅仅是因为他帮助我进了这家航空公司的恩情,那我可以辞职。其实,我一开始就觉得蹊跷,我那么差的英语水平却那么轻松地被竞争如此激烈的航空公司录用。

"我一直在琢磨,那究竟是什么原因?没想到你的堂兄还真了不得,居然能打通那样的关节把我送进航空公司。真不简单!他是什么职业?"

他没有吱声,手指插入自己的头发,脸伏在她的膝盖上。她用手温柔地抚摩他的头发:"你不说也没关系,因为是你的堂兄,跟我无关!不过,托鲁培库,请听清楚我说的话!我已经正式拒绝你堂兄的无耻要求！无论什么情况，我都不会答应！我这话已经说得很清楚了。"

世津子说完，托鲁培库像野兽那样发出吼叫声。

"你可是糊涂到了极点，那可不是开玩笑哟！托鲁培库先生，我上次刚对你说过，我想你应该不会忘记。世津子小姐已经知道我们的秘密。你应该做出判断，单凭她拒绝我们就应该让步吗?！我问你，你打算怎么办？你说过，你保证说服她。哎，哎，是这样的吧？我没有瞎说一气吧？你因为担保了，所以我才委托你的。好了，听我说，托鲁培库先生，不管怎么说，现在已经晚了，你已经把我们的秘密告诉她了，她也肯定知道我们在背后操纵教会的会计事务。"

"不，朗卡斯特先生，她没有察觉到，按理说她不会知道。"他摊开双手拼命辩解。

"哼，你太小看她了。你那么说了，不管谁都能察觉！我应该是这样托你的，我们需要从香港径直飞往东京的'鸽子'。

除毒品以外，我们还要从上海和澳门运送所有货物，例如钟表和贵金属也是这样，同时从事黑市交易。这是你早就赞成的计划。你的前辈已经赚了许多钱。"

"朗卡斯特先生，请别往下说了！"

"原来你都清楚。可为了进一步把这样的货物安全地运到这里，'鸽子'是必需的。只要你的世津子在香港飞往东京的航班上工作，我们就可以预测货物能否安全运到这里。因此为了让你的世津子成为空姐，我绞尽了脑汁。

"说得不客气一点，托鲁培库先生，靠你们这些神父办不了大事的。在该国驻日本大使馆里也有我的朋友,为了帮你女友的忙也费了很大周折。在你面前提起你女友进航空公司的经过,我也是不得已。

"然而,她可不是什么才女,凭自己本事考进去的。到了现在这种地步,你才垂头丧气地出现在我的房间里。告诉你,我也无能为力,尤其这是我们已经决定的事情,要知道我们的道规是很严厉的。托鲁培库先生,它凑巧与你们教会的戒律一样严厉。如果我说得过重的地方,请原谅! 但是我们铁一般的纪律,也许比教会的戒律还要残酷。"

"那怎么办?"

"怎么办? 那也是不得已的。既然这样,保卫我们的组织是头等大事,为了不使组织解体,请你让已经知道秘密的世津子从地球上消失! 如果你觉得办不到,那也无妨。在你眼里,你也许觉得世津子可爱。那好,就让我说说你的情况吧! 你和世津子的交往已发展到性爱关系。

"光凭这,你就会被教会开除吧?! 不只是开除,你还有秘密! 因为你不是按正规手续进入日本的。尽管现在你是办了正规手续,但那是因为我的帮助。你的护照上写的入境时间是一九五六年,可事实上是一九五〇年。说得确切一点,你是秘密入境,而帮助你补办正规入境手续的我,是因为受戈鲁基神父的委托,是因为想让教会赚更多的钱。"

"你从神校毕业后一来到教堂就提升为会计的事情也是当时决定的。我们所做的一切,说到底都是秘密进行,绝对不能向外人泄露,哪怕一点点也不行。如果世津子说出去,所有一切都将付诸东流。巴奇里奥教会在日本传教的光辉事业也必将毁于一旦。至于我这种人吗,生存的办法多的是。棘手的是,在日本的巴奇里奥教会将就此消失。"

"朗卡斯特先生,世津子不是那样的快嘴女人,我也会守口如瓶。"

"别过高估计!托鲁培库先生。"朗卡斯特嘲笑说,"但是,麻烦的是我们铁一般的纪律,绝对不允许相信别人。假设你和世津子感情破裂,哎!你脸上的表情似乎想说,你俩的感情绝对不会破裂是吧?告诉你,爱情是最脆弱的。完全可以想象世津子会背叛你。到那时她如果把秘密全说出去,我们只能坐以待毙,举手进班房。"

朗卡斯特把双手举起,凑到托鲁培库面前说:"是的,她已经成为我们的危险。对于我们来说,凡是危险人物必须一律消失。在接下来的两三天里,你见她一面,见面地点由你定,不过动手地点和动手时间由我指定,我会用电话告诉你的。"

"朗卡斯特,这有点困难,近两三天里,我们教会要为一位神父举行晋级仪式,有许多准备工作要做,还要举行仪式,没有空闲时间。"

"那好,一定会有很多人来参加仪式,信徒也会到场。这是好机会!托鲁培库先生,你刚才说的情况使我想出一个绝妙办法,那也是我经历过的,当然,我也不是直接经历的。"

"迄今为止,我指使过许多人,从他们嘴里听到了许多教训。据说在有许多目击者的场合动手是最安全的。最危险的是,只有一个或者两个目击证人。"

"如果目击证人多,反而就能成为警方的盲点。我清楚这情况,在这种场合动手是最保险的。是的,我替你思考除掉世津子的办法。"朗卡斯特一边思考一边说,"首先是凶器,不能使用刀具,那容易留下证据！也不能用手枪,最理想的凶器是你的手。托鲁培库先生,对方是女人,你的臂力完全能制服她。手指不行,会在颈部留下指纹。"

"你把她卡在手臂里,手臂是柔软的绳索,就像'蛇捕鸟'那样。你的臂长,完全可以卡住她的脖子。"朗卡斯特伸出右手臂朝里弯曲做示范动作给托鲁培库看,托鲁培库屏住呼吸注视着。

托鲁培库驾车返回,一路上好几次险些与对面驶来的车辆相撞,转弯时又险些撞上过路行人。车最终停在一所住宅院子茂密的树林里,他下车摇摇晃晃地走到紧闭的玄关门前敲门。

"请进,托鲁培库先生。"江原康子说。

"晚上好!"托鲁培库回答,声音嘶哑。

毕里艾神父身上的衬衫穿得歪歪斜斜,可见是急急忙忙换上的。也许为了表现不慌张,故意嘴上叼着烟嘴。托鲁培库直愣愣地站在那里。

"怎么啦? 托鲁培库,脸色这么苍白!"江原康子从毕里艾神父背后打量他的脸。他直愣愣地站着,脸朝着毕里艾神父,想说什么,但话停留在喉咙口。

"你这表情好怪呵! 怎么,先坐下再说! 托鲁培库先生,光站着也站不出什么呀!"

他仍然站着,一声不吭。平日里梳得整整齐齐的棕色头发被风吹得有点凌乱,双手手指正在颤抖。

"怎么啦? 快坐下! 先喝一杯咖啡镇定一下怎么样?"江原康子说完沏咖啡去了。毕里艾神父似乎察觉到什么,皱起眉头。

"看看你这张脸,像幽灵似的。"

托鲁培库张开嘴巴,但说不出话来,嘴角微微抽动。

江原康子端来咖啡,托鲁培库冷不防端起杯子像喝冷水那样,一饮而尽。毕里艾神父见状惊呆了。

"谢谢!"他只说了这么一句,随后猛地起身像一阵风似的跑出去了。

"他这是怎么啦?"毕里艾神父用惊讶的目光看了一眼江原康子,"他变了!"

托鲁培库驾驶雷诺轿车回到教会后,朝二楼宿舍走去。走廊两侧是神父们的宿舍。也许老年神父还没睡,房间里传出轻轻的咳嗽声。

托鲁培库踮起脚走路,轻轻打开房门,有气无力地坐到椅子上,抱着脑袋一动不动。过了好一会儿,他才站起来,两腿摇摇晃晃地走到桌前,握起了笔。

亲爱的世津子小姐:

四月二日下午六时,请到巴奇里奥神校那里的老地方,我有非常重要的话对你说。上次对你的请求,已经被你拒绝了,请放心我不会再提起。我堂兄也表示理解,他觉得你很有个性,说想见见你。因此我想把你引见给堂兄,请来时尽可能打扮得漂亮些。

爱你的托鲁培库

托鲁培库在信封上写地址,那地址写了很长时间,字歪歪斜斜的,最后在信封边上用红笔画了一条线。他打算明天早晨通过快递将它寄给世津子小姐。

在东京郊外,许多民营铁路像节肢动物的腿那样不停地延伸。其中一列民营列车从中央线 S 站开往西边武藏野高地,沿线是宁静的郊外住宅区,终点站是著名的风景区。近年来的民营铁路营销政策,是不停地宣传民营游乐园和郊外住宅区的有机结合。沿着这条铁路线,是一条笔直向西延伸的宽阔大道。

M车站大致在整个铁路线的中间地段。走出车站来到这条向西延伸的道路上,沿途仍然是住宅区。世津子新租住的住宅就在这一带住宅区里。

这一带有住宅和田园,住宅之间夹着田地,带有武藏野特色的杂树林树梢远远高过所有住宅屋顶。距离这里四公里左右的北面树林里,有古里艾鲁莫教堂和江原康子的家。但那不是笔直的路线,途中要经过许多崎岖山路才能到达那里。顺便说一下这里和东京南边的温差,在两摄氏度左右。

下雪后,东京的积雪融化了,而这一带积雪并没有融化,依旧残留在屋顶和篱笆上。四月二日是恢复了好天气的日子,但早晨还是寒气逼人,榻榻米房间里还在使用火盆。

世津子租的是二楼房间,面积大约十平方米。房东住在楼下房间,一对年轻夫妇带着一个婴儿,对人和善。丈夫是上班族,每天早上乘拥挤的电车去闹市中心的公司上班。年轻妻子则在家里照看孩子,有时候踏缝纫机做些什么,有时候看看杂志。总之,房东是很普通的工薪阶层家庭。

上午十一时左右,年轻妻子正在房屋背后洗涤时听到门铃声,以为来了客人,便背着孩子来到玄关,开门一看,原来是骑小型摩托车上门送信的邮递员。

"贵府有叫生田世津子的人吗?"

"有,有。"

"有一封快件。"

"噢,您辛苦了。"年轻妻子用潮湿的手接过信件朝二楼叫道,"世津子小姐,你的快件!"

没有回音。年轻妻子又叫了一次,还是没有回音,于是把信放在楼梯中间的地方。由于信封背面朝上,她看了一眼寄信栏,上面的字很蹩脚,是用片假名写的"古里艾鲁莫教堂"字样。由于心里还想着那些洗涤物,便匆匆忙忙地绕到屋后水池那里。非常遗憾的是,她基本上把那上面用蹩脚的片假名写的地址给忘了。

十二点到了,洗涤也结束了。年轻妻子开始照料背上的婴儿,这是每天必须做的事情。由于忙忙碌碌的,不知不觉地把时间给忘了。接着,她打算看杂志。这时大概是下午两点,传来推动玻璃门的声音。年轻妻子坐在榻榻米会客室里,见世津子脱下鞋子正要上二楼,便说道:"世津子小姐,您刚才不在家?"

"嗯,我到附近转了一下。"

这之前,年轻妻子听说租房人是国际航班的空姐,便产生了浓厚兴趣,一见面果然身材匀称,脸蛋漂亮。她觉得这样的租房人入住,也是内心的自我满足,也就自然而然地流露出亲切感:"您不在时邮递员送来一封快件。"

"哦,是吗?"

"我已经把它放在楼梯上了。"

"谢谢您的关照。"世津子走进自己房间拆开信封。这是古里艾鲁莫教堂托鲁培库寄来的。她坐到桌前想定下心来仔细阅读。以往很少有这样的快件,心里不由得怦怦直跳,感到有点不安。

她从信封里取出信纸一口气看完,这才松了一口气,放心了!她感到自己坚决拒绝他的无理要求有效果,因为他也拒绝了堂兄的无理要求。这对他和自己来说,意味着危险已经过去了。她反复看了好几遍快件,激动得热泪盈眶,连声说:"好,太好了!"

她看了一下手表,已经过三点了,她开始化妆,用去很长时间。对着镜子看化妆后的效果,感到比较满意,于是换上出门的藏青色两件套女装。她觉得这是最适合自己的颜色。接着,她又坐在梳妆镜跟前仔细做最后的化妆加工。

也许是不再有担心而心情显得特别平静的缘故,化妆似乎比平时要顺利许多。她化妆完毕又一次站在镜子跟前,已经没有可挑剔的了,自己也很满意。当正要离开房间时,目光无意间移向放在桌上的快件,她把它又看了一遍,随后插入原信封放到皮包里。

她环视了一下房间,觉得已经没有要带的东西了,便关上房门走下楼梯。脚步声传到刚午睡的年轻妻子耳朵里。此刻,婴儿还在熟睡。年轻妻子蹑手蹑脚地走出房间,恰逢世津子来到一楼。

"怎么,您出门吗?"

"是的,有一点事。"

"您真漂亮!"

"谢谢夸奖。"

"去哪里呀?"

"去堂哥那里。"

"晚上回来吗?"

"多半回来。再晚也要回来的。不过,如果实在是太晚了,我也许去婶婶家里住。"

"那好呀!是呀,这一带深夜不太安全,去婶婶家住也许要安全得多。"

"如果晚了,我就去婶婶家住。再见!"

"再见!"年轻妻子答道。其实,这是她最后一次看到世津子生前的模样。

世津子来到一家烟店拿起公共电话听筒，随后朝投币口塞入一枚十日元硬币。幸亏店里没其他顾客，这让烟店老太太自始至终地听完了世津子打电话的内容。

"婶婶，今晚是叔叔的生日庆祝会，我差点给忘了，庆祝会几点开始？"

对方回答了时间。

"是吗？如果是这样，我一定参加，不过也许要晚一些到，最晚八点到达。因为有点急事，到您那里肯定要迟点，真对不起！嗯，那好，晚上见！"

她把听筒搁回电话机上。烟店老太太目不转睛地望着她，两人的视线不由得交织在一起。世津子微微低下头表示道谢，老太太赶紧鞠躬回礼。

外面虽是早春明媚的阳光，但吹来的风还夹带着丝丝寒意。老太太从烟店朝外望去，世津子美丽的身影沐浴在阳光下，正迈着轻快的步伐朝前走着。

她走进车站的时候，车站附近 M 大学的学生们已挤满站台，声音嘈杂。电车来了，车厢里并没那么拥挤。这是开往与闹市中心相反方向的电车。她坐在车厢中间的座位上，窗外沿线的住宅开始逐渐减少了，田野后面是高级住宅区，正处在和煦春光的照射下。树木上冒出新芽，樱花树上也出现了绿芽。电车道旁边的住宅篱笆围墙里，是一片盛开的桃花。

世津子在看书，男人们的视线不知不觉地集中在她的脸上，这让她感到十分满足。今天出门时使用的化妆品，都是特地从伦敦带回来的。

杂树林渐渐多了起来，新住宅区与农家相互交错地伸向杂树林的尽头。旱地里长着麦子，那中间有河流，水清澈得可以一眼望到底，河流在田地之间蜿蜒曲折地缓缓流动。她旁边有一个女孩，脸贴在窗玻璃上全神贯注地望着窗外景色，发现河流后惊喜地嚷道："妈妈，瞧，那里有河！"

年轻妈妈正在织毛衣，猛地转过头望望窗外，说了一声："是呵！"又转过脸继续织毛衣。

"妈妈，那叫什么河？"

"叫玄伯寺河。"母亲无精打采地说。世津子眺望玄伯寺河，河水正在麦地之间流动。这景色真是太美了。春日里的蓝天与麦地的尽头连在一起，太阳光斜照在地面上。她看了一眼手表，过四点了，但还有足够的时间。

乘坐了二十分钟的电车，在一小站下车。旧街道与车站广场几乎在一起，是从江户时代流传到今天的。车站前面，车辆川流不息。

她快步穿过马路，那里也是一条下坡道，缓缓地向前延伸。这一带是郊区，从闹市中心来这里，会让人觉得连空气也是甘甜的。巴奇里奥教会的神校就在这里，树林里矗立着尖塔，夕阳正照射在十字架上光芒四射。神校前面好像聚集着很多人。托鲁培库说过，今天神校举行新神父晋级仪式，算是教会的节日。

她从大门前面经过，沿道路朝前行走。托鲁培库指定的地点，在离神校五百米左右的地方，道路两侧几乎没有住宅。高地上有巴奇里奥教会的修道院，一群身着黑色修道服的修女沿着坡道慢慢地朝上走来。这一带有许多花匠，经过人工修饰、种类繁多的树木

163

占据了很大面积。眺望这片树林的深处，隐隐约约可以看到那里有花匠住宅，微弱的阳光照射在树梢上。

她站在树林旁边，那里有一条朝树林里延伸的小路，如果沿着这条岔道笔直朝前走，可以到达被黑压压树林包围的寺院。那里还有一条流淌着的小溪，那不远的溪流里有一座水车。她孤零零地站着，等候他的到来。钟声响了，是从教堂传来的。钟声与晚霞染红的天空融为一体。世津子在胸前画着十字。

她又等了一会儿，约好见面的时间是傍晚六点，还剩三十分钟。她慢悠悠地散起步来，欲打发剩下的时间。走着走着，遇上一群好像是徒步旅行归来的年轻人。旁边的农家篱笆墙上，残留着已经熟透的梅子。她边走边考虑接下来要见面的托鲁培库的堂兄，想象着那究竟是一个什么样的男人。那男人和托鲁培库来自同一国家，长得肯定相像，皮肤白净，特征也应该相似。

托鲁培库心地善良，但堂兄好像是从事危险职业的，指令别人从香港把毒品运到日本，是一个恐怖人物。想到与这样的堂兄见面，心跳不知不觉地加剧起来。自己是无条件喜欢善良的托鲁培库，心里也很想与那个可恶的堂兄见一下面。她暗自思忖，打算见到堂兄后求他别把托鲁培库拉进贩毒团伙。这样做，是为了两个人的幸福，不希望任何人拆散他俩。她一边行走在黄昏下的林阴小道上，一边思索见面时要说的话。

从那天早晨开始，托鲁培库参加了古里艾鲁莫教堂里举行的神父晋级仪式的弥撒，用去很长时间。结束后，便是参加在神校召开的庆祝会。此前，神校已经做好庆祝会的准备工作，礼堂四周插着彩色小旗帜，洋溢着节日般的热闹气氛。今天，巴奇里奥教会日本分会所属各教堂的神父们都集中到这里参加会议，还有与教会有关的人士和主要信徒几乎也都来了,人山人海。

晋级仪式举行前的晚上,神父们一律禁食。由于在晋级仪式上做弥撒时要领取圣物,因此被禁用其他食物。所以参加庆祝会,几乎所有神父都饿得厉害。于是,会场上的丰盛菜肴被吃得一干二净。晚餐结束后是举行文娱活动,这是难得的机会。大家都从平日里的严肃气氛摆脱出来,开始表演魔术、话剧、歌剧和做游戏。

平日里没有笑容的神父,唯有这时才能展示自己让人刮目相看的特长,也只有这天晚上能离开宗教戒律。

托鲁培库唱了两首博得最多喝彩声的日语流行歌曲。第一首唱的是"星星知道一切,也知道姑娘在昨天晚上哭泣……",第二首唱的是"我扔下姑娘走了,再见,再见,我寂寞,告别姑娘,我一个人去旅行……"。

他音色好,经常在黑乎乎的河畔用母语演唱。听过他唱歌的斋藤幸子和世津子,都曾夸他的嗓音美。除日本歌词的发音不太准确外,曲调和发音都很棒。大家鼓掌喝彩。这时的他,脸上堆满笑意,还笑嘻嘻地向大家鞠躬。

掌声再次响起,要他再唱一首。他鞠躬后又唱了一首,唱歌时夸张而又滑稽的动作逗得大家捧腹大笑。戈鲁基神父和毕里艾神父也表演了别出心裁的节目。这些神父平时一本正经,因而让参加庆祝会的人更加觉得有趣。

不仅神父,就连一些忠实信徒也登台表演节目,江原康子等人演出了日本古代舞蹈。总之,这是愉快而又开放的夜晚。

"托鲁培库先生,你唱得好极了!"江原康子笑着来到他身边夸他。

"衷心感谢!"他表面上像孩子那样高兴,可无法想象他心里究竟在想什么。

"下一次来我家唱!"今天,江原康子打扮得花枝招展,微胖身材与和服不太相称。但是,她那花里胡哨的色彩和这愉快的氛围倒是非常协调的。

参加会议的人多,有的是与接受晋级的新神父交流,有的是说话投机的人围在一起。总之,笑声、说话声一浪高过一浪,拥挤得无法辨别谁在哪里。

"现在拍集体照。"一个貌似教会干部的人大声通知。

这是庆贺新任神父晋级的集体留影。信徒们听说拍照便纷纷集中在一起,前排是马鲁旦分会长和新任神父并肩坐在椅子上,坐在他们左右两侧的是来自各教堂的神父。

"咦!缺了托鲁培库神父。"有人说。

大家朝四周打量,果然不见英俊的托鲁培库。

"托鲁培库神父去什么地方了?"

"谁去找一下,把托鲁培库神父找来!"有人在人群里说。

一个信徒跑到教堂外面寻找。大家不得不待在那里等候。

"我到处找遍了,没有托鲁培库神父。"说这话的不止一个。外出寻找的信徒回来时都是同样的回答,神父中间有人无奈地耸耸肩。不管怎么说,这么重要的纪念照是不应少了托鲁培库神父的。

"真拿他没办法,就这样拍吧!"分会长说。尽管没人表示异议,但是大家显然在心里责备托鲁培库缺席。集体照最终还是在缺少托鲁培库的情况下拍摄了。照片上,只有江原康子的脸看上去没有任何担心的表情。

这时,托鲁培库悄悄走进寂静的公共电话亭里,没有人注意到公共电话亭里有神父在打电话。

"我一直在等你,托鲁培库先生。"电话那头传来嘶哑的声音,是朗卡斯特带着责备的语气,"为了等你的电话,我哪里也没去,你还晚了一会儿。"

"对不起,我也是急急忙忙溜出来的。"托鲁培库说。这时,他脸上布满了微微的汗珠。

"哎,说说看,进展得怎么样了?"

"世津子应该六点左右来附近等。我现在就去和她见面,但是见到她以后怎么办?朗卡斯特先生。"

"你知道冈村住哪里吗?"

"知道。"

"我已经都跟他说了,今天晚上你就让世津子住他那里。"朗卡斯特用命令的口气说。

"让她在外面住?"

"是的。今天晚上不准她离开那里。你设法把她带到那里。冈村已经同意了,应该也给她准备了房间。那是你和世津子两个人的房间。"

"可是,朗卡斯特先生。"托鲁培库脸色苍白。

"请照我说的做。托鲁培库先生,我不接受你的抗议!事后,不能留给警方任何线索。执行我的计划是安全的。你的世津子现在等你的地方,不用说是没有行人经过的地方。"

"应该就她一个。"

"你这样安排就对了!你本人也不能让任何人看见!你要让她一个人去那里,你如果跟她一起去会引起别人注意,随后你再去冈村家。你把她诱骗到那里后立即跟我联系,听明白了吗?"

他没有吭声。

"听明白了吧？托鲁培库先生，听见我说话了吗？"

"听见了。"他放下电话听筒，脸上的表情与刚才唱日本流行歌时完全判若两人。他不得不站在那里稍稍调整一下自己的呼吸。

因为是乡村小路，一路上没有任何人，只是偶尔有汽车驶来。这时候，他便背朝着车灯，等到车从身边驶过以后，才选择路边光线微弱的树阴下行走。

来到路口，托鲁培库迅速拐入那条岔路。那条路光线更暗，一直通向被树林围裹在里面的日本古寺。天黑了，没有人去那里。他朝前还没有走上十米路程，就看到黑暗里伫立着的身影。在他还没有出声的时候，那身影已经朝他走过来。

"托鲁培库先生，我等好长时间了！"世津子大声嚷嚷，虽不高兴他姗姗来迟，可脸上却露出愉快的笑容。

"我是溜出来的。"

"哎，你怎么在喘气！"

"嗯，我是急匆匆赶来的。我那里忙得不可开交，可太想见到世津子了，设法赶来了。"他勉强装出笑容。

"我收到你的快件后立即赶来了。你说有事，是什么事呀？"她握着他的手问。

"有重要事情，在这里说不方便。世津子，我想让你再等一会儿，但不是在这里，是在我朋友家，他也是信徒，心直口快，你放心，你先去那里等我。"

"在哪里？我不想去。"

世津子虽不太愿意，但内心已经接受了他的要求。她将脸依偎在他的胸脯上，随即露出惊讶的神色："哎，托鲁培库先生，你的心怎么跳得这么厉害？"

第五章　最后的晚餐

　　从中央线 O 车站朝南走,那里是静悄悄的大型住宅区。长长的围墙向前延伸,到处是杂树林。有的围墙是用混凝土构筑的,有的围墙是移植杉树组成的。所有住宅区里都有黑压压的树丛,屋顶在树丛深处若隐若现。朝着南边延伸的道路,途中有好几条岔道。其中有一条岔道穿过该住宅区,沿着坡道转过弯后,该路的尽头与公路相连,公路下面铺设着市民用水的自来水管。从森林公园引出的水,过滤消毒后就是通过这条水管流向市民家中的。

　　这片住宅区,即便白天也很少有行人经过,但是,时不时会从住宅里传出旋律优雅的钢琴声,到了晚上,几乎所有住宅都被黑暗吞噬,偶尔有汽车在路上行驶。入住这些大型住宅的人们,即便邻居也相互间很少来往。

　　他们的生活习惯是互不干涉,互不串门,不关心邻居家是干什么的以及怎么生活的。世津子乘坐托鲁培库的雷诺轿车去的那户人家,就是在这样的住宅区里。那户人家的住宅也相当大,四周同附近的住宅一样有围墙,还饲养着家犬。

　　“是这幢房子?”她一边跟着他朝没有光线的玄关走去,一边躲在他身后忐忑不安地朝那里打量,门上没有姓名牌。他把手放在她的肩上说："你不用担心！他也是忠实信徒，只要为了教会不管干什么都愿意，他和我也非常熟悉。"

"可是托鲁培库，把我一个人留在这里我害怕！"她在陌生住宅面前显得胆怯起来。

"别担心，我马上就来。处理完神校的事，我就立即来这里。不是吗，我还要带堂兄来呢！哎，这家人很热情的，不管什么都会提供的。我已经跟他说好了。"他按响玄关门铃。这幢住宅的外观日本味十足，屋里亮着灯光。这时有人影朝门口走来，随即移开玻璃格子门。开门的是一个中年妇女。

"我是托鲁培库，晚上好！"

中年妇女无声地回了礼。世津子见状觉得奇怪，托鲁培库说跟这家人很熟，可这女人态度一点也不热情。女人进屋后，又出来一个人，是身材微胖的男人。由于他是背光，一开始无法看清楚他脸上的表情。"请进！"微胖男人对托鲁培库说。

"晚上好！打搅你了。"

"请！"

这才有点像熟人之间的对话。微胖男人目光直愣愣地打量着世津子，她不由得低下头。

"欢迎！"微胖男人对她说。

"哎，请进。"托鲁培库用手轻轻地拍了一下她的背。这幢住宅看上去宽敞，一进入玄关便是弯曲的走廊。微胖男人好像是这幢住宅的主人，熟门熟路地走在前面。托鲁培库自始至终地走在世津子后面，那架势仿佛是防止世津子逃跑。

走廊上也有灯光，有人从旁边房间探出脑袋窥视，就是刚才那个女人。世津子觉得她是特意探出脸来打量自己的，心里觉得很不是滋味。整幢住宅静悄悄的,没有说话声。世津子被带到二楼大约有十五平方米的榻榻米房间里。

"房间小,请克服一下。"微胖男人朝托鲁培库和世津子笑了笑。这人脸色红润,眼角堆有鱼尾纹。他名叫冈村正一,这幢房屋不是他的主要居住地。他真正的住宅在目黑那里,经营着一家公司,叫"旭产业有限公司"。公司在江东区,主要生产轻金属产品,资金周转良好。这里的住宅, 他是从战前就住在这里的业主手上买下的,把小老婆安置在这里居住。

"托鲁培库先生,你过来一下!"冈村原本是信徒,因秘密报警被赶出教会,后来由于利益上的驱动又让他与教会重归于好,但不出入教会,而是背地里交易。就因为这个关系,他与托鲁培库熟悉了。冈村把托鲁培库喊出去。

"托鲁培库先生。"世津子不安地嚷道。

"怎么啦? 他马上就回来的! 我只是有话跟他说。请允许我告辞。"冈村代替托鲁培库说,不客气地看了她一眼。

托鲁培库和冈村到楼下密谈,也只用了不到五分钟的时间。托鲁培库来到二楼房间的时候,世津子正焦急地等他。托鲁培库吻了吻她,在她耳边轻轻地说:"我要离开一会儿,不过马上会回来的。你别担心,冈村先生会照顾你的。"

"你真的马上回来? 我不能这样一直待在这里。"她抱住他瞪大眼睛问。

"我知道。我必须立即去神校处理完剩下的工作。请理解我,世津子。"

"这我知道。可我一个人待在这陌生的房间里感到难受。"

"所以我说了,处理完剩下的工作马上就回来,请一定要等到我回来。"他提醒说,"从明天开始,我就和你在这里生活一段时间。"

"真的?真跟我在这里生活?"她的眼睛亮了起来。

"是的,我想那样,世津子也希望那样吧!所以,我租了冈村家的二楼。"

"你怎么不早点把这想法告诉我呀!可你……你突然说这情况,太让我吃惊了。"

"现在也不晚嘛,做你乐意的事,即便让你吃惊也不是坏事呀!"

"我的意思是,咱们难道不能去别的地方生活吗?"

"你是讨厌这里吧?"

"嗯,不太喜欢。因为冈村和我是第一次见面,如果是租陌生人的房子,我喜欢自己寻找,这是最好的选择。"

"世津子,你想一下!你能租到普通住宅,这我不怀疑。可我们的情况特殊。你我之间的关系是不能被别人知道的。如果去租普通住宅,那我们的事立刻会传到社会上,后果不堪设想。而冈村是信徒,能做到守口如瓶,再说又是我的朋友,不会把你我之间的事捅到外面去,是可以让我们放心的人。哎,世津子,你该明白我的意思了吧?"

面对他的解释,她并不满意,甚至是不满。与其说不满,倒不如说感到恐惧,尤其这家里的氛围让她不快。刚才,把他俩带到房间的冈村让她恐惧,在走廊上,女人的窥探也让她感到心里不舒服。

"你一定要喜欢这里,要在这里住一段时间,我会继续找你喜欢的住宅。哎,我这样做行吗?"他讨好地说。

"嗯,越快越好。"她无可奈何地点了点头。

"就这样定了!现在太匆忙,当然也并非找不到其他住宅,不过我会抓紧找的,你就放心吧,我发誓,好,现在我要走了。"

"怎么,你马上走?"

"嗯,没办法,那是上帝赋予的工作,你要理解我,结束后我立刻回到这里。来的时候,我把堂兄也带来。"

"一定哟,真的一定哟!"

"嗯,我发誓,肯定回来。尽管有那么点寂寞,但你要忍耐。"他抱着她,不断亲吻她的额头、脸颊和嘴唇。她目送他直到他消失在楼梯下。刹那间,一阵空虚犹如汹涌的急流把她围了起来。

托鲁培库来到玄关,冈村正一从后面走过来,两手插在口袋里笑嘻嘻地说:"这女人真漂亮,托鲁培库先生,有了这样的女人,托鲁培库先生忘了一切也情有可原。不过,有点可怜。"

"拜托啦!"他眼睛朝下,压低嗓音说。

"明白了,托鲁培库先生,朗卡斯特先生都跟我说了,我也马虎不得,绝不会让她逃走的!"

他无精打采地走出大门口。雷诺轿车静悄悄地隐蔽在围墙边上。他上车后,朝树丛深处的这幢住宅二楼再次眺望了一眼,旁边没有行人,也没有其他车辆经过,车飞也似的奔驰在道路上。

行驶途中,他发现路边有电话亭,于是停下车打电话给朗卡斯特。

"我等你好一会儿了,托鲁培库先生,进展顺利吗?"电话那边传来朗卡斯特的声音。

"我把她带到冈村家了。"

"好极了!"

"冈村在家吗?"

"在家。"

"我都详细向他说了,他应该按我的意图行事。剩下的托付给他就行了,他是可以信赖的日本人。哎,你的世津子现在在干什么?"

"她一个人在那幢住宅的二楼待着。"

"你随后肯定要返回她那里的吧?"

"是的,今天神校举行新神父晋级庆祝会,我是会开了一半偷偷溜出来的,必须先回去报到后再回她那里。不过,也许要很晚才能到她那里!"

"要很晚?几点?"

"嗯,十一点或者十二点吧!"

朗卡斯特好像在思考什么,半晌没有说话,随后轻声答道:"好吧!但是今晚你一定要执行我的命令。"

托鲁培库脸色煞白,握着电话听筒的手在颤抖。

"怎么啦?托鲁培库先生,听见我说的话了吗?"朗卡斯特催促他回答。

"听见了。"他嘴里发出绝望的声音。

"那,你是明白我的意思了吧?所有一切按我的计划就不会有差错。喂,托鲁培库先生,你是不是害怕了?"

他没有回答。

"不必害怕。按我说的去做就不会出错,那也是最安全的办法。总之,今晚一定要把她解决掉!听到了没有?至于步骤,就按我上次说的那样,明白了吗?"

"是。"他痛苦地说,额头上又渗出了汗水,心跳加快。

"冈村都同意了。"

托鲁培库挂断电话,由于手颤抖,挂了好几次才把听筒搁回原来位置。他离开公共电话亭回到车上,感觉四周与平时的景色不同。

他几乎是在没有意识的状态下驶往神校的。神校已经恢复到往日那种寂静的状态,只有两三盏灯还亮着。托鲁培库悄悄走进礼堂,里面有几个人正在收拾整理。

"分会长呢?"托鲁培库问。

"分会长他早就回去了。"

庆祝仪式早已结束,但是其他活动的准备工作又开始了。明天由新神父在这里做第一次弥撒,由他协助新神父。

"哎呀,托鲁培库先生,你去哪里了?我们到处找你。"突然从旁边传来问话声,原来是江原康子。她正仰起脸望着他,眼睛里是责备的目光。

"我有事外出了。"他答道。

"如果有事,最好事先跟别人说一下!大家在一起拍了集体照!因为缺你,又是找又是等的,浪费了很长时间。"

他不好意思地低着头。这时,毕里艾神父从江原康子背后走上来也数落他说:"你到底干什么去了,分会长很不高兴。如果有事外出,希望你事先打一声招呼。"

"对不起。"托鲁培库表示歉意,他眼神战战兢兢的,头发乱蓬蓬的,脸色白得像纸一样。毕里艾神父和江原康子见他那般模样,面面相觑,似乎在担心什么。

托鲁培库于十点左右回到古里艾鲁莫教堂,蹑手蹑脚地走到二楼自己的房间。走廊两侧其他神父的房间,都已关门熄灯。他没有睡意,其实也没有时间能睡觉。

因为,一个小时后必须再次去世津子那里,并且今晚必须执行朗卡斯特的杀人命令。他在房间里踱着方步,没有时间静坐下来思考。他读《圣经》,无论读哪一页,《圣经》里的句子唯独今晚不像春风那样让身体感到温暖。

他眺望窗外,黑色树林像魔鬼那样伫立着与他对视。天上,没有星星。

此刻,还差二十分钟就是十一点了。周围似乎什么声音也没有。突然,世津子垂头丧气坐在椅子上的模样浮现在他眼前。

他跪在地上,两手放在胸前向上帝祷告。但是无论怎样祷告,也不可能改变朗卡斯特的命令。他感到胸部郁闷得连呼吸也困难,他粗暴地用力揪自己的头发,随后蜷缩在椅子上。总之,无论怎么做心也还是平静不下来。

他驾车从后门来到路口,车灯照得路边野草白茫茫的。一看手表已经十一点了,到冈村家足足用去了二十分钟。他把车停在隐蔽的围墙边上,然后把门铃按响。他不知道他在做这一切的时候,就已经有人在暗中注视着他的行动。屋里的灯亮了,冈村正一从玄关门缝探出头来。

"晚上好!"

"晚上好!"冈村正一答道,声音与几小时前的不一样。不知是冈村的语调变了,还是他的听觉发生了变化。他一进屋,冈村便关上玄关门和电灯,还是一声不吭。冈村变了,和几小时前的态度有些不同。也许对方有戒备心理,也许是他自己的感觉不正常所致。

"她没闹吧?"

"没闹,托鲁培库先生。"冈村轻声答道。可是冈村刚才不是这样的声音!他的大脑里似乎已经变得一片空白,失去了思考能力。"沿这个楼梯朝上走,右侧就是,托鲁培库先生。"冈村提醒他。冈村没有跟着上去，只是推开旁边的房门，他的情妇似乎冻得受不了，耸着肩膀走到冈村边上，用异样的眼光凝视着托鲁培库的背影。

他沿楼梯往上走，所有房间都没有亮灯。他推开最里面房间的门，开门瞬间响起的惊叫声，使他站在原地直打哆嗦。是世津子在喊叫！他大吃一惊，然而房间里暗得什么也看不见。

他顿时觉得，自己杀人的意图已经被世津子识破了，于是两条腿像烧火棍那样动弹不得。房间里鸦雀无声，只传来好像是世津子后退的脚步声……沉默持续了一段时间。

"世津子！"他从喉咙里挤出声音喊道，并朝房间里走了一步。

"是你？"世津子这才说出话来，声音与几小时前截然不同，"你是托鲁培库？"

"可以开灯吗？世津子！"他细长的手伸到墙上寻找开关。

"不行！"世津子语气强烈，吓得他魂不守舍。

"怎么啦？世津子。"他不解地问，她没有回答，黑暗中响起了哭声。糟糕！也许她已经知道自己将遇不测。此刻，他似乎觉得双腿失去了支撑力，只是用眼睛在黑暗中寻找世津子。

这时，世津子出乎意料地扑到他的怀里，一脸的泪水。他抱住世津子，突然间，他的身体失去了重心，两个人一起倒在地上，榻榻米发出了响声。她一边放声大哭，一边仍然紧紧地抱住他。

"怎么啦，世津子，是不是寂寞？"他抑制住自己的剧烈心跳问她，她还是没有回答，只是不停地哭泣。他的手臂很自然地绕到她的脖子下面，刹那间朗卡斯特的示范动作浮现在眼前，他的手臂无意识地弯曲成三角形状，恰巧卡住世津子脖子。

现在，他搂住她的手臂只要稍稍往上抬，就是朗卡斯特示范的手臂形状了,再把放在她柔软胸部的手臂稍稍上移,那里便是她软绵绵的脖子。而她,此刻一点也没有防备。可是,他的手在颤抖,毫无力气。

"世津子,世津子。"他胆怯地喊道。她听到了声音,又放声痛哭。

"怎么啦?世津子。"他抚摩她的头发。也许是因为抽泣,漂亮的发型变得乱蓬蓬的。

"托鲁培库,你的堂兄……堂兄……"她哭着说。

是呀,说好带堂兄来的,他回忆起自己说过的话,还为此特地给她居住的地方寄去快件,并在信上叮嘱她仔细化妆,打扮得漂亮些。可是现在,他断定世津子在责备自己为什么不带堂兄来。

"太遗憾了!堂兄说他忙,来不了。世津子,别乱猜疑!他是因为抽不出时间。"

没想到他说完,世津子哭得更厉害了。他不理解日本人的感情波动原因,更不理解她为什么这样痛哭流涕!他伸出手在墙上摸索,打算开灯。

"别开灯!就这样。"她在黑暗里大声制止他。他困惑地站着,不料腿被她抱住,随后的哭声则震耳欲聋。他不理解她为什么如此悲伤,多半是刚才让她独自待在这里受不了那寂寞的缘故。他蹲下身,把她抱到自己怀里。让他感到意外的是,她的肩膀裸露在外。

当他第二次返回古里艾鲁莫教堂时,已经是半夜一点了。他踮起脚尖走到宿舍里,走廊上没有遇到任何人。整晚,他不停地做着莫名其妙的梦。他没有执行命令,她的伤心痛哭使他没有勇气下手。

第二天,他去神校参加新任神父的第一次弥撒。下午二点四十分,他突然想起神校附近有公共电话亭,于是去那里给朗卡斯特打

178

电话。接电话的是个陌生男子,没有问谁就把电话听筒交给了朗卡斯特。

这时,电话那头传来朗卡斯特把房间里的人赶出去的叫喊声。他清楚,朗卡斯特和他通话一直是秘密进行的。

"你好!托鲁培库先生。"听声音,朗卡斯特似乎精神饱满。

"我是托鲁培库,我汇报太迟了!"他小声说。

"你声音太小,我听不清楚,请大声点!"

"我是托鲁培库!"

"我知道是你打来的电话。哎,那事情怎样了?"

他吞吞吐吐地说:"没有找到机会。"

"什么?你没有把她干掉?"朗卡斯特语气完全变了。

"我没有找到下手的机会,朗卡斯特先生。"他喘着粗气回答。

"混蛋!你在干什么?我是怎么跟你说的?让你昨晚干掉她,可你为什么不执行命令?"朗卡斯特发怒的声音从电话那头传来,震得他耳膜发胀。

"对不起,朗卡斯特先生,实在是没有机会……"他害怕对方的吼声。

"见鬼!那女人在哪里?"

"还在那幢住宅。啊,是的,她也许会逃跑,朗卡斯特先生。"他好像意识到了新的危险。

"逃是逃不走的!待在冈村家是出不了问题的。那不用你担心,我早都安排好了,我不会像你那么愚蠢!"朗卡斯特暴跳如雷,吼道,"你为什么不杀了她?我已经再三对你说了。你心里到底是怎么打算?喂,托鲁培库先生,听得见我说话吗?"

"听得见。"

"这种事磨磨蹭蹭,会发生意外的!不照我说的做,就会毁了你自己!希望你别把我们不当一回事。"

"不,朗卡斯特先生……"

"别说了,你肯定没把我们放在眼里。我可不是那么好说话的人。好了,你考虑考虑自己的后果吧!"

"哎呀,朗卡斯特先生……"

"今天晚上,你一定要让她离开这个世界!听清楚了吗?托鲁培库先生。"

朗卡斯特声嘶力竭地命令他:"我已经安排好了,世津子小姐是一步也出不了那幢住宅的。你大概没有注意到,那住宅里一直有人在严密监视。你今晚必须干掉她!否则,你本人将身败名裂!不信你就试试!"

中央线O车站北面出口旁边就是集贸市场。从大路进入小巷,里面有鱼铺、肉铺、蔬菜铺和干货铺等。战败后的集市贸易还是保持着原来的状态。

四月三日傍晚,一中年妇女站在该集市"泉屋食品店"的门口。傍晚的集市上,车水马龙,加之路面非常狭窄,两个人并肩都无法行走。泉屋食品店门庭若市,店门口因为行人和购物客人多而混乱不堪。泉屋食品店里的外国食品琳琅满目,比日本产的还要多,店门口摆满了贴有英文字母的罐头。站在店门口的中年妇女,手伸向一听日本罐头。

"欢迎光临!"店员敏锐地发现了她。

"这多少钱?"中年妇女看上去颇有气质,手拿着香蕈罐头问。

"四百八十日元。"

在罐头里这属于高价,很少有人问津香蕈罐头,营业员视她为重要客人,说话语气恳切。

"我买两听。"

中年妇女把两听罐头放在篮子里,立刻拿出一千日元纸币付账。

"承蒙您光临,谢谢!"店员说。

中年妇女很快消失在人群里。接着,中年妇女依次去了肉铺和蔬菜铺,购买了肉和蔬菜。她穿过 O 车站广场,沿着巴士路走了一会儿,随后拐入另一条小路。从这里开始,便是住宅区域了。

这条路上,行人少了许多,他们大多是这一带居民,妇女大都打扮时髦,住宅围墙里是很深的树丛,沿路有许多杂树林,非常幽静,和煦的春日阳光铺洒在路面上。

中年妇女走到十字路口时环视一下周围,只见远处有两个小孩,没有其他行人。她便转弯进入这条道路,并走进一个大门,然后朝住宅玄关走去。虽大门上没有姓名牌,但这确实是冈村正一的另一幢住宅。住宅周围有一个年轻人正在转悠。

"您回来了。"年轻人上前迎接。

"今晚有好吃的。"年轻人看着菜篮里的食物笑了。

"不是让你吃的哟!"她笑着说。

"嘿,您也太不客气了!"年轻人搔了搔脑袋。

"这是招待楼上客人的。哎,没什么情况吧?"

"她还是想出去!我好说歹说,劝她别离开二楼房间。"

"绝对不能让她外出!要是逃跑了,我们可就遭殃了。"

"那女人老是问神父什么时候来。"

"他大概要到晚上才来吧？"

"真的来吗？我也是那么哄她的。她那么渴望地等他,如果再不来可能会出乱子的。到了晚上,她兴许会叫喊。"

"别担心,神父一定会来的。在他没来之前一定要看好了哟,千万别让她跑了!"

中年妇女是冈村正一的情妇。她走进厨房,从菜篮子里取出食品开始准备晚餐。这时,冈村悄悄走了进来,拿起放在灶台上的罐头看了一眼上面的商标问:"是香蕈吗？嗨,有香蕈罐头!"

"很少见到吧？今晚用它烹调中国菜让那个女人吃。"

"好呀,不给她吃好点的,她会更加感到寂寞的。"

"我是这么想的,所以才买它的哟!"冈村情妇说完便开始忙碌,冈村吹着口哨离开厨房。这时电话铃响了。尽管电话机那儿有年轻人,她还是匆忙从厨房跑过去接听电话。听到电话那头传来的说话声,她立即转过脸对冈村喊道:"亲爱的,是那个人打来的电话哟!"

冈村接过话筒压低嗓音报告说:"朗卡斯特先生,一切正常,她很安静。托鲁培库先生还没来,他说了晚上来。"冈村汇报完后静静地听着对方说话。

少顷,他像保证似地跟对方说道:"明白了,别担心,我会监视到'那时候'为止。她好像仍然嘟嘟哝哝地说个不停,企图离开这里。不过,我会尽力哄她。是,保证完成任务。"

接着,他又听对方说了好一会儿,随后又答道:"我按照你说的那样传达给托鲁培库就可以了吧!明白了,我过一会儿还会向你报告的。"

冈村说完挂断电话,把听筒搁回电话机上,转过脸对那个年轻人凶狠地说道:"喂,你也要注意大门外面和周围,注意有没有可疑的家伙。"

世津子等待托鲁培库出现,独自一人待在这里不仅精神上感到痛苦,而且这幢房屋里的氛围让她觉得窒息。其实,房屋主人对她还是比较关心和照顾的。冈村情妇,也就是这幢房屋的女主人不时地上楼来问她需要什么,还问她是否觉得烦闷,聊一会儿天后放下点心和杂志才离开房间。每顿饭菜都味道不错,只是不让她外出一步。

"这是托鲁培库神父特意关照的,说让你外出会惹麻烦的,还说要和你在这里生活。"

冈村情妇已经人到中年,脸蛋漂亮,皮肤白皙,很有气质。世津子想给托鲁培库打电话,却遭到她的婉言拒绝。

"不行,神父说他今天很忙,神校举行由新神父主持的弥撒仪式,他必须协助新神父。弥撒结束后还要举行庆祝会,随后还有许多工作要做。你现在就是打电话,他也不可能在办公室。"冈村情妇表情平静,说话不急不躁。

从早上开始世津子就想打电话,一是要打电话给婶婶家。昨晚,是叔叔的生日庆祝会,自己庆祝会也没有参加,只是打电话说了一下就跟着托鲁培库来到这里,如果今天再不回去,婶婶家的人肯定担心。为了不让他们着急,想打电话告诉他们一下。

还有,必须向航空公司请假,今晚本该飞香港,可自己到现在还没有跟公司联系。这幢住宅里好像有电话,打算借用一下,没想到冈村情妇皱起眉头说:

"这事有点难办。因为托鲁培库神父临走时关照过,他不在的时候不让你打任何电话。实在是对不起!等神父来了,请你跟他说。"

冈村情妇委婉地说了这番话，温和而又诚恳的态度让世津子不太好意思坚持自己的要求。然而伴随着世津子的是郁闷和寂寞，闭门不出地待在房间里，浑身感到难受，很想到外面去转一下，呼吸呼吸新鲜空气，这要求也同样遭到了拒绝：

"小姐，你再坚持一会儿，我想神父马上就要来了。在他来这里之前，我们不能答应你的任何要求，实在抱歉！我们必须看护好你，希望你别离开房间一步，否则我们会挨神父训斥的。你马上就可以见到他了！真的，请再坚持一下！"

托鲁培库为什么要求这户人家禁止自己外出？世津子对此无法理解，过去他从没有这种举动。总之，她觉得这里充满了可疑。她祈祷他快点来，只要他一出现就立即双双离开这里。她希望赶快离开这里还有一个理由，但不能跟托鲁培库说而只能埋在自己心底，并且也不能跟任何人公开。昨晚发生的事像是噩梦！

昨天半夜里，从楼梯传来一阵脚步声。她侧耳倾听，脚步声正在接近走廊。她以为是托鲁培库来了，没想到走进房间的是一个陌生男子，而且是个外国人，年龄要比托鲁培库大，身材高大。她大吃一惊，来者称自己是托鲁培库的堂兄。

来者毫不客气地走到她的身边，一开始倒还有绅士风度。她因为从托鲁培库那里听说过他有堂兄，"也就放松了警惕。对方说一口英语，她只能用简短的英语与他交谈。

通常，三更半夜一声不吭地进入别人房间是不礼貌的行为。然而，她考虑到他是托鲁培库的堂兄，也就不那么放在心上。奇怪的是，这家的主人一个都没上来，也不事先通报就允许他进入房间，总之多少让她觉得不可思议。

外国男子随随便便闯入她房间,接着,他用巨大力气将她摁倒在地……胡作非为后像来时那样大摇大摆地走了。

半小时后,托鲁培库终于来了,世津子觉得羞耻、屈辱和恐怖,但也没有勇气把堂兄的行为告诉他。

晚餐是中国菜,仍然是冈村情妇做好端来的。

"小姐,没什么好的招待,都是自己烹饪的家常菜,不是很好,也许不合你的口味,就请凑合着用吧。"冈村情妇端来三盘菜,其中一盘菜里有香蕈。

"谢谢,我就不客气了。"她拿起筷子吃了起来,冈村情妇则坐在她身边。

"味道怎么样呀?"冈村情妇笑眯眯地问。

"嗯,好吃,做得真好吃。"她彬彬有礼地回答。事实上,这菜的味道确实做得不错。如果能和托鲁培库一起吃,或许味道更加可口。不,如果没有昨晚发生的事,兴许这香蕈炒肉片会让她忘记一切烦恼。因为,她很喜欢吃中国菜。

"托鲁培库神父还没来。"冈村情妇好像在试探她,望着窗外说。天已黑了,原本安静的住宅区犹如深夜那般寂静。世津子低着脑袋。

"不过,快了,他马上就要来了。"冈村情妇安慰似的说,"教会工作大概已经结束了吧? 托鲁培库神父肯定有空闲时间了,再耐心等一会儿,你独自一人在这里肯定很寂寞吧?"

"谢谢!"她轻声答谢。在吃饭过程中,冈村情妇不时地问起她空姐的工作情况。在这种场合,她觉得回答很麻烦,只能简短地做了回答。菜,还剩下一半。

"谢谢您的款待!"

"哎呀,你已经吃好了吗? 才吃了这么点,年轻人应该能吃,再吃点吧……"冈村情妇劝道,可她委婉地谢绝了。其实,她没有食欲不是中国菜不好吃,而是心情不好,尽管耐着性子等了很长时间,可他还是没来。

她就像独自一人被滞留在沙漠里那般,现在最思恋的就是他。这幢陌生的住宅依然让她不寒而栗,虽然身边的冈村情妇热情地说这说那,但她不安的心情丝毫没有得到缓解。

大门那里不时地传来汽车引擎声,她还以为他来了,引擎声却消逝在远处。

必须打电话给婶婶家! 她再次提出借用电话,可又遭到冈村情妇的婉言拒绝,虽然语气温和,但很坚决。时针已指向九点了,一想到今晚上又要等到很晚,眼前不由得浮现出昨晚那可怕的情景,那是她一辈子都无法忘记的。

虽说冈村情妇没提起昨晚托鲁培库堂兄来这里的事,但无疑他们之间是认识的。因为,这是在冈村情妇家发生的事情。

她也没有勇气向冈村情妇打听,托鲁培库堂兄和他们这家人之间到底是什么关系? 为什么可以在这家里长驱直入,不声不响地进入房间?

这是个谜团。又过了很长时间,大门口传来引擎声,这一次车停在大门口了。由于这一带很静,声音清楚地传入她的耳朵。过了一会儿,楼下传来脚步声。是他! 是他的脚步声。她再也忍不住了,冲出房间,凑巧与托鲁培库撞了个满怀。她死死抱住他,浑身不停地颤抖,接着又大哭起来。

这已经不是他过去熟悉的那个世津子了。自从来到这幢住宅后,她好像突然变了。他感到害怕,似乎她已经发现了什么,正处在极度的恐惧之中。"世津子,什么事让你这么伤心?"他尽量用温和的语气说,并用手抚摩她的长发。她没说出真正的原因,只是重复说着"寂寞"。

"不会寂寞了,我已经来了。"她的泪水沾湿了他胸前的衣服。

"这家人对你好吗?"他问。眼下楼上就他们俩,偶尔传来犬吠声。

"好。"她低声回答。

"那就好。这家人也是信徒,会好好待你的。"

"托鲁培库,这家女主人也说了。你真打算跟我在这里生活吗?"她抬起头,望着他坚硬的下巴和高挺的鼻子。

"是这家人说的?"不知为什么,他好像吓了一跳。

"是的。除那女主人外,男人一个都没有上楼来过。这话就是那女主人说的。你真的这样打算吗?"她目不转睛地注视着他。

"我有这打算,那是真的。"不知什么原因,他结结巴巴地答道,"她,她既然提到了,那我确实是说过的。是的,我也对你说过这事。"

"是吗。"她稍稍想了一下说,"那是高兴的事情,可是……哎,托鲁培库,如果咱们两个人在这里生活,你还一定要和你的堂兄交往吗?"

这一次,她的视线射向他的脸,语气强烈。他脸色骤变,深深吸入一口气,蓝眼眸一动不动地望着她。他那深邃的眼睛,不知何故布满了血丝。"世津子,你不让我和他交往,我就按你说的做。"他痛苦地摇着脑袋。

"这是真的?"她睁大两眼用期待的目光凝视着他的脸,两人的视线交织在一起,但是神情沮丧的他很快移开视线。

"当然是真的！世津子，既然你希望那样，我听你的。"

"是真的？"她搂住他的脖子，那声音仿佛在叫喊。

"真的。我可以发誓。"

"太高兴了。"她说着在他脸上热烈地吻了起来。

"托鲁培库，请不要和你堂兄来往，也不要让你堂兄来这里。"

他冷冷地看着她的脸，好像在揣测她的心思，然后说："你讨厌堂兄，那我就不跟他交往。哎，这样行吗？世津子，就让这里成为只有我俩的开心世界。"

"太好了！托鲁培库，谢谢你，真的谢谢你。"她感动得用力地吻他的脖子、脸颊、肩膀……

"世津子，世津子，你爱我吗？"他气喘吁吁。

"爱，非常爱。"

"真的爱我？"

"那当然啦！为了你，我可以舍弃生命，我向上帝发誓。"

"世津子！"他抱紧她，激烈地吻她，并开始脱她身上的衣服。她没有反抗，任凭他在自己身上抚摸……

"托鲁培库，你今晚教会里还有工作吗？新神父晋级仪式结束后就不用忙了吧？"她在黑暗里轻轻地问。

"别担心，一切都结束了。"他像驶进海湾的小船那样，用缓慢的语调懒洋洋地说。

"原来是这样，那太好了。原以为你为我而放下重要的教会工作来这里，正让我担心呢！上帝在注视着我们，对教会工作偷懒，那可不行的哟！"她慢悠悠地说着，尽管夹带着撒娇的语气，但态度诚恳，似乎这样提醒自己心爱的人是一种满足。

他突然看了一眼手表，已经十二点二十分了。

"哎呀,我忘了,我必须返回教会。"他轻声喊道。

"你看你,我又没说不让你回去! 还是有事吧?"她笑了。这是她今晚见到他后第一次笑。

"哦,是这样,世津子,我必须立即回去一下。"他说。

"世津子,你一整天待在这里很寂寞吧? 想不想和我出去兜风?"

"咦,托鲁培库,你不是说教会有事吗?"

"嗯,是有事。不过没关系,那事我一下就能完成的。你只要在对面等我二十分钟就可以了! 不是教会有事,而是要拜访一个教会的朋友,然后我们回这里,怎么样?"他声音很轻。

"那太好了。我一直待在这房间里确实闷得慌。哎,托鲁培库,我可以打电话给婶婶家吗? 他们一定在为我担心。我自从来这里后,还没有跟婶婶他们联系呢!"

他沉默了一会儿,说:"行! 但是我现在很急,必须立刻出发,回来后再打电话好吗?"

"好的,只要今晚打电话给他们就好了。唉,伤脑筋! 如果婶婶问起我住哪里,我该怎么回答呢?"

"这问题好回答,你说在公寓里不就行了! 只要说是在公寓里打电话,你婶婶就放心了!"

"你真坏! 托鲁培库。"

他站起来整理身上衣服时,她才把灯打开,在镜子面前仔细化妆,随后穿上藏青色西装套装。

他看了她一眼,似乎想到了什么,脸上表情变得有点紧张,但是声音仍然像往常那样温和:"世津子,上次寄给你的快件带在身上了吗?"

"嗯,那个呀,我带着呢! 在包里。"

"在哪里？让我看一下。"

"怎么啦,托鲁培库,你为什么要看呀?我在这里待了一整天,寂寞极了,什么事都不能做,只能看你寄给我的快件,已经看了好几遍了。"

"别说了,拿出来让我看看。"他伸出手来。

"怪人!"她尽管嘴上那么说,还是打开皮包。包里除化妆品外,就是那封快件。

"是这……"她还没有说完,他的手就已经夺走了那封快件,由于用力太猛,吓了世津子一跳。他从信封里取出那封信,像审稿那样仔细看着。

"哎,怎么啦?托鲁培库,你简直像审查。"

"世津子,这个我拿走。"他突然笑了,把信放入口袋。

"啊,为什么?"她瞪大眼睛不解地看着他问。

"这上面提到让你感到不快的堂兄了。你每次读到,心情难免不舒服。你如果觉得寂寞,我把信封给你。"他把空信封递给她。

"原来是为这。"他说的这番理由,对于她来说是能够接受的。一小时前,她曾不愉快地提到过堂兄,要求他别与堂兄交往,没想到就立竿见影了。

"好啦,咱们出去解解闷吧!"他很自然地把手搭在她的肩膀上。这时候,她已经穿上风衣,一手提着皮包,一手和来时那样拿着伞。

"天空黑乎乎的,也许会下雨,我拿着伞。"

"那好,随你。"走到一楼,冈村情妇正站在那里朝着他俩微笑:"怎么,要出门?"

"嗯,托鲁培库带我出去解解闷。"

"是吗,太好了!"冈村情妇的脸上堆满微笑。他俩走出玄关,雷诺轿车就停在住宅旁边的阴暗处。

"上车!"他说着打开车门,那是助手席。

"久违了!"她为能呼吸到外面的新鲜空气感到无比喜悦。坐在司机席上的他亮起了车灯,音乐声也开始在车内回荡。他在车启动前环视了一下周围。

车灯光渐渐远去,变弱,仿佛脆弱的生命即将在狭路的尽头消失。冈村正一站在大门口,一直看着雷诺轿车从街角消失,然后赶紧跑进房间拿起电话听筒。

半夜零点过后,托鲁培库驾驶雷诺轿车飞也似的行驶在寂静的街道上,助手席上没有世津子的身影。车虽然驶入了有许多杂树林的小路,然而速度仍然不减。像这种地方不仅没有出租车,也没有行人。

黑压压的树林里,弥漫着薄雾。当车快要到达江原康子家时,他才开始减速。他把雷诺轿车停放在树丛里,下车后打量四周。

他敲响江原康子家的门,这时他已经筋疲力尽。

"啊呀,托鲁培库先生,怎么这么晚……"

"你这是怎么啦?"江原康子这才注意到他的模样,露出惊讶的神色。走进榻榻米会客室的他,脸色铁青,身上衣服乱糟糟的,额上头发乱蓬蓬地耷拉着。那模样犹如幽灵,眼眶发黑、嘴角破损、脸上、手上和膝盖上沾满了污泥,下半身全湿透了……江原康子以为他在途中发生了车祸。

"怎么啦? 托鲁培库先生!"她直愣愣地注视着托鲁培库。平时外出时,他是在这里脱去神父装换上西装的。今天晚上出门时,他也是在这里换装的。

现在来这里，也是为了换上神父装。尽管这样，托鲁培库的模样还是让江原康子觉得异常。

他没有说话，只是把手指放在嘴里，似乎在控制住什么。

"托鲁培库，快把衣服换了！"江原康子说。托鲁培库没有回答，身体像发高烧那样直打哆嗦。

"怎么啦？是不是在哪里撞车了？"

托鲁培库狼狈的外表，只能让人联想到车祸。平时，他来这里时总是精神抖擞的。

"托鲁培库先生。"江原康子走到他跟前，谁知他竟用力将她一把推开，江原康子不由得大吃一惊。然后，他突然蹲在榻榻米上，双手紧紧合在一起，看上去既像祷告，又像受伤的野兽在呻吟。

痛苦的呻吟声从他的嘴里发出，一开始还尽量克制，但渐渐地响亮起来，最后成了号啕大哭。他频频地说着什么。江原康子不懂英语，无法上前劝说，只好站在一旁目瞪口呆地看着他。再仔细听，明白了，那是向上帝祈祷的声音，但和神父在光线暗淡的圣坛前举行仪式时的祈祷语言不同。

他祈祷了很长时间，合在一起的双手像死人的手那样僵硬，他时而抬头时而低头。周围没有丝毫声音。在这幢门窗紧闭的住宅里，托鲁培库不停地祈祷，让江原康子无法靠近。

他究竟做了什么？江原康子目不转睛地望着他，渐渐的，表情变得严肃起来。

四月四日早晨八点，一农家主妇沿玄伯寺河边行走。这一带仍然还保持着武藏野原来的栎树林和红土壤旱地。距离这里两公里的北面一带有中央线O车站，南面有最近迅速发展起来的高久良街道。

"高久良"是过去旧街道上的一家旅馆的名称，离开江户（现名东京）的旅客去甲州和信州时，都先在这家旅店住一个晚上。近年来，由于东京住宅建设扩展到这一带，因而这里也有了综合医院、公司和工厂。

那个农妇行走在O车站与高久良街道之间的中央凹陷地带。唯独那里还没有开发，只有农家草屋和茂密的树林，连接O车站和高久良街道的是横跨在这条河上的混凝土桥。

桥头有八幡神社（该神社是供奉日本应神天皇的），桥上偶尔有巴士和出租车经过。玄伯寺河的宽度五米左右，流淌着又黑又脏的污水。人们常把垃圾扔入河里。

时值初春早晨，天气还是冷飕飕的，那农妇弯着腰在河堤上行走。野草还是枯黄色，光秃秃的树枝上终于冒出嫩叶。沿河边小道朝南面行走，在距离混凝土桥约三十米的地方有一座农家自己铺设的木桥。此刻，农妇就站在木桥的附近。

突然，她的视线移向玄伯寺河，随即全身僵硬得像一座雕塑。瞧，有人躺在河里，还是个女的。女人脸朝上，浮于水面，身着颜色发黑的藏青色西服套装，裙子里的白色衬裙朝外裸露。也许阳光刺眼，女人一只手遮在额头上，一只手放在胸口上。

由于河水浅，女人的身体没有完全浸在水里。河水不深，是因为河底石块多，恰逢有石块朝水面上凸起，于是水流绕着躺在河里的女人身体迂回、停顿、流动……

女人的手遮住了额头和大半边脸，嘴唇呈张开微笑状，看上去是年轻女人。农妇突然明白过来，那是一具女尸！于是一边大声叫嚷,一边穿过木桥,跑进一农家。

她的喊声,惊动了正在院子里的中年农夫,他赶紧跟她跑到河边。

"没错,确实死了!"中年农夫立即朝大约两百米开外的警局跑去。巡警正在警局里吃饭,听到报案后立刻跟在他俩身后跑到桥上,一边眺望河面,一边自言自语地说:

"年纪这么轻就自杀,太可惜了!"

"是自杀吗?"中年农夫看了一眼河里的死尸,又看了一眼巡警的脸问。

"嗯,总之先报告上级警署,你们在这里给我看好现场,不准任何人进入这条河。"巡警这样叮嘱是为了保护现场。

"行。"他俩答道。巡警骑上自行车到大约一公里开外的高久良警署报告了这一情况。上午九时,警署刑事侦查科受理了该案,井手科长和小林巡查长骑着自行车在巡警带领下来到现场。

"果然是自杀!"井手科长站在桥上眺望。

"是自杀吗?为什么判断为自杀?"小林巡查长问前辈井手科长迅速判断的理由,希望前辈指教判断的方法。

"女人他杀案,尸体大多脸朝下。像这样脸朝上浮在水面的尸体,大多是自杀。如果是他杀,被害人会反抗,衣服上会有乱七八糟的皱折。你瞧!女尸的衣服不是整整齐齐的吗!

"虽说手遮住了额头周围,脸上情况不能看得很清楚,但从嘴唇来看,不是很平静的吗!就我的经验来分析,是先吞下毒药之类的药物,随后在这条河里涉水过程中药性发作而最终在水里倒下的。"

巡查长听完前辈的分析,频频点头表示赞同。该刑事侦查科井手科长的第一判断,自然也就成了高久良警署的最初结论。尸体被打捞上来后,警署请来经常受警方委托的医生到现场验尸。

医生的验尸结果:身上没有什么外伤,只是尼龙袜破烂不堪和袜子脚底部位破裂。此外没有其他伤痕。死者是在十到十一个小时前溺水自杀。

警署刑事侦查科长最初看到尸体时就判断为自杀,与验尸医生的结论相同,随即尸体被运到高久良警署。这时由于传说河里浮有女尸,附近居民蜂拥而来看热闹。河的北岸是倾斜的土堤,而对面的河岸是石块堆砌的石堤,那上面是竹林。看热闹的人们集中于北岸土堤的斜坡草地上。时值早春,野草矮且枯黄,被来来往往的人们踩得东倒西歪地紧贴着地面。

除发现尸体外,又在距离木桥二十米左右的地方,也就是在靠近八幡桥的地方发现了一件绿色风衣,在尸体和风衣中间发现了一把雨伞。

这些东西都不能构成对自杀判断的怀疑。推断还说,自杀者涉水到河里,是先扔下雨伞和风衣等东西,朝下游走了一会儿后溺水死亡。自杀者的年龄二十四五岁,瓜子脸,生前是漂亮女子。

"这么年轻就自杀,实在可惜!"

"一定遇上什么想不通的事情……"

警察在死者随身携带的皮包里找到了证件,了解到了死者的身份,其生前是 EAAL 航空公司的空姐,出国签证上面写有"生田世津子,一九××年××月××日出生",还写有详细住址。

皮包里没有发现遗书,不过,发现了一封邮递快件,信封表面写有收信人"生田世津子"的姓名和地址,字写得东倒西歪的,信封后面的寄信栏里写有"古里艾鲁莫教堂"字样,像小学生写的字。然而，信封里没有信。

"死者好像是耶稣信徒。"一承办警官说。

"哎，古里艾鲁莫教堂是天主教！奇怪！天主教是禁止自杀的。该承办警官知道一点天主教方面的知识，歪着脑袋思索。然而，这说法还是不能推翻自杀的结论。好在身份已经明确，警署决定把这些遗物交给死者家属。

由于最初的判断是自杀，所以没有对现场实施保护，也没有对附近展开勘查。因为，警方一开始就是对自杀结论深信不疑。尽管已有了结论，但终究不属于正常死亡。于是，警方通知检察院。年轻检察官立刻赶来警署，看了一眼尸体后说道："这女子长得漂亮！"

"服装也整整齐齐的。"

"她生前是国际航班的空姐。"刑事侦查科长在一旁说明。

"是不是遇上什么不开心的事？遗书上是怎么写的？"

"没有遗书，但有这样的遗物，是从死者皮包里发现的。"刑事侦查科长给年轻检察官看的，是"天帕药"的长方形药盒，上面写有该药对于晕船、晕车和孕吐有特别疗效的字样。

"是止孕吐的药。"年轻检察官说。

"是的，也许是为妊娠烦恼而自杀的?！"

"大概是吧！国际航班空姐，据说有许多各方面的诱惑。也许是那样的原因！"

"我想立即把这些遗物交给死者家属。"刑事侦查科长提议，但是年轻检察官没有赞同。

"我看呢，为了避免以后出现什么麻烦，最好还是行政解剖。"年轻检察官为慎重起见提出建议，而刑事侦查科长觉得怎么都行，也没有对检察官的建议表示异议，于是尸体立即被送往警视厅监察医院。所谓行政解剖,是在断定死者不是他杀但又无法判明其自杀原因的情况下实施的解剖。

可是事不凑巧,监察医院有许多需要解剖的尸体,不能立刻进入执刀程序,于是把尸体存放在冰库里。第二天,又由于其他原因不能解剖而被转送到 K 大医院。尸体解剖整整推迟了一天一夜。尸体在送到 K 大医院解剖室后,医生立即执刀解剖。尸体白皙,用手术刀切割似乎觉得可惜。

于是,医生从外表有疑点的地方开始查看,发现死者喉咙部位的白色皮肤上虽面积很小,但有淤血点。医生"哎哟"了一声,感到十分惊讶,说是淤血点,其实是很难察觉的微小斑点,颜色淡得不像是常见的斑点色,若不注意是很难察觉到的。

"奇怪!怎么会是这样的状况呢?"医生让在场的高久良警署巡查长看,巡查长打量了一番。

"这是什么呀? 医生。"

"哦,如果是卡死的,斑点很难察觉,好吧,那就用手术刀切开检查一下里面的情况! "

医生将手术刀对准尸体脖子下端,一鼓作气地割开一个"Y"形口子。

医生发现的疑点是在咽喉部位,判断死因不是服毒而是窒息,然而窒息原因却怎么也判断不出。虽有压迫颈部形成窒息死亡的说法,但该死者脖子受压的情况属于异常。一般被卡死的尸体,皮肤上会有出血点,并有剥落现象。

但是,这具尸体的皮肤上除了颜色很淡的淤血点外,基本上没有其他情况。受外部压迫形成的窒息死亡特征不是很明显。虽在河里多少喝过一点水,但也不像是溺水造成的窒息。总之,他杀的疑点很大。

医生认真检查了尸体的胃部，发现里面有消化得所剩无几的中国菜，但没有从那里检查出推测的安眠药。中国菜使用了相当好的配料，即检测出了尚未消化的香蕈。切开子宫后没发现有妊娠迹象，进一步检查阴道，却检测出了精液。经过精密化验，精液是"O"MN 型。另外，下腹部有指尖痕迹的微伤。死亡时间大致推断为：三日深夜十点到四日凌晨一点之间。

"他杀的疑点很大。"解剖医生对在场的巡查长说，巡查长脸色骤变。

"医生，你没有看错？"他追问医生。

"我想她是被卡死的。"医生回答。

"卡死的？但颈部好像没有手指痕迹那样的淤血点。"

"正如你判断的那样，可以说几乎没有卡死的痕迹。不过根据解剖后的查看，应该还是卡死的。"

"有这种卡死的例子吗？"

"不瞒你说，我也是第一次遇见这样的尸体，感到有点困惑，但是只能那样认定。"医生斩钉截铁地说。

"那么，罪犯是怎样卡的？"

"是呵，大概有特别的方法吧！可以假设是力气很大的男子手臂成三角状卡住受害人颈部，将其压迫致死。多半不是用手指，而是用手臂。瞧，可能是用柔道方式结束被害人生命的。对！酷似柔道那种卡法。因此可以想象凶手臂力很大，是少见的高个男子。"

巡查长听了这一解剖结果，飞也似的回到高久良警署，看来年轻检察官要求慎重处置是正确的。高久良警署一直认为死者是自杀，不料情况突变，解剖结果是他杀！警署觉得非常尴尬，立刻派出承办警官赶往发现尸体的现场搜集和寻找证据。

由于最初推断年轻女子因家庭或恋爱原因感到悲观而服毒自尽，但现在经过尸体解剖得出了相反的他杀结论，因此必须重新调查，要找到年轻女子那天深夜十点到次日凌晨一点之间在偏僻现场遭杀害的线索。

警署立刻向警视厅报告，警视厅立刻派来刑事侦查一科的刑事侦查警官，与高久良警署的人员共同成立了专案小组，并且立即召开侦查会议。大家的意见是，受害人多半是经过现场时遭到了色鬼袭击。

在仔细研究了高久良警署拍摄的现场照片后，发现被害人衣服整齐，虽然经解剖和化验后还检测出了精液，但并没有施暴迹象。那么，难道是痴情导致他杀……显然，女子不会一人深夜来这里，一定是乘出租车或者自备车来这里。专案组立即派人去东京都内的出租车公司调查，三日晚上是否有司机把一年轻女子送到现场。

按理说晚上十点到凌晨一点之间这一带应该鸦雀无声，而被害人是遭到他杀，附近的农家理应能听到求救声或者搏斗之类的响声。专案组决定走访附近居民。

由于知道了被害人的身份，其身份的核实工作也同时展开了。原来，被害人世津子是去年刚被 EAAL 航空公司录用的空姐，在东京飞往香港的航班上工作。那以前，她是在巴奇里奥教会经营的达米尔那幼儿园担任保育员。

在这调查过程中还了解到被害人租的房间距离案发现场三公里左右，此前寄宿在其叔叔家。她临走时对房东说过，是去见堂兄，晚上如果时间晚了就去婶婶家住，但是那一去就没有再回来。

走访了被害人姊姊家后，了解到死者当天晚上没有来过。总之，被害人世津子是在其尸体被发现的两天前，也就是四月二日下午三时左右离开租的房间。从那以后到其尸体在玄伯寺河里被农妇发现的一段时间，无论怎么调查也还是未知数。

被害人从事的是空姐这一诱惑很多的现代职业，加之一开始结论又是自杀，报社也只是在晚报角落里刊登了死亡消息。现在由于结论一百八十度大转弯，记者们突然活跃起来。就在新闻媒体竞相报道的时候，专案组捕捉到了有价值的线索。

这是那天晚上在案发现场附近路过的行人提供的。三日晚上十一时左右，那块巴掌大的空地上停有一辆熄灭了车灯的蓝色雷诺轿车，车头是朝着 O 车站的。

专案组的组长，由警视厅刑事侦查一科斋藤秀夫探长担任。专案组里一共有八个小组，每个小组由警视厅刑事侦查一科和高久良警署各派一名警官组成。因此，专案组一共有十七人。

世津子在其尸体被发现的两天前，即四月二日离开租的房间后就杳无音信。在这段时间里，专案组做了这样的假设：

1.世津子一定见到了关系密切的某熟人后突然改变预定计划。

2.世津子说见堂兄是借口，真正目的是与某人见面。

3.世津子遭到某人诱拐。

死者家在名古屋，调查后家人说没有回来过。她在东京有两三个朋友，走访后也都说没有去过他们家。那么，那两天里死者跟谁在一起？假定未婚女性跟他人一起生活两天，无疑与对方之间的关系超过一般朋友。

根据这一假设，去见堂兄的说法只不过是借口而已，被害人一开始就是去与某人见面。专案组觉得该假设比较客观，推翻了被某人诱拐的假设。

　　此外，该假设的情况与其死亡时间即四月三日深夜十点到次日凌晨一点之间有关联。能与被害人在一起待到这天深夜的人，多半不是一般的交往关系。还有，案发现场没有行人，交通也不方便。

　　可见被害人是与凶手一起去了某个地方，遭到他杀后被凶手用车运到河边抛尸。这种假设几乎难以推翻。之所以该假设具有充分的说服力，是因为解剖时从尸体阴道里检测出了"O"MN型精液，还证实那是死亡前数小时里的精液。由此确定被害人死因是色鬼行凶所致。

　　高久良警署门前挤满了各报社的采访车，新闻记者们加大力度追踪采访案情进展。专案组长斋藤警官下达命令，专案组所有警官必须保密被害人体内有精液的情况，防止被报社大肆炒作而影响破案。

　　专案组在决定他杀案的侦查方向后，详细检查了被害人的衣服。被害人的女房东证实死者那天穿的是藏青色西装套装，外面披着绿色风衣。该风衣落在靠近八幡桥的河里，左右袖子酷似有人从背后强行脱去她身上衣服的状态。外出时带的雨伞与风衣掉落在同一条河里，相距不远。

　　被害人的外衣上没有凶手指纹。为找到指纹，专案组对被害人的下身所有衣物进行了更加细致的检查，于是发现了新的线索，即被害人内裤上沾有指纹。技术鉴定警官把这一新的发现报告了专案组长。专案组长脸色骤变，问道："喂，你确实没有搞错吧？"

　　"没有搞错！"

"再检查一遍好吗？如果你的调查有差错，我们将对不起被害人。但如果是事实，则给我们今后的侦查指出了重要方向。"

技术鉴定警官对于调查结果很有自信，他是在知道案情的基础上进行精密检查的。斋藤组长严令各小组成员不得对外泄露。

有一目击者向警署报告，四月三日晚十一点左右，他在八幡桥附近看到停有一辆熄了车灯的雷诺轿车，他还记得那辆轿车的车牌号码，这位目击者是某公司职工，就住在那附近，是下班回家的路上偶尔看到的，出于好奇，他记下了车牌号码"R5—1734"。

专案组得知这一情况后立即询问陆上运输管理处。"R"是指外国人专用车，可是外国人自备车牌号码只到R5—1300为止。因此目击者报告的"1734"的车牌号码，是不可能有的。

专案组警官找到被害人的女房东，她做了下列叙述：

那天下午三点左右，世津子小姐化了较浓的妆，好像有什么开心事，是兴高采烈地出门的。我问她去哪里，她说去见堂兄。是的，是的，在那之前她也出去过，邮递员就是在她外出时送来了一份快件。

当时，我刚好在洗衣服，担心手弄湿了它，便捏住信封边放在楼梯上，不经意地看了一眼信封背面的寄信人栏，上面是用片假名写的，好像写的是古里什么的，我没记住寄信人的全称，只记得那名称奇怪，还有，字写得歪歪斜斜的。

世津子离开公寓后，顺便去了附近一家距离仅一百米左右的烟店。专案组警官走访了那家烟店的老太太，打听到了下列情况：

世津子小姐上班途中经常从我的店门口经过，听说她是外国航班上的空姐，附近人们不知怎么回事，也对刚搬来的她感兴趣，我也觉得她可爱，对她那张漂亮脸蛋印象很深。二日下午三点多，我正好在店里,这时世津子小姐来了,用店门口的公用电话不知给什么人打电话。当时我无意间听到她说话,好像是婶婶家那天晚上举行生日庆祝会。她说,由于有急事需要晚一点参加。

老太太讲述的情况让专案组的成员们眉飞色舞,看来世津子一开始就没有打算去婶婶家。由于这是比较准确的推断,那个可疑的堂兄成了专案组的调查重点。于是,侦查员立刻去她的婶婶家,婶婶回答说:

"如果是说世津子的堂兄弟,那就是我的儿子!今年十二岁,刚上中学。"听说还是初一学生,侦查警官失望了。

尽管那样,为慎重起见,警官还是调查了她堂弟那天晚上是否在家。附近邻居证明说,那孩子从那天下午就一直和父母在一起,还一起参加了家庭举行的庆贺会。第二天和第三天,都去中学上课了。就十二岁的堂弟来说,是不可能行凶的。除堂弟外,被害人根本没有堂哥。

部分刑事侦查警官也去了被害人来东京前待过的大阪,主要是调查她当时的品行。她虽谈过两三次恋爱,可现在都已经没有联系。那些曾经的恋爱对象,在案发晚上都没有外出。

由于她周围基本上没有找到有价值的线索,专案组便把侦查视线集中到她失踪的四月二日下午到四月四日凌晨一点(解剖推断的死亡时间)的两天时间里。那两天里,她到底在哪里?

最容易让人想到的是,她可能悄悄地住在情人的住宅里。

专案组越来越觉得这样的推测是比较客观的,即被害人没有与任何人联系,很有可能只是和情人"私奔"了两天。但警方也同时推断,这也很有可能是诱拐和软禁。专案组决定,同时排查上述两个疑点。

作为男女两人生活的地方,不太可能在个人住宅,最有可能是东京都内的宾馆和旅店。为此,专案组向各宾馆和旅店发出了配有世津子照片的协查书。

附在上面的剪接照片(综合人物特征制成的照片,一般用于搜捕罪犯),是根据想象将被害人与离家时的服装组合而成的。

专案组还有一个秘密是绝对不能透露给新闻记者的,那就是对古里艾鲁莫教堂的秘密侦查。在成为空姐前,世津子曾在巴奇里奥教会经营的达米尔那幼儿园工作过。

报社立刻捕捉这一线索,记者们频繁向达米尔那幼儿园打听世津子生前的情况。不过这也没什么,专案组希望保密的是,对古里艾鲁莫教堂展开侦查。

专案组已经打听到,古里艾鲁莫教堂的神父每天去达米尔那幼儿园。

警官先讯问该幼儿园的女教师,她们也曾经是世津子的同事,她们的回答内容都是一致的:"我们都是巴奇里奥教会的信徒,都和古里艾鲁莫教堂的神父熟悉,也没有与哪一位神父特别熟悉,大家都是因同样的宗教信仰结成的亲密关系。"

对于教会的侦查,可以说没有新发现。专案组的久恒警官和住吉警官专门负责对古里艾鲁莫教堂的秘密侦查。一天,他们带来了好消息:古里艾鲁莫教堂有两辆雷诺轿车,一辆是豆沙色,一辆是蓝色,那辆蓝色雷诺轿车的车牌号码是"R5—1184"。

所谓好消息,是指车牌号与目击者说的"R5—1734"非常相似。与其说相似,倒不如说是目击者看错了车牌号码。首先,7和1容易看错,其次,3和8乍一看也容易看错。

所以,案发当晚停在现场附近的蓝色雷诺轿车,可能是古里艾鲁莫教堂的车牌号为 R5—1184 的雷诺轿车,多半是目击者把该车牌号错看成 R5—1734。这是极其自然的联想。专案组里因这一好消息气氛变得活跃起来。接着对那辆车到底谁在使用展开了调查,查到了该车主要使用人是托鲁培库神父,经常使用另一辆雷诺车的则是毕里艾神父。

毕里艾神父五十九岁,来日本已经有二十五年,系古里艾鲁莫教堂的主任神父,同时在从事《圣经》翻译工作。托鲁培库神父与其相比要年轻许多,今年三十岁,来日本仅三年多。

大约一年前,托鲁培库神父每天去达米尔那幼儿园举行早晨弥撒,星期天去那里讲解天主教的公教要理。当时,被害人也在那里工作。所以专案组决定把侦查重点放在托鲁培库神父身上。

于是,专案组再次就托鲁培库和世津子是否关系密切的问题,向达米尔那幼儿园的女教师们展开讯问,可回答的内容也几乎一致:"我们并不只希望跟托鲁培库神父友好,也希望与其他神父友好,我们当时的同事世津子小姐也是这样的。"

去那里讯问的久恒警官和住吉警官,都难以断定该证词是否可信。在她们眼里,神父是完全值得信赖的,绝对不会偏袒任何信徒,也绝对不可能与世津子特别友好。

她们的证词是具有公式性的回答,因为在她们看来神父不会有错。专案组听了两警官的走访报告,开始讨论如何侦查疑点最大的古里艾鲁莫教堂和托鲁培库神父。

1.世津子被害方法不是常见的掐杀。正如解剖法医说的那样,凶手高个、臂力过人。

2.作案现场只有自备车才能驶入。

3.被害人在达米尔那幼儿园工作期间,托鲁培库也每天去那里,推测他俩有过交往。

4.案发当时,停在现场的雷诺轿车车牌号与托鲁培库神父用的雷诺轿车车牌号相似。

5.从被害人皮包里取出的信封,可以基本确定是由古里艾鲁莫教堂寄出的,虽然信封里没有信纸,但可以推断信上的内容多半是通知被害人出来约会的邀请函。

两警官又调查了托鲁培库神父的经历、习惯和性格等。他俩报告说,托鲁培库神父是极其爽朗的好人,在教会的信徒中间很有人缘,不管对谁都态度和蔼。

他从美国来日本后便在神校读书,毕业后晋升为古里艾鲁莫教堂的神父。一开始,他是每天去达米尔那幼儿园做弥撒,星期天去解说天主公教要理。一年前他被任命为会计,经常使用那辆有疑点的雷诺轿车。

通过解剖,在世津子的胃里找到一些尚未消化的香荤,好像是制作中国菜时作为配料使用的。烹调中国菜时使用香荤,是高级菜肴的做法。由此推断,她于被害前数小时在高级中国菜馆和某个人共过餐。于是专案组决定,以中国菜馆为中心展开地毯式排查。

从尸体被发现那天算起快过去五天了,到旅店和宾馆排查的侦查小组带回了有价值的线索。他们找到了那家认识被害人的宾馆,就是东京都内 H 街道的那家"菊鹤宾馆"。这一带旅店和宾馆非常密集,几乎都是为情侣服务的。菊鹤宾馆也是其中一家。

不用说,名称叫宾馆,其实跟旅店差不多,仅仅是设施稍新一点而已。两警官去那里走访时,女服务员说:"这女人我们认识,与一个外国人来过好几回,一个月左右前还来我们这里休息了三个小时左右。"

"确实是这张照片上的女子,没有看错?"

"是的,一模一样。"

"登记时用的是什么名字?"

"是中村。女人是这么说的。那外国人只是笑笑,也许日语听不太懂,不怎么跟我们说话。不过,那是一个很讨人喜欢挺有朝气的美国人。"

"什么,是美国人?"

"不,确切地说,我们也不知道他是哪个国家的人,但我们判断他是美国人。他总是身穿茶色西装,看上去非常潇洒。"

刑事侦查警官要求女服务员保密调查内容,叮嘱对方即使媒体上门打听也绝对不要泄露。

第六章　警方的侦查

该案发生后,警方侦查步伐比报社走访要快许多。也可以这么说,报社还什么都不知道。

被害人既是 EAAL 航空公司空姐,又是以前在达米尔那幼儿园工作过一段时间的女教师,各报社根据该情况展开了这方面的采访。

EAAL 航空公司强调说,世津子被聘用后没有工作多少时间。新闻记者也从被害人同事那里了解到了详细情况:"世津子小姐给我们的印象是阔气,但沉默寡言,不太与我们一起行动,其实那倒也没什么,只是她对英语没有自信,她为这好像感到很痛苦。从某种意义上说,她因为英语不好而有一种自卑感。"

在国际航班上工作,英语差对空姐是致命的。记者中间有人在警方最初断定为自杀时有过这样的推测,即可能是英语差导致神经衰弱是自杀原因。

但是一旦警方把自杀改成他杀的结论时,情况也就不同了。新闻记者们也走访了达米尔那幼儿园,幼儿园的女教师们称赞说:"世津子小姐性格爽朗,对幼儿园孩子们很亲切,也很爱这份工作。"

"她与传闻里的男人之间根本没有关系。世津子小姐是虔诚信徒，不可能发生那种情况。"

新闻记者们接着采访了她的婶婶家。

"我们根本就想不通世津子为什么会遭人杀害。世津子来我家后规规矩矩生活，很懂事。她是否有男朋友，我们不知道。至于她搬出去住的理由，她自己说是工作原因，说搬到外面住比住我这里方便。但是搬出去住后也经常来这里玩，遇上什么事情，她也喜欢立刻打电话与我联系。"

新闻记者们来到她生前住的地方，那家女主人告诉记者："世津子小姐搬到这里没有住多少日子，我也不可能完全了解她。就我的印象来说，她是一个活泼开朗的女性。她最后一次出门时没有丝毫忧愁的表情，打扮得比平时还要漂亮，是开开心心地出门的。世津子自从来我家住后，我没有看到有什么男朋友来访，她也不在外面过夜。她婶婶常打电话来。"

报社采访车又驶向古里艾鲁莫教堂，主要由毕里艾主任神父笑着回答新闻记者的提问：

"世津子小姐曾在我们经营的达米尔那幼儿园工作过，所以对她的情况比较清楚。她也常来教堂做弥撒，是非常温顺的女性，也是忠实信徒。由于我跟她之间不熟悉，其他情况就不清楚了。"

"关于她遇害的原因有种种传闻。据说她来东京以前有过多次恋爱经历，会不会是那种原因所致？由于有这种苦闷，有否在教会里对哪位神父忏悔过？"

"啊，那情况我们不清楚。"代言人毕里艾神父仍然笑着温和地答道，"如果是忏悔，听到那情况的神父是绝对保密的，其他人，包括我们都不能干涉。所以，我们不可能知道世津子小姐是否有过忏悔的情况。"

"这么说，教会就没有一丁点儿线索吗？"

"对不起，没有任何线索。"

新闻记者答谢后纷纷离开教会。案发后十天过去了，自从把自杀改为他杀的结论以来，设在高久良警署的专案组办公室里聚集着各路报社的记者。无论哪一家报社都组成了空姐凶杀案采访小组。

遗憾的是，新闻记者们全然没有想到世津子的死会与教会有关。接待他们的神父表情充满温情、慈祥和仁爱，言谈举止里渗透出神父的谦逊、宁静和高雅。古里艾鲁莫教堂的氛围是这样，达米尔那幼儿园的氛围也是这样。

不过，新闻记者的观察分成两个角度。一个角度是，被害人成为空姐后与异性之间的关系。报社也在独自调查她来东京前的恋爱关系，虽说掌握了一些情况，但没有找到与她的死亡有直接关系的线索。

例如，找到在她来东京前与她有过恋爱关系的某个青年，但调查后得知他在她被害当天没有作案时间。还有，她来东京后，那种过去的恋爱关系好像都断了。

而第二个观察角度比第一个观察角度更有力。她成为国际航班空姐后，摆脱不了许多外国乘客的诱惑。尤其离开日本在国外时，那种机会好像就更多。报社记者努力从这方面打开缺口，寻找线索。专案组对媒体没有发布任何新的消息。

事实上所有报社都已经达成共识，该凶杀案不是谋财害命和变态人突发犯罪所致，而是她痴情于某个男子所致。

凑巧的是，最近，东京都内一连发生了多起凶杀案，警视厅刑事侦查一科的所有探警全部出动了，科室里几乎是空无一人。

专案组忙得不可开交,媒体也同样跟着忙,但媒体不可能永远跟着没有头绪的空姐凶杀案漫无目标地转圈。一天,各报社突然从常驻高久良警署的记者组抽出人员追踪报道其他凶杀案。

然而,这对于正在秘密侦查空姐凶杀案的专案组非常有利。由于报上要经常报道新发生的凶杀案,对于侦查停滞不前的空姐凶杀案,注意力开始减弱。

毫无进展的状态快持续一个月了,报社记者认为,专案组出现的懒散和松懈状态是因为侦查工作陷入一筹莫展的困境。报社这样的观点使专案组巧妙地摆脱了报社的视线。

侦查一科科长出现在新闻记者面前时,脸上表情忧心忡忡,他说:“关于空姐凶杀案,什么线索也没能找到。虽有许多信息,但称得上确凿证据的一个也没有。目前,警方对此案处在束手无策的地步。”

“警方的侦查多半是进入迷宫了。”新闻记者团里有人说。

“当然,我绝对不会让该案侦查进入迷宫。如果需要延长时间,我们也打算打持久战。各位记者好像也展开了大量采访活动,能否提供有价值的线索给我们？”

鼻梁上架着眼镜的侦查一科科长开起了玩笑。对于这样的玩笑,记者们只能理解为警方事实上已经把案件打入冷宫,可碍于面子而故意说些俏皮话。专案组分成八个侦查小组,其主要精力是侦查古里艾鲁莫教堂。经过近一个月艰苦卓绝的秘密侦查,专案组让世津子和外表潇洒的美国人之间的关系浮出了水面,因为该美国人和世津子经常去菊鹤宾馆幽会。

专案组将这个美国人假设为古里艾鲁莫教堂的神父,暂时把该美国人假定为年轻神父。好在年轻神父只有三人,于是侦查人员偷偷拍下了三个神父的照片，把它们拿到菊鹤宾馆让女服务员辨认。一女服务员指着其中一张照片说："常来宾馆的好像就是这个人。"

对于日本人来说，只要是欧美国家的人，长相看上去都差不多，难以辨别清楚。再说，只是女服务员的证词，暂且不能作为确凿证据。由于被女服务员认出的神父叫托鲁培库，于是该侦查小组的藤泽警官和市村警官经常去教堂周围走访和调查。

鉴于对方是美国人，并且还是教会的神父，万一出错就有可能惹出大麻烦，必须慎之又慎。为了解情况，藤泽警官和市村警官去教会与毕里艾神父面谈。

"这封快件是从死者世津子小姐的皮包里找到的，寄件人地址是古里艾鲁莫教堂。邮戳上的日期说明，这封快件恰巧是在世津子小姐出门前寄到的。有关这情况，请说说你的看法，能否提供什么线索？"

毕里艾神父听完后，满脸惊讶神色。

"这信封里有信吗？"

"没有，只是信封。有可能是世津子看完信后把它放在什么地方了，我们还没有找到它。"这时，说一口流利日语的毕里艾神父脸上浮现出放心的神态。

"这封快件大概是我们这里寄出的吧！"

"那信上是什么内容？"

"哦，没有什么特别内容。"毕里艾神父笑了起来，"凑巧本教会新神父晋级，在神校举行庆祝会。"

"噢，那是什么时候的事情？"

"仪式是四月二日举行。神父晋级仪式非常重要，我们教会的人全部出席了，许多信徒也赶来参加庆祝会。"

如果是四月二日，世津子失踪也恰巧是这一天。毕里艾神父的证词，在日期上完全相符。

"世津子小姐曾在达米尔那幼儿园工作过，因此她与教会之间也有很深的关系。请想想看，她有没有跟哪位神父特别熟悉的？"

"这是我已经多次回答的问题，答案只有一个，神父对于信徒只传达上帝教诲，也就是说神父只享受该权利。至于有个人感情，那是根本不允许的。"

"但是，如果信徒中间如果遇上信仰以外的各种烦恼，我想他们可能会找特别熟悉的神父倾诉衷肠，你说这种情况会不会有呢？"

"你说的那种情况，我们是有非常明确的界限的，传教工作是不允许掺入个人感情的。例如，信徒要诉说心里的烦恼，只能在教会规定的房间里进行，任何人绝对不能外传诉说内容。信徒一旦跨出教堂大门，就像什么也没有发生过，信徒和神父没有丝毫关系。"

"那么，有没有神父和信徒个人之间交往特别密切的？"

"绝对没有。"毕里艾神父回答时，脸上表情和说话语气很严肃，态度显得十分威严。

"我们警察对于宗教是门外汉，如果在提问中有失礼的地方请原谅。接下来的问题是，神父如果外出，必须穿你现在身上穿的圣装吗？"

"无论什么场合，神父都必须身穿圣装。"毕里艾神父仍然严肃地说。

"你是说神父外出不穿西装？"藤泽警官问。这是因为菊鹤宾馆女服务员说，那个打扮潇洒的美国人身上穿的是时髦的茶色花纹西装。但是,这情况也被毕里艾神父全盘否定了。

"神职人员不能有个人财产,一切都是由教会供给的。即便我这圣装也是教会借给我们穿的,而教会的所有财产是属于上帝的,因此我们没有一分零花钱。外出坐电车时所需费用,也都是由教会按实支付的,包括日用品、鞋子等都是教会配给的。事实上,我们也不需要个人财产。"

刑事侦查警官们平时的零花钱也不多,听了毕里艾神父的解释觉得诧异,这世界上竟然有人在零花钱上如此不自由。

"就像我刚才说的那样,除教会借给我们的圣装外,是不可能穿着西装外出的。我们只能穿教会借的圣装,太可怜了!"毕里艾神父用流利的日语说着俏皮话,让人觉得他不像是外国人。

藤泽警官很想说出菊鹤宾馆的事情,但没有勇气。如果不小心说出,真不知道这位神父会发多大的火。而且贸然说出,反而难以收场。等证词再确凿一点,也许会收到理想的效果。

"神父,很冒昧,我想打听一辆贵教会的雷诺轿车,蓝色的,车牌号是 R5—1184。"

"这我清楚,是一辆旧车。我想买新的,但教会经济上一直紧巴巴的,所以没买。"

"请问,那辆车主要由谁使用?"

"我在用,其他神父有时也用。那是教会的车,大家都可以用,不能说主要由谁使用。"

毕里艾神父说到这里,视线紧盯着警官。

藤泽警官隶属警视厅刑事侦查一科重案组,从事重案侦查工作已有二十年,侦破了许多大案,可谓功勋卓著。

藤泽警官的侦查经验丰富,没有放弃雷诺轿车这条线索。

当初对于被害人是被车带到现场的分析是正确的。警方做了详细调查,包括对深夜在案发现场附近经过的汽车也进行了彻底调查。例如银座和新宿一带的酒吧服务小姐回家路上的见闻,还有因为宴会而晚回家的公司职员在路上的见闻,都一一做了详细讯问。

　　最后剩下的是熄了灯停在现场附近的雷诺轿车。

　　藤泽警官走访过古里艾鲁莫教堂,虽讯问了毕里艾神父,可是没有新的发现。毕竟对方是外国人,还是特殊的神职人员,担心侦查工作万一出错会引起棘手的国际问题。

　　有关这一情况,侦查一科科长也多次提醒他注意。另外,不能忽视托鲁培库神父,因为他是那辆雷诺车的主要使用人。

　　藤泽警官暂时放弃了与古里艾鲁莫教堂之间的接触,从教会周边展开调查,寻找雷诺车平日里的行踪。古里艾鲁莫教堂高高耸立。最近,这一带向建筑业和买房户开放,新住宅犹如雨后春笋。尽管这样,仍有一大片旱地尚待开发,商铺零零星星几乎没有。高耸的教堂尖塔与两侧的小型住宅区域之间, 是一大片旱地。旱地中间,有一条南北走向的小路。

　　隔着那片旱地的住宅区里有一幢住宅,凑巧正门朝着教堂大门。藤泽警官和市村警官走访那户人家,开门的是女主人,她微笑着回答:"那辆蓝色雷诺轿车频繁驶出教堂大门。"

　　"朝什么方向行驶?"

　　"嗯,没有固定方向。走前面那条路,同样可以驶入宽敞的国道,有时朝西面行驶,有时朝东面行驶,可能是根据具体情况选择不同方向的吧? 不过,我们也不是经常留意那辆车的行驶方向,知道得不是很清楚。"

据了解,汽车驶出教堂沿旱地间南北走向的小路行驶,同样可以进入国道。于是,藤泽警官来到那条国道与南北走向的小路交会的地方,那一带尽是小型住宅。

"哎呀,说不上来。"走出玄关的中年男子说。

"那,主要是朝什么方向行驶?"

"让我想一想,大概是朝那方向吧?"他指的是东面。

"夜里是朝什么方向?"

"我们这一带晚上睡得早,没有留意教堂晚上的情况。"

"但是有引擎声吧?在你门前是朝什么方向转弯的?"

"让我想一想,嗯,还是那个方向。"

中年男子思索了一下,手指着东面。警官的脸朝着东面,宽敞的国道北侧是一大片旱地,旱地尽头是向前延伸的杂树林,旱地里的绿色麦苗和黄色油菜花长得十分茂盛。旱地对面是零零星星的住宅,住宅与住宅之间以及住宅背后,种有小麦、油菜和蔬菜。藤泽警官走进一家小蔬菜店。

"蓝色雷诺轿车经常在门前经过,是教会神父驾驶的。这我记得很清楚。"

"大概是朝什么方向行驶?"

"哎呀,不记得是朝什么方向。总之,确实是经常在我门口这条路上经过。"

藤泽警官他们致谢后离开了。烈日当空,阳光径直照射在旱地上。这条路上行人稀少,新住宅区域的悠闲氛围似乎使警官的心情得到了放松。他走了一会儿,发现有加油站。嗨,遇上信息集中的好地方啦!藤泽警官兴高采烈。

"是啊,经常看到古里艾鲁莫教堂的车,但从来没来这里加过油！"加油站的年轻职员歪着脑袋说。那语气，似乎对不让该加油站赚钱的古里艾鲁莫教堂有意见。

"你们通常很晚才下班吧？"

"嗯，大致在晚上十点。因为，最近经过这条路的出租车和卡车的数量增加了。"

"要是那样，你也许清楚这情况，也就是古里艾鲁莫教堂的雷诺轿车晚上也频频经过这条路吗？"

"好像经过，一直是外国神父驾驶的，车速飞快，真不知道车速为什么要那么快？"

"原来如此。那么，是沿这条路笔直朝前行驶的吧？沿这条路一直行驶，是去什么地方？"

"笔直朝前行驶，是去 M 车站方向。途中有岔道，沿岔道走是去 O 车站。"

说到 O 车站，立即引起藤泽警官的注意。距离那里两公里的地方，便是空姐被害现场。

"谢谢！"

他们离开那里朝前走了一会儿，经过一小学，在路的左边，操场上有一群孩子在做游戏。

"藤泽前辈。"这时，一直默不作声的市村警官开口说话了，"藤泽前辈的孩子已经很大了吧？"

"是啊，女儿念高中，下面是两个儿子，大的念初中，小的念小学。"

只有这时候，藤泽警官脸上的表情是平静温和的。他额头上的头发少而薄，颧骨高，目光锐利。说到孩子时，神情瞬间判若两人。市村警官三十岁，还是单身汉，隶属高久良警署。

市村警官听说来自警视厅的中年警官是个破案老手，从一开始就很尊敬他。两人虽一起行动，但藤泽警官压根儿就没跟市村警官商量过，只是旁若无人地走访、思索和行走。表面上，市村警官与他搭档，其实仅仅是一步不离地跟在他身后走而已。

不过，市村警官并没有怨言，那倒不只因为对方是警视厅的警官，恰恰相反，他对这个老派作风的前辈警官非常信任。

小学前面，有出售学习用品的小店。藤泽警官朝里窥视了一眼："打搅了！"打招呼后走进店里。在这种地方说话时，他态度变得非常温和，像个老练的推销员。自然而然地，藤泽警官又打听起雷诺轿车。

"神父驾驶的那辆轿车，我经常看到。"接待他俩的小店老妇人答道，"经常从店门口经过，是朝那个方向去的。"她手指的也是东面。

"每天从店门口经过几次？"

"具体没数过，有十次左右吧！"

"有十次吗？沿店门口这条路行驶，到底是去哪里呢？"

"哦，那不清楚。不过，如果一直朝前行驶，前面有达米尔那幼儿园。神父大概是去那里吧？深夜也听到引擎声。"

"明白了，谢谢！"他弯腰鞠躬后离开了小店。

"每天要经过十次左右！"他边走边自言自语。

"是不是多了一点呢！听说达米尔那幼儿园那里，他是早晚各去一次。"

"这么说，其他八次应该是去什么地方办事吧？"听了藤泽警官的自言自语，市村警官脱口说道。

"……"藤泽警官没有回答，脸上紧绷着。市村警官感觉自己好像被同事扔在一边。虽说是在一起行动,可是这个警视厅来的警官从来没和他商量过,所有一切都是他独断独行。

经过小学后便是一大片田地,再接着便是寂静的住宅街。沿着这条宽敞的路朝前走,途中遇上好几条小岔路。藤泽警官朝岔路深处眺望,那儿好像有郊外风格的住宅,周围是杉树组成的篱笆墙,沿小巷两侧朝前延伸。这一带是幽静的住宅区域。

"喂,躲一躲。"他突然用手拽着市村警官的衣袖。市村警官不知原因,狼狈地跟着藤泽警官跑到小巷里。刹那间,插有报社旗帜的采访车疾驶而过。

"好了!好了!差点被发现。"藤泽警官返回大路后目送着采访车远去。

"那是 R 报社的吧!"

"这种地方稍不留神就会被他们发现!接下来可就遭殃了,晚上就会来家里缠住不放。"

案件侦查仍在进行。一天,有人向侦查一科科长提供了参考情报。这人现在担任某辖区警署的署长,曾经是 M 警署的侦查主任。他说:"对于这起案件,我想提供参考情报。听说专案组在全面调查古里艾鲁莫教堂,是吗?"

"并不是特别调查,但也不是一点没有调查。你发现什么可疑情况吗?"

警视厅调查古里艾鲁莫教堂,是属于一般保密。报社也早就盯上了古里艾鲁莫教堂。记者们也已经捕捉到该教堂曾寄给世津子一封快件的线索,于是许多采访车驶到世津子租房的地方。

古里艾鲁莫教堂寄来快件的事,是女房东透露给媒体的。但是,关于古里艾鲁莫教堂与世津子之间的关系,在报社看来,只不过是教堂与信徒之间的关系而已。有几个记者见过古里艾鲁莫教堂的神父，他们除毕里艾神父外都说不了几句日语，走访他们的时候，必须请在教堂工作的日本职员担任翻译。

在记者的印象里，神父们显得特别有气质。但他们衣领上不系领带，布料低档得快要破了，圣装底襟眼看就要掉落。总之，神父从里到外、从上到下都非常朴素，给记者们的印象非常好。询问的情况，也都停留在有关他们对世津子的印象。

果然，没有一个记者会想到警视厅正在暗中全面调查该教会。但是该署长似乎隐约察觉到了这一情况，其实这也不奇怪，因为他也是警方内部的人。

"提到巴奇里奥教会下属的古里艾鲁莫教堂，我突然想起曾经经手过的一起案件，不知道对空姐凶杀案是不是有参考价值。因为，该教会在战后有过从事黑市交易的记录。当时砂糖紧缺，而海外巴奇里奥教会送来的救援物资中有大量砂糖。该教会便把砂糖批发给黑市！"

"真的？这情况我还是第一次听说。当时从事黑市交易的家伙是现在教堂里的神父？"

"我想是的。当然，神父没有直接插手砂糖的运输。当时他们辩解说，是信徒中间行为不轨的家伙擅自将砂糖出售给了黑市。他们之所以这么辩解，是因为我当时盯上了教会。毫无疑问，那起案件跟神父是有关系的。"

"那最终是怎么了结的？"

"说来有点不可思议。他们指出，行为不轨的家伙是信徒田岛喜太郎。其实，那起事件是一个叫冈村正一的男子秘密报的案。总之，这两个人好像都是具体办事的，负责把砂糖送到自由市场。不用说,除他俩以外还有许多同案犯。"

刑事侦查一科科长掏出笔记本,记下了田岛喜太郎和冈村正一的名字。

"由于砂糖流向自由市场的数量较大,我打算把它列为重要案件进行侦查。谁知突然出现让我有点难以启齿的情况,警视厅下达了让我们觉得奇怪的指示,结果没有立案而不了了之了。"

"这是怎么回事?"

"是上面的人暗中了结了该案。由于是传说,具体细节我不太清楚。但后来一打听,才知上面某高官是该教会的忠实信徒,教会派神父去他那里求了情。是否真有这情况,我也不太清楚,但不管怎么说,案件被莫名其妙地终结是真实的。"

"田岛和冈村这两个人是怎么处置的?"

"唯田岛受到了起诉。案发当时,他逃走了,但后来又自首了。所有责任,都是他一个人兜着。这事已经过去十年了,详细情况我也记不清了。M警署的档案里或许还有记载。"

"谢谢!很有参考价值。"侦查一科科长向该署长表示感谢。就专案组来说,还是头一回听说古里艾鲁莫教堂有那样的过去。据说M警署还有当时的承办警官,并附有记录。专案组决定让久恒警官负责调查。然而,专案组里没有人认为空姐被害案与十年前的黑市砂糖案有关。但是,有必要在了解古里艾鲁莫教堂的基础上,调查一下当年半途而废的砂糖案。

两天后的一个傍晚,S报社采访车偶然经过M警署门前。坐在车上的,是社会部的佐野记者和山口记者。佐野好像发现了什么情况,碰了一下山口的胳膊肘说:"哎,你瞧,久恒警官怎么会出现在这里?"山口记者的视线也移向他指的方向,就在他们采访车的正前方。

"咦,还真是这么回事,少见!是从 M 警署里出来的……"

行人中间出现了久恒警官具有特征的背影。

"那家伙一定在调查香薰,停车问他一下好吗?"

"不行,不行。"佐野阻止说,"在这种地方停车问,他是绝对不会开口的!现在就放过他!今晚夜袭他的住宅!"

车疾驶而过,把走在人群里的久恒警官甩到了身后。

设有专案组的高久良警署在 S 公路旁边,从江户时代开始,Z池就是生活用水的水源,通过埋设在地下的自来水管流向东京都闹市中心,现在也是如此。地下是自来水管,地上是呈直线通向东京都的 S 公路。

从高久良警署到空姐世津子被害现场的路程,不到一公里。从 S 公路拐入北边的小路朝前走,便通向幽静的住宅区。那条小路途中有一座桥,桥下面的玄伯寺河里就是发现世津子尸体的现场。

案发快过去一个月了,警方侦查进入了迷宫的说法传得满城风雨。专案组门口的报社采访车也比曾经一个时期减少了许多,但记者们没有放松警惕,仍然认为它是近来最轰动社会的凶杀案。

尽管东京都内凶杀案不断,但相比之下,空姐被害留给人们的印象比较深刻。虽说侦查工作没有进展,可是说不定警方什么时候以什么形式突然侦破了这起案件。报社丝毫没有放松对该案动向的观察。

那天傍晚,S 报社佐野记者回到专案组记者办公室。这时,有同事悄悄地喊他,轻声说:"佐野君,我总觉得藤泽警官的侦查行动很奇怪！"

藤泽警官是警视厅富有经验的警官，这是新闻记者们跟东京警方打了多年交道得出的共识。

侦查会议多半是下午五点在专案组办公室召开，外出侦查的警官们都在这之前从四面八方赶回来，在会上汇报捕捉到的信息、线索和推断，共同研讨下一步侦查方向。然而唯独藤泽警官例外，即便过五点了也大多不回警署。

"藤泽警官就是今后提拔了，也不会改变我行我素的习惯。"记者们议论道。在警视厅里，还留有一部分像这样习惯于老式侦查手法的特殊人物。

"你说藤泽怎么啦？"

"他好像在干什么！最近，过了五点也仍然见不到他人影，实在是不可思议。其他报社也注意到了。"

"大概在侦查什么吧！"

"没错。听说好像是昨天吧，R报社记者已经开始跟踪他。他驾驶的是吉普车，察觉有人跟踪后立刻把车驶入小路。而报社采访车是大型车，无法驶入小路。就在采访车不知所措的时候，藤泽警官趁机甩掉'尾巴'逃走了。"

"他还会装糊涂。"佐野说。

"有时候没什么事，他却故意变着戏法嘲笑我们！说甩掉我们不太可能，但是这一回确实可疑。"

"怎么办？"

"你是说怎么办？喂，你也闲着没事。那好，我想今晚夜袭他的住宅。但他会装糊涂，就是夜袭也不会有什么效果。"

记者们始终关注着办案警官的一举一动。侦查工作一旦白热化,警官们就会忙得不可开交,肯定都是半夜里回家。可是如果没什么发现,通常都早早回到专案组,会议结束后便一溜烟回家。遇上这种时候,你再问也是白搭。

过了九点,佐野去了住在目黑的藤泽警官住宅。然而那条路上,早就停有其他报社的采访车,而且还是两辆。于是,佐野让司机继续往前开。

"去哪里?"司机问。

"去杂司谷。"

那是佐野计划去的地方,反正已经不能去藤泽警官的家了。现在如果去杂司谷的久恒警官家,觉得也许可以打听到一些什么。因为,白天亲眼目睹过他从 M 警署出来。

久恒警官的家是在进入杂司谷的路口,附近是"护孩神神社"。

"晚上好!"佐野朝屋里喊。开门的是久恒警官本人,身着系带和服。

"原来是你!"久恒警官快快不乐地看着记者。

"我是凑巧经过这里顺便拜访的,可以进屋吗?"

"真拿你没办法。既然是顺便来我家的,那也算是客人。"

"对不起!"佐野在狭小的玄关脱去鞋子。这里,摆放着孩子们的木拖鞋。

"请进!"

佐野已经来这里好多次了,与久恒夫人也熟悉。她腰间还系着围裙。

"打搅了。"

里面是近十平方米的榻榻米,久恒警官正坐在那里喝酒,下酒菜是甜烹海菜(在鱼贝和海藻里加上酱油、甜料、酒和白糖,煮熟后食用,味比较浓),桌上并排放着两个酒盅。

"哎,坐下喝一杯!"久恒警官递给佐野记者酒盅。

"今天回来得早吧?"

"是呀,下班早就这样喝一杯。"他用手掌摸了一下红通通的脸。

"你们最好别这么晚到处乱窜,最好去哪家夜排档喝上一杯。"

"我是想那样。是因为这起案件不明朗,心情痛快不起来!"佐野把酒盅还给久恒警官。

"什么?原来是为案件。那是理所当然的。就像你不痛快那样,我也提不起精神。我这样喝酒,也是为了消解郁闷。

"但是,久恒警官,你今天去了不可思议的地方。"

"不可思议的地方?"久恒警官似乎有点吃惊,"因为要去各种各样的地方呵!哎,今天我到过哪里了?"

"你去各种各样的地方?久恒警官,是去找什么?"佐野没说出地点。

"那太多了,记不清楚。"久恒警官揉了揉鼻子说,"你们记者不也是那样吗!最近,你们别大意哟,我们也在你们后面跟踪。有这样的情况哟!"

"那也许有,但是这起空姐凶杀案真让人受不了,什么线索也找不到。"

"也不是那么回事吧?你们这些记者不是在热衷于打探香薰的线索吗?"

"好像是那样的。"

"喂,喂,你别装糊涂。你大概是调查香薰的其中一个吧?"

"我没说不是那么回事,但我总弄不明白,其他报社记者似乎都在拼命调查,起初因为听说是用香薰烹调的上等中国菜,于是专门找高级的中国菜馆了解。托那种传闻的福,浓重的油味差点让记者们呕吐。"

"发现什么了?"久恒警官笑嘻嘻地问。

"那根本就没发现什么。据说问了鱼市批发商,回答说最上等的是生香蕈,其次才是罐头里的香蕈。根据专案组公布的情况,因为说是罐头,所以不辞辛劳地调查了东京都所有的罐头店。

"香蕈罐头价格高,买的人少,是我们寻找线索的着眼点,可调查后一点线索都没有发现。"佐野一边这么说,一边目不转睛地看着久恒警官。

"喂,你别那么不客气地看我的脸! 是呵,比起酒盅,你大概还是喜欢杯子吧?"

"不,不,你这么辛苦好不容易回到家里,我还这么晚打搅你,真对不起,我马上告辞。"

"别那么客气! 你在这里坚持不起作用,因为我是两手空空呵!"久恒警官拍了一下双手。

"也不是那么回事吧! 我怎么感觉你已经捕捉到什么线索了。"

"我?"

"久恒警官,去 M 警署是为什么?"佐野记者冷不防问道,久恒警官脸上顿时浮现出吃惊的神色。

"你看见我了?"久恒警官苦笑着反问。

"哎,我们是干这一行的,大家都知道你在干什么。"

"喂,别瞎说! 去 M 警署与案件无关。"

"你装糊涂可不行。你是专案组成员,不可能为其他事去 M 警署。请问,是什么线索?"

"我朋友出了交通事故,好像是驾驶证被扣了,要我替他说说。

我没办法,只好去了。就这一次。"

佐野记者的视线半晌没有离开久恒警官的脸,片刻后笑了:"你真会兜圈子。好了,今晚就打扰你到这里,告辞了。

"是回去吗?"

"啊,我也因为你刚才说的想起了一件事!也是朋友出交通事故,凑巧也是 M 警署。我刚才承蒙久恒警官告诉了我好办法,明天我也去 M 警署拜托交通事故的承办员。"

久恒警官一脸尴尬的表情。

雨接连下了三天,古里艾鲁莫教堂的附近,一下雨就道路泥泞。因为是红土壤,雨后则更加难以平整。铺设过的路只有一条,被旱地里流出的泥浆弄得一团糟。藤泽警官小心翼翼地走着,防止裤角沾上飞溅起来的泥浆。他抬头仰望古里艾鲁莫教堂尖塔,两条胳膊环抱在胸前。

"这教会让人觉得奇怪!"他仍然像以往那样自言自语。说觉得奇怪,那是因为这四五天里没有见到托鲁培库神父的影子。教堂里每天早晨都做弥撒,聚集着许多信徒。藤泽警官询问一些信徒,他们也回答说:"最近好像没有见到托鲁培库神父。"

藤泽警官最近专心致志地调查古里艾鲁莫教堂,当然,他不会直接进入教堂,这不仅仅为了避免引起对方警觉,还因为对方有外国人和神职人员的双重身份,担心惹麻烦而特别小心。

古里艾鲁莫教堂的神父们经常出入教堂,附近有教会的附属幼儿园,神父们常去那里。他们还驾驶那辆可疑的蓝色雷诺轿车上街,那中间也有托鲁培库。可是两三天前,他突然无影无踪了。对于这种情况可以有两种假设:一是他患病不能外出;二是他察觉到被警方盯上躲了起来。总之,他的突然消失让人感到奇怪。但是,身材高大的托鲁培库神父不太可能忽然患病，可能是他察觉警方在注意自己，一定是在制定什么对策。

对此，藤泽警官凭着直感打算对托鲁培库神父实施监控。藤泽警官有两项任务：一是注意古里艾鲁莫教堂；二是了解蓝色雷诺轿车的行踪。有关蓝色雷诺轿车的行踪，怎么也抓不住，只知道通常是沿国道朝东面方向行驶，然而那后来的目的地是哪里还仍然是谜团。

对教堂的监控仍在持续。由于对托鲁培库神父还只是停留在怀疑的阶段，并没有把注意力全部集中在他的身上。就专案组来说，这种时候还只是认为被害人世津子与托鲁培库神父之间可能只是神职人员与信徒的关系。但是，那些调查情况里有一些不能解释的奇怪现象。

例如与世津子一起去情人宾馆的外国人，居然和托鲁培库神父很像。但是没有把握肯定那就是他本人。

对托鲁培库神父实施监控的想法，是来自于藤泽警官的第六感觉。他向侦查一科科长提出了这一建议，得到了批准。

教会是否察觉到了警方的意图？如果托鲁培库神父为此而躲避，那就更让藤泽警官感到可疑。藤泽警官平日里凭第六感觉射中靶心时的那种兴奋，此时此刻又出现了。

打那以后，他仔细走访教会附近打听情况，凡是认识托鲁培库神父的人都说最近一段时间没有见到他。

藤泽警官脸色变了，直觉告诉他托鲁培库神父逃走了。一回到专案组，他便把这一情况报告了主任警官，主任警官的神色也顿时紧张起来，立刻去警视厅向侦查一科科长汇报。新田科长也一脸严肃，立即去三楼向刑事侦查部部长汇报。

此刻,青山部长正在会见来客。刑事侦查部部长身材微胖,鼻梁上架着眼镜。新田科长站着等候。这时,青山部长开口问:"有急事吗?"

"不,如果有事我过一会儿再来。"

青山部长的客人是白发绅士,从外表和言谈举止来看应该是某团体的高层干部,好像是来说情的。青山部长示意新田科长等一下,来客似乎察觉到有急事就没再往下说,鞠躬后告辞。

"让你久等了,新田君。"

新田科长把刚才为等候而翻阅的报纸放回原处,坐到部长桌子前面刚要汇报,没想到电话铃响了。部长拿起听筒,长时间的通话让新田科长有点着急了。

电话终于结束了,可是几乎与此同时,秘书进来递上两张名片,随后在部长耳边小声说着什么。

"让他们等一下。"部长对秘书说,然后对新田科长说,"实在是抽不出空,让你久等了。"接着取出香烟催促说,"现在听你汇报!"

"那起空姐凶杀案有新情况。"新田科长终于可以汇报了。青山部长只是微微点点头。

"我们认为嫌疑最大的古里艾鲁莫教堂的神父托鲁培库逃跑了。"

"什么,逃跑了?"青山部长惊讶地抬起头来。

"是的,姑且认为他逃跑了。监控教堂的警官说,最近四五天里没有看到托鲁培库神父从教堂里出来。"

部长一声不吭地点燃烟,两肘支撑在桌上,嘴里吐着烟说:"这事你核实了吗?"

"按你的指示我没有派人进入教堂监控,而是一直让他们在周围监控。侦查员说,不仅他没有见到托鲁培库神父,那些信徒也说没有见到托鲁培库神父。他好像失踪了的情况是确实的。"

"是不是我们的监控被对方察觉了？"

"应该说侦查员很注意自己行为。"

"对于神父的旁证,那后来核实过吗？"

"正在有条不紊地进行。如果对象是日本人,可以立刻采取不让他逃跑的措施。如果神父逃跑了,有必要尽快制定对策。"

"你是说……"

"也就是担心他逃到国外。这种时候,最好立即通知出入境管理局截住他。"

"但是,你能确定他本人已离开教堂了吗？仅仅是普通监控,也就是从外围监控,大概还不能确定吧？也许因病躺在床上,或者有什么理由闭门不出。"

"不,我想不会有那种情况。考虑到他可能患病,我们派侦查员去了一趟圣爱医院。该医院是教会的定点医院,也是巴奇里奥教会下属医院。平时教会遇上有人生病,医院会派医生去教会诊治。侦查员去那家医院调查了,回答说没有那回事。"新田科长对部长的质疑,胸有成竹,语气平静。

"哦,原来如此。"

"我想闭门不出是不可能的。据说做弥撒,是教堂每天的重要仪式。无论什么理由,只要人在教堂里,那是绝对要参加的。可最近在做弥撒时看不到他的人影,我想姑且可以推断他不在教堂里。"

"那,旁证呢？"

"他与世津子之间的关系非常密切。侦查员去那家情人宾馆核实的结果,基本可以确定就是他。不仅如此,我们还调查了他的所有情况,他先是偷渡来日本的,五年后才正式登记。并且古里艾鲁莫教堂本身也有许多疑点……并且杀害世津子的手法，也不像是日本人。

"这情况我上次已经汇报过了。还有,世津子被害前离开租的公寓前收到过一封快件，她是看了快件后出门的。寄信人的地址是古里艾鲁莫教堂,也核实过了,确实是该教堂寄的,但他们强调是邀请参加神父晋级庆祝仪式的通知。而我们认为不是那样的内容,因为我们走访了其他信徒,都没有接到过那样的通知。也就是说,教会隐瞒了那封信的真实内容。就我们的推断来说,那是一封托鲁培库诱骗世津子外出的信。"新田科长说。

"这么说,是用信函诱杀的吗? "

"姑且是那样的手法吧? 世津子被害现场,凑巧是在神父晋级庆祝仪式举办地和古里艾鲁莫教堂的中间。因此,这条线索非常有说服力。"

"作案时间调查过吗? "

"我们专门调查了他那天是否有作案时间。这情况还没有向他本人核实。我们秘密走访了那天晚上出席该庆祝会的信徒,可是那教会的信徒与常人不同,非常难以调查。那信徒说,他所在教会固若金汤,凡是不利于教会的事情绝对不说。

"要了解真相不是一件容易的事情。由于我们对于该教会实施的侦查是秘密进行的,了解真相的难度也就更大。他是否有作案时间这一点还不是很清楚。"

"接着说。"

"接下来,通过调查还了解到,该教会在战败后从事砂糖黑市交易被 M 警署立案侦查过。结果,该教会的神父没有被抓获,而是日本信徒承担全部罪行来警方自首。但是把两年前该教会所属新桥 Y 教堂的黑市交易案联系起来分析，我认为该教会从战争结束以来一直在从事非法黑市交易。

"目前，专案组正在调查该情况。根据我们的分析，世津子在来往于东京和香港的国际航班上担任空姐，也应该与毒品有关联。"

"是贩毒？"

"是的。是将香港和广东的毒品运到日本境内。但这还是推测，并没有核实。分析该教会所属 Y 教堂的美元黑市交易案，不能说该教会没有从事贩毒的可能。战争结束以后没多久，该教会就已经开始从事黑市交易，不仅砂糖，还有其他救援物资。"

"原来如此，那可以假设。"

"部长，刚才说的那些推测，目前我正在让侦查员调查。但眼下燃眉之急的是，如果他逃走了，那将前功尽弃。我建议最好把托鲁培库的情况通知出入境管理部门。"

"好！"青山部长赞成该建议。

"过去我一直认为神父是比较特殊的人，在侦查中要小心翼翼，但是现在对方开溜了，相反就给了我放开手脚的机会了。"

"是的，我们警方反而就容易开展侦查工作了。考虑到神父是特殊的人，侦查起来如履薄冰。既然形式这样了，我们就可以全力以赴了。侦查员们一直在发牢骚，现在有了这样的机会可以扬眉吐气了。"

"可是。以什么名义通知出入境管理部门？"

"凑巧是偷渡嫌疑犯，以这个名义通知他们行吗？"

"哦，不管采用什么方法都行。明确通知他们托鲁培库是偷渡嫌疑犯和杀害空姐嫌疑犯，你看怎样？"

"行。那么，我立即去办理通知手续。"

"好。"青山部长把手合在一起说。

"过去只有船，还比较简单，如今有飞机这棘手的交通工具，倘若罪犯乘飞机逃跑，那我们只能是束手无策，因此，最好提前采取措施！

"我刚才问过日航和外航，都说购票登记上没有出现托鲁培库的姓名。但是，有可能用其他名字登记，所以通知出入境管理部门要越快越好。"

新田科长向部长敬礼后三步并作两步地走了。

五天后的一个傍晚，S报社的佐野记者很早就回家了。他很少有这样的情况，但这跟刑事侦查部部长和刑事侦查一科科长之间的商量毫无关系。佐野回到公寓是晚上七点左右，妻子吃了一惊：

"啊呀，你今天怎么这么早就回家了！"

每当发生大案、要案，社会部记者一般七到十天回不了家。平日里往往也是半夜十二点多回家。一些有小孩的记者，因为这种作息时间常常发牢骚。

"怎么啦？"有时候偶尔早回来，反倒让妻子担心起来，误以为丈夫患病了。

"最近什么新闻也没有，看来可以轻松一段时间了。"佐野脱去西服换上睡衣随随便便地躺下。

"哎呀，太好了，我现在就给你弄吃的，你先洗个澡好吗？"妻子满脸愉快的表情。

"好，照你说的做！"其实，今天回家路上有朋友邀请去酒店，但他今天没有心思喝酒就告别朋友回家了。他在妻子的提议下去了浴室，浸泡在浴池里的感觉已经好久没有过了。

平时是去报社浴室洗澡，是和印刷部以及发行部的职员在一起。还是家里的浴池好,有远离报社悠闲自在的轻松感。空姐凶杀案搁浅了,专案组几乎一点动静也没有,各报社也都静悄悄的。回到房间里,妻子端上生鱼片,他夹起生鱼片蘸上作料送到嘴里说:"啊!太好吃了!"他把浴巾交给妻子。

"你因为好久没在家里吃了!如果每晚都这样让你吃,那就太铺张浪费了。"

从窗户朝外看,对面楼房的窗户都亮着灯光。回来迟的时候,这些窗户里几乎都熄灯了。看到这么热闹的窗景,佐野为自己没有晚回家而感到满意。佐野喜欢慢慢喝,快到晚上九点的时候,酒足饭饱了。

他打开电视,正在播放恐怖片,于是立刻换了一个频道。他是专门追踪报道案件的记者,对于这种节目毫无兴趣。这时,荧屏上播放的是武打片。

"你就那么喜欢武打片?"妻子收拾完桌上的餐具,坐到他旁边说,"嗯,真像个小孩!"

这种武打片里好在没有罪恶,他漫不经心地看着,不知不觉地睡着了。等到被妻子摇醒的时候,已经过去半个小时了。这时,电视画面已换成了演奏会节目,好像是妻子换的频道,指挥的肢体语言非常有趣,佐野爬起来看了一会儿。

"你太疲劳了,睡吧!"妻子劝说完便躺下了。

"再看一会儿。"虽说刚才只睡了半个小时,但也算是打了一会儿盹,暂时没有了睡意。指挥像阿修罗那样转动着双手和脑袋的样子,他觉得非常有趣。可惜的是,没过多久演奏会就结束了。他打算关掉电视机,不料荧屏上出现了《现代表情》几个字,紧接着响起了音乐。

于是,佐野缩回打算关电视机的手。他喜欢这档节目,《现代表情》是观察目前社会各阶层的实际状况后进行评论,基本上是根据采访实况拍摄而成的写实纪录片,所涉及的问题多而深刻。当他正在猜想今天报道的内容时,荧屏上出现了写有《不良外国人》的标题。佐野不由得瞪大眼睛。

画面很有趣,从各种角度捕捉在日本的外国人的实际状态,日本似乎变成了地地道道的外国租界,外国人频繁进出于夜总会、酒吧和神秘的大厦。这是经过编辑的适当剪辑,再加上解说播放的。看这部纪实片,佐野连眼睛都没眨。最后是出入境管理部门播放公告,荧屏上出现附有照片的外国人一览表。

"这些照片上的外国人目前受到警察当局的怀疑,都是有可能逃往境外的通缉犯。出入境管理部门将严密监视他们的出境……"

外国人照片播出后配有解说。画面上,诈骗和伤害等罪名与相应的外国人照片随着摄像镜头移动相继播出。

其实,播出这张通缉一览表不是政府行为,与当局把日本犯罪嫌疑人照片作为最近侦查对象张贴的性质不一样,而是作为备忘照片贴在出入境柜台内让审核官记住特征。有时候遇事去采访的电视台记者,偶尔把它拍摄在摄像机里,仅此而已。

镜头不停地让不良外国人的照片一张张出现在荧屏上,最后当一张照片出现时突然停止移动了。照片上的外国男子年轻而又英俊,脸上表情和蔼可亲。

"这名外国人叫托鲁培库,是古里艾鲁莫教堂神父,于五年前偷渡到日本,目前作为杀害空姐的犯罪嫌疑人正被侦查。"佐野听到该解说和看到这张照片后,忽地从床上跳起来。妻子好像说了什么,但他根本就没有听进去,迅速换上西装,拔腿就往外跑。

佐野打电话到青山部长的家,对方正在通电话,接着打到新田科长的家,对方也在通电话,他急得在公共电话亭里直跺脚。这两家电话都在通话,显然是报社打的。

佐野看了电视,就像知道了谁是杀害空姐的凶手那样,无疑,其他报社也看了电视。

隔了一分钟,他又把电话打到刑事侦查部部长青山家,还在通话,他突然觉得传到耳朵里的忙音好像是在嘲笑自己。他重新打电话到侦查一科科长家,那里也在通话。他急得像热锅上的蚂蚁。他再一次把电话打到这两家,结果还是跟刚才相同。

也许,他俩感到麻烦,从电话机上摘下了听筒。总之,继续待在这里是一无所获,不能再浪费时间了,哪怕一分钟也不能再待了。他不再指望电话,冲出电话亭,正巧驶来一辆出租车,他赶紧招手。

"去哪里?"

"去目黑。"

"先生,对不起!"

"为什么?"

"今天的公里数已经跑完了,我的车库在浅草,现在要回去!"

"哎,请无论如何帮帮我的忙好吗?有急救病人!"

"请原谅!"话还没说完,司机就把车开走了。后来又有三四辆出租车经过,但上面都有乘客。佐野跑了起来,终于遇上一辆空车,司机没说二话就让他上了车。

"请开快些!"平时一乘上出租车,他便叮嘱司机,开慢点,别出交通事故。可是这一回尽管担心安全,也还是让司机加大油门。司机用了二十三分钟就将出租车开到了目黑深处。

"就在这里停车!"佐野付了车费后看了一眼前方,那里已经停有一长排采访车,有七八辆之多。在他那辆出租车车灯的照射下,可以清晰地看到那些车辆上都挂有报社的红色旗帜。但是,他这一回没有让出租车开走。

他三步并作两步地走到巷子里,以浴室为目标寻找藤泽警官的家,因为他那幢不大的平房就在浴室背后,平房的周围光线暗,仅他家的门口亮着灯。他不声不响地推开玻璃格子门,玄关内侧狭小的换鞋间里摆满了鞋子,无可奈何,只好把鞋子脱在玻璃格子门外,光着脚丫踩在别人的鞋子上走进玄关。

榻榻米会客厅里挤满了人,几乎都是佐野认识的记者。他悄悄地坐在大家背后,藤泽警官身着和服就坐在里面,他稍有点秃的额头在灯光映照下,表情悠闲自得。

他和记者们之间的交谈好像有一段时间了,但看他的说话表情,交谈的时间好像也并不怎么长。佐野是在看了电视后赶来的,应该没用多少时间,各路报社记者好像都是同时赶来的。

"藤泽警官说不知道,那才奇怪呢!"坐在最前面的记者说。

"不知道就是不知道,我什么也没有听到。"藤泽警官盘腿坐在榻榻米上,嘴上叼着烟。

"可是电视里明明白白地报道了哟!这与平时的发布形式相同,应该可以告诉我们吧!"

"真不凑巧,我家还没有电视机呢!所以我不知道是否有那样的消息。"藤泽警官满不在乎地说。

"你怎么那么说话!藤泽警官,我们是晚辈,请你只说一句,教会神父跟本案的关系很深吗?"

"确切地说,我不知道关系是深还是浅。"

"把犯罪嫌疑人逼到这种境地的大概是你藤泽警官吧?!只有

你才能做到！"

"你再吹捧我也没用，我还是什么也不知道，你去问我的上司吧！"

"青山部长和新田科长都不出面！"

"是吗！他们值得同情！但我被你们缠住可算是倒大霉了！"

"出入境管理部门不可能随意在电视上公布那样的消息。他们是根据警视厅的委托让电视台播报的。藤泽警官连这已经公开的情况也要装糊涂，太不讲情面了！"

"不管说什么，反正我是不知道。好了，好了，你们差不多可以回去了吧！我太太已经在隔壁打哈欠了。"藤泽警官说。坐在靠近门口的佐野挺直腰板，正在口袋里找烟。

第二天，警视厅因电视台发布了出入境管理部门的消息而变得门庭若市，异常热闹。各路报社记者蜂拥而入，挤得刑事侦查部部长的办公室水泄不通。他们表示愤怒，说警视厅把案件侦查情况一直隐瞒到现在，报社被警察当局耍了。

从新闻记者的角度来看，警方关于空姐凶杀案的侦查工作似乎搁浅了，专案组没有明确的侦查目标。刑事侦查一科科长向新闻记者团公布情况时也明确说过，侦查工作没有新的进展。出乎记者意料的是，案件侦查竟然进展到如此明了的阶段，警方已经在通缉古里艾鲁莫教堂神父，不仅把他定为空姐凶杀案的犯罪嫌疑人，并且还通过电视向社会公布这一消息。

更令记者们气愤的是，他们被蒙在鼓里什么都不知道，着实地被警方耍弄了，同时也对自己的无能感到惭愧，编辑部的同仁也感到脸上无光。警视厅把侦查情况保密到现在，是故意蒙骗报社。不过唯一可以聊以自慰的是，警方对于各报社一视同仁，记者们全都一无所知地被蒙住了眼睛。

部长办公室里坐着新田科长和青山部长,不用说,记者们的提问非常激烈,可是青山部长的回答转弯抹角地回避,在被问到关键地方时则强调说不知道。

"你不可能不知道吧?应该说那消息是警视厅通知出入境管理部门的。"大家不约而同地把问题集中到这一点上。

在案件侦查阶段有许多情况是不能公布的,这也得到了记者们的谅解,但像这样封闭式保密,让记者们气愤。报社在警视厅破案方面也做出过不少贡献,可以说成绩斐然。警方依靠新闻媒体的力量和请求媒体帮助也有过无数次,但是报社从来没有像今天这样被警方完完全全地扔在一边。

"有关电视播报的情况,大家对我们警方有误解。那是根据我们警方的委托,主要是要求出入境管理部门提高警惕,但是希望大家别误解,那并不是公开侦查情况,只是电视台随意拍摄和随意解释而已。并不是警察当局已经确定神父为犯罪嫌疑人进行追捕。"

"但是警方委托出入境管理部门警惕是担心他逃往国外,这不就是把他定为犯罪嫌疑人了吗?"记者团追问。

"误解为犯罪嫌疑人是出入境管理部门的过失,警方从来就没有过那样的通缉方法。警方只是把该神父列为空姐凶杀案参考人,因为有许多问题想请他回答。如果他不吭声离开日本,就会给我们办案带来困难,为此采取了避免上述情况发生的措施。"

"你说他是参考人,我想参考人是有程度的。托鲁培库神父究竟是什么程度的参考人?"

"被害人世津子小姐作为古里艾鲁莫教堂的信徒,一直去该教会,还在达米尔那幼儿园担任过女教师。这情况大家清楚。作为警方,想从我们认为与世津子有相当密切关系的托鲁培库神父那里了解情况。那只是警方为了解世津子生活和推断出罪犯是谁,绝没有说神父就是该案犯罪嫌疑人。"

"那你们是否对神父展开了讯问?"

"哦,还没有。"

"那是依据什么理由?"

"直到最近才觉得有必要把神父列为参考人了解情况,但是迄今为止还没有讯问神父。"

"这么说,侦查要进入新阶段了?"

"对,你说得没错。"

"所谓新阶段是指什么?"

"那情况目前还不能说。"

"是否意味侦查有进展了?"

"自从案件发生以来,我们一直在进行严密侦查。我想各位可能认为这起案件搁浅了,其实不是那么回事,警方从未间断过侦查工作。因此要说进展,案发以来一直在向前推进。侦查分为两种形式,一种是很有声势地推进;另一种是极其稳健地推进。总之不管什么形式:我们都会持之以恒地努力侦查。"

"这么说,是根据最近发现的线索确定神父为参考人的?"

"那情况有点微妙,现在回答不了。"

"把神父列为参考人,他是否就是该案重要人物?"

"并不那么重要,只因为他是外国人有点棘手而已。我们警方并没有对他抱多大希望,其实怎么都行。"

"那么,我想问得清楚一点,托鲁培库神父不是犯罪嫌疑人而是参考人吗?"

"嗯,就像你说的那样。出入境管理部门什么也不知道,而是电视台抢先报道才成了这样的局面。"青山部长在警视厅受到记者团质问的时候,佐野记者与山口记者一起乘车去了古里艾鲁莫教堂。反正警视厅已经以公开形式向社会公布了,那对他们的质问就由同事们去实施吧!佐野曾经见过毕里艾神父,还记得他长相。来到教堂大门的时候,山口碰了一下佐野的胳膊肘说:"佐野君,藤泽警官已经来了哟!"

"什么什么?"佐野坐在车里顺着山口指的方向看去,果然有一男子快步走到教堂围墙的角落那里。那分明是藤泽警官的背影。

"原来如此。"佐野不由得微微一笑。

"这家伙看到我们的采访车,吓得躲了起来。"

"嗯,这家伙果真把教会作为主要对象展开了侦查。"山口突然兴奋起来。藤泽警官出现在这里,足以说明警方已经把教会作为侦破案件的主攻方向。昨天晚上,记者们聚集在他家时,他彻头彻尾地装聋作哑。

他俩走进教堂大门,向出来挡驾的日本人申请面见毕里艾神父,随后被请进会客室。毕里艾神父是笑嘻嘻地进来迎接的,虽上了年纪,但红光满面的。

"请坐!"他用日语说,隔着桌子坐在他俩对面。果然,衣领已经磨破,身上穿的黑色圣装也已经褪色。

"两位有何贵干?"神父催促他俩提问。因为是外国人,公事公办的方法对于他俩来说是好机会。

"其实,我俩是想拜见托鲁培库神父,知道他一定很忙,因此只是想占用他一点点时间就行了,十分钟或者五分钟都行。"

"托鲁培库神父?"微笑转眼间从他脸上消失,棕色眼眸紧盯着佐野的脸,"我们教会从来就没有叫这名字的神父。"

"哎，你说什么？"这回是佐野和山口紧盯着毕里艾神父红光满面的脸。

"托鲁培库神父不是这家教会的吗？"

"我不认识叫这名字的神父。"

佐野注视着毕里艾神父，仿佛要把他的脸看穿似的。

"那，那怎么可能！托鲁培库神父确实是属于你们教会的，你不可能不知道，信徒也是那么说的，说每天早晨做弥撒时能见到他。"佐野脱口嚷道。

"我的答案就是一个。"毕里艾神父满不在乎地说，佐野惊讶得一时语塞了。如果撒谎，也能堂堂正正的这般模样？他俩简直不相信自己的耳朵和眼睛。神父不是普通人，是传道、是信奉上帝、是在严格教规下生活的特殊的人。眼下，神父在撒谎。奇怪的是，神父撒谎的脸上没有丝毫尴尬和狼狈的表情，反而使怀着正义感来采访的两个记者狼狈不堪。

但是，两个记者觉得不能就这样打道回府。"我们是通过调查得知托鲁培库神父在该教会工作的，请不要把他藏起来，请允许我们跟他见面，只占他一点点时间就行。"

"本教会没有叫那名字的神父！"毕里艾神父一脸严肃，斩钉截铁。他俩再次瞠目结舌，不知所措。这时，毕里艾神父慢吞吞地站起来，目光注视着他俩，好像要干什么。只见他随手从桌上拿起一本书朝他俩走来，翻开书让他俩看。那是英语版书，他俩一时不习惯了。

"这是我们教会的刊物，你们受过高等教育，大概看一下就知道是怎么回事。这上面刊登了英国某报纸中伤我们教会神父的报道，那是恶语中伤，是无中生有。写这篇报道的艾蒂达记者，你们猜

242

想一下他后来是什么样的下场? 告诉你们吧! 他被传唤到我们教会总部接受了宗教判决! "

这显然是恐吓! 佐野和山口不由得看着毕里艾神父,神父忽地站起身来,那对棕色眼眸第一次射出愤怒的目光。"回去! "神父大步走到门口推开房门。这种情景在欧美电影里看到过,没想到佐野和山口在现实生活里遇到了。神父让房门敞开,像看门人那样站着没有说话。佐野觉得耳膜在强烈振动,耳边似乎响起欧美电影里的台词:滚出去!

佐野和山口连滚带爬似的逃出教会,毕里艾神父愤怒的脸似乎还在眼前浮现。由于是身材高大魁伟的男子用激烈的语气赶他俩走,平时也有点蛮横的佐野此时也甘拜下风。

他俩朝着车等候的地方走去,一路恍恍惚惚。他俩不由得转过脸朝着教会眺望,玻璃窗里是毕里艾神父的脸,好像紧贴在玻璃上,那模样仿佛在无声地朝着佐野他俩吼叫。

佐野与打算返回 M 警署的山口告别后对司机说:"回报社。"随即又转过脸来从车窗朝教会眺望,毕里艾神父的脸还是没有离开玻璃窗,非常固执的模样。可是,他为什么要撒谎呢? 竟然谎称不知道叫托鲁培库的神父。这也太厚颜无耻了! 虽说是几分钟前发生的事情,佐野依然怀疑自己耳朵是否听错。太出乎意料了! 车从小路驶向大路,速度稍稍减慢。让佐野感到诧异的是,前面站着三四个巡警模样的人。

"好极了! "司机驾车一边从巡警身旁徐徐驶过一边说。佐野把脸凑在窗前打量,原来有一辆轿车停在路边,好像撞上了路边的树。距离那里不远的地方,也停着一辆小型卡车。巡警一会儿用卷尺测量地面距离,一会儿用白粉笔画圆圈,轿车车头被撞得面目全非,上面已经没有了司机,好像被送往医院了。

"这可是大事故!"佐野转过脸来对司机说,"到底怎么回事?"

"可能是轿车超越小型卡车时转错方向盘撞上了树木。"车驶离现场后,司机一边加速,一边对背后的佐野说:"轿车是经不起撞击的。车身轻,车头脆弱,一旦发生那样的事故就面目全非。"

佐野的脑海里掠过雷诺轿车的影子,不是刚才那辆停在事故现场的小轿车,而是停在案发现场附近的雷诺轿车。雷诺轿车与案件有没有直接关系,专案组还没有公布。他闭上眼睛思考,一到报社便径直走到编辑部部长室。

"今天情况怎么样?"编辑部副部长叫吉冈,粗壮的肩膀朝着佐野。

"一点都不配合我们!"佐野发牢骚说,接着像竹筒倒豆子似的说了一遍毕里艾神父把他俩赶出教会的情况。

"那有点过分。"吉冈听了以后说,脸上浮现出感到意外的神色,好像对神父撒谎也感到难以置信。

编辑部部长说:"教会神父那么说话也太不像话了。"

"我总觉得他说托鲁培库不是教会的人是撒谎。因为我们到那里的时候,凑巧发现藤泽警官在教堂周围监视。接下来,我看我们还是最好稍稍关注一下教会。"

"好!那教会好像很可疑。是啊,是啊,山口那里有消息,说是上次提到的 M 警署。"

曾经,佐野与山口在 M 警署附近见过久恒警官,那以后山口就一直在关注 M 警署。

"哎,情况怎么样?"

"那教会过去曾经从事过砂糖黑市交易,后来被 M 警署拦截了。那都是来自外国的救援物资,该教会却把它们据为己有,从事黑市交易。"

"嘿,竟有这种事情?"佐野第一次听说此事,不由得瞠目结舌。

"根据山口君的调查情况,当时教会让日本信徒承担罪名,神父们却逃避了法律制裁。鉴于那样的前科,久恒警官常去 M 警署也就是了解那情况吧?"

"嗯,看上去与本案有关。"

"佐野君,好像各报社都把注意力转向教会。"吉冈副部长从抽屉里取出烟,点燃后吐出一缕青烟。

"是真的?"佐野盯着部长看。

"最近不断传出关于教会的消息,我们不能马虎!各报社都被警视厅扔在一边,目前都是在同一起跑线上,因此,我们了解到的情况,其他报社肯定也了解到了。"

"是呵!"

"看来各报社的起跑线都一样。对方具有两大优势,一是外国人,二是宗教团体。一直走在前面的 Q 报社也变得不声不响,也就是害怕这两点。我觉得一旦出现转机,各报社都会一拥而上。从现在开始,拜托你别错过时机。"

"明白了。"听副部长这么一说,佐野眼睛变得炯炯有神了,士气大振,还暗自告诫自己,速度不能落后于其他报社记者。

佐野决定彻底调查古里艾鲁莫教堂,偶然与藤泽警官的侦查工作重心相同,就连方法也相同。首先从教会附近走访开始,打探雷诺轿车外出时经常驶往什么方向。

"警察上次来了解过了,询问内容跟你是一样的!"凡他走访的家庭都这么回答。

"是那个方向哟！"他们也像回答警官那样,用手指着东方回答。佐野失望了,但仍打起精神跟在警官身后调查相同内容,这样的侦查简直太平淡了。新闻记者出于功利之心,对于抢在警官前面报道侦查情况,兴趣格外浓厚。

最近,专案组与报社之间展开了竞争。

这带旱地多、树林多,新住宅之间夹杂着零星的旧农居住宅,完全是郊外风景。佐野不停地向那一带的肉店、食品店、烟店和加油站打听,那情景好像是寻找藤泽警官的侦查足迹,尽管多少有点厌烦,但顺着这条线路走访下去,确实打听到了教会雷诺轿车是径直沿这条国道朝东面方向行驶的,那前面是繁华街道,是朝着东京都的闹市方向。

佐野走访到这里感到困惑,与藤泽警官的困惑相同,接下来的走访不知如何进行,再说藤泽警官的走访足迹到了这一带后似乎不知去向了,无影无踪了。佐野在繁华街道一带走访,却没有人知道教会雷诺轿车的情况。也许这一带车辆特别多,分散了附近居民的注意力。根据分析,可以推断从教会驶出的雷诺轿车在途中拐入某岔路。这条乡村气息的国道两侧有好些狭小岔道,这些小路深处是幽静的住宅区。

佐野沿国道返回,因为是春末夏初,照射在头上的阳光特别强烈,走路时不停地出汗,但他还是不厌其烦地走访了所有小路。这一带住家都不是做买卖的,向他们了解情况很不容易,按响玄关门铃还要打招呼,既麻烦又费时间,但是再麻烦也必须彬彬有礼。

殊不知,意想不到的幸运之神竟然等待着他。田园里有一所学校,孩子们正在操场上做游戏,那斜对面是一条小路。小路转弯处有一身穿衬衫的青年,目不转睛地望着操场。佐野走过去向这个青年打听。

"你是问雷诺轿车吗？"他听了这样的提问回看了佐野一眼。

"是呵，听说古里艾鲁莫教堂的雷诺轿车经常在这条路上行驶,你见过吗？"

"教会的车常来这里！"青年直截了当地说。

"哦,肯定是这条路吗？"佐野不由得打量这条小路,两侧是用杉树和冬青树构成的围墙,是典型的住宅街,围墙一直向前延伸。

"沿这条山路朝里走,是去哪里呢？"佐野想到的是,教会轿车故意避开国道,从不显眼的小路迂回绕远路。

"这条路从旱地里经过,连接通往东京都闹市中心的道路。但是,教会车不是去那方向。"

"那是去哪里呢？"

"就前面！"青年手指的方向,是一住宅,"那是江原康子的住宅,教会雷诺车好多年前就一直进出那女人家。"

"车身颜色呢？"

"是豆沙色和蓝色。"

"车牌号呢？"

"让我想想。"

"蓝色车牌号也许是 R5—1184 吧？"佐野掏出笔记本看了记录以后提醒对方。

"是的,是那车牌号。"青年回忆后点点头。佐野心花怒放,终于了解清楚了蓝色雷诺车的去向了。但是为了核实青年的回答是否可靠,又问道:"那情况你怎么知道得那么清楚？"

"我就住在她家隔壁,怎么会不清楚呢！"佐野听他这么一说,简直无法抑制内心的喜悦。这消息已经肯定了,刹那间他呼吸急促起来:"那,那个江原康子是什么样的人?"

"她的真实身份我不是很清楚,听说好像是为古里艾鲁莫教堂工作。我们是她的邻居,就是现在也不清楚她到底是干什么的。"

"那么,她是信徒吗?"

"肯定是信徒!因为她常去教堂。"青年好像对江原康子没有什么好感。但是,如果那是信徒和神父之间的关系,那么,神父驾驶雷诺车走访信徒家并无奇怪可言。佐野想到这里有点失望了:"是长得什么模样的神父来江原家?"

"有许多神父。来得最多的,是毕里艾神父,几乎每天来一次,不是白天就是晚上。"

该青年是大学生,脸上浮现奇怪的微笑。佐野的不断询问,唤醒了他对考高中那段时间的回忆。记得每次晚上复习的时候,江原康子的家里就会传来奇妙的响声。

受到干扰的他无心复习,结果没能考上理想的高中。佐野再次听到毕里艾神父的名字后,顿时眼睛炯炯有神起来,那天毕里艾神父把自己赶出教会时的凶神恶煞的模样又清晰地浮现在眼前。

"托鲁培库神父也来吗?"佐野急急忙忙问。

"哎,好像来过许多神父呢!虽然名字叫不出,但其中也有年轻神父。最显眼的是毕里艾神父,好多年前就常来江原康子家。"

"来干什么呢?"

"是呵,据江原康子说是协助神父翻译《圣经》。但附近居民都认为江原康子不懂拉丁文。还有,她在这一带的口碑很差。总之,她是坏女人。"

"哎,都说她什么坏话呢?"

"说她是毕里艾的情妇,尽管别人这么说,但她也从来不当一回事,这说明江原康子是一个奇怪的女人！她的家里,绝对不让任何人进去！一直都是把来访的人挡在门外,隔着大门说话。门锁得严严实实,还饲养了四条牛犊那般大的牧羊犬看门。"

"江原康子是独身吗？"

"是的,是独身,有三十七八岁,总之是个怪女人。过去,还在附近邻居家串串门,现在谁都对她敬而远之。过去,她还干过外国货黑市买卖。"这回答让佐野猛然想到古里艾鲁莫教堂的黑市砂糖案。

"是砂糖吗？"

"不止是砂糖,还有衣服罐头等物品。"

"现在干什么？"

"现在好像安静多了。有人说她在银座开了一家金店,不知道是真还是假。总之,她那住宅像魔窟、像仓库,堆满了黑市交易的货物。"

"古里艾鲁莫教堂神父们经常去她的住宅吗？"

"嗯,经常去,在那里脱下圣装换上西装外出。这情况我们经常看到。"听到这里,佐野真想跳起来欢呼雀跃。

"警视厅的人来了解过这情况吗？"

"没有,一次也没来过。问我江原康子情况的,你是第一个。我也许说得有些偏激,但那住宅确实值得怀疑,我也就滔滔不绝都说了,但是请你不要对别人说。"

"明白了。"佐野也说起相同的话,一个劲地拜托他不要把这情况告诉其他报社记者。

由于大学生是江原康子的邻居,说的情况应该是可信的,但是凶杀案犯罪嫌疑人托鲁培库是否来过江原康子的家, 他的回答不是很确切。不过让佐野深信不疑的,一是古里艾鲁莫教堂一些神父来她家脱下圣装后换上西装出门;二是其中有托鲁培库神父。

该教堂有严格教规,神父外出不允许身着西装,无论什么情况外出必须身着黑色圣装,还必须两人结伴。信徒也是这样听说的,应该不会有错。其实,这样的情景佐野在大街上也常看到。

假设被害人世津子与神父之间有特别关系,不用说该神父绝不会身着圣装与她外出。与世津子一起进出菊鹤宾馆的男子,虽说警视厅还没有核实,但据说像美国人,身着漂亮西装。

佐野鼓起勇气,立即前往大学生说的江原康子的家。该住宅正面是冬青树等树组成的围墙,里面是茂密的树林。住宅外表看上去不像做买卖的,建筑外表是欧式风格,院门紧闭,门上没挂姓名牌。翻越过不高的院门,佐野大声朝屋里叫喊,可什么反应也没有,而激烈的犬叫声则在屋后响起。

佐野绕到旁边去,那里也有小门,茂盛的树林下面有连接着院门的小路。他站在那里打量住宅,可也是铁将军把门。他想,家里可能没人吧?于是又敞开嗓门叫喊起来,还毫不客气地敲门,而且不停地敲。

这时,住宅里的家犬也吼叫起来,虽看不见犬影,可吼声让他觉得这些家犬会冷不防从某个地方朝他身上扑来。

第七章　可疑的住宅

当晚,佐野又来到江原康子住宅,似乎觉得她知道空姐凶杀案的有关情况,见到她或许能得到一些破案的重要线索,无论如何想见她一面。晚上八点左右,他和山口一起去,特地把轿车停在大路上,然后沿小路步行。

"就是这里。"佐野敲门。

"家里有人吗?江原小姐,江原小姐。"喊声未落,犬开始吼叫起来。

"哎,这家养有猛犬!共有四条。"

"四条?是牧羊犬吗?"

"是的。"

"这吼声让人胆战心惊!我讨厌犬,遇上牧羊犬,我会晕头转向的!会咬人吧?"

"不知道。总之,一个女人饲养四条牧羊犬是不能小看的,不仅保护自己,屋里还一定藏有什么秘密。养这么多犬看门就是不打自招!"

"再喊一遍好吗?但是会引来讨厌的犬叫声。"

"别在乎犬叫声!家里多半有人?"

他俩异口同声地喊道:"江原小姐,江原小姐。"

"晚上好! 晚上好!"

他们不停地敲门,突然,又传来了犬叫声。接着,吼叫声停了,取而代之的是拖鞋走路的响声,随后出现人影,在朝外窥视。

"哪一位?"

"是江原小姐吗?"佐野松了一口气,"我们是 S 报社的记者,晚上登门拜访,对不起。"

"有什么事?"

"想跟你打听一件事,就占用你一点点时间。"

"我不知道你们想问什么,但声音别太大。"

"哎,对不起。你是江原小姐吗?"

她穿着木拖鞋朝他俩走来,当然是隔着门与他们对话,她算不上美女,还有点微胖。

"是的,什么事?"她的声音像男人。佐野不由得环视一眼周围,以为是其他男人在回答自己,心里感到不太舒服。

"呵,有点小事。其实,我们是为空姐世津子一案来打扰你的,就占用你一二十分钟时间可以吗?"这一回,佐野压低了嗓音。

"不可以! 现在是晚上,谢绝进屋。"她立刻拒绝。

"如果那样,在这里也行。"佐野慌张起来,如果硬缠着进屋就会鸡飞蛋打,再说江原康子好像神情很激动。

"什么事,请快说!"她粗暴地问。

"那,我们就站在这里问。江原小姐,你知道被害人世津子吗?"

"不知道!"

"可她是古里艾鲁莫教堂的信徒吧?! 你们都是信徒……"

"教堂信徒多得很,特别是那么多的年轻人,根本就记不住!"

"听说在信徒中间数江原小姐与神父接触最多,请问,你在教堂里做什么工作?"

"翻译《圣经》!目前还在翻译。"

"原来是这样。那是很辛苦的事情。再冒昧打听一件事,听说毕里艾神父常来你家。"

"嗯,来,他和我一起翻译《圣经》,需要商量时就来我家。那怎么啦?"

"哦,原来是这样,失礼了!可如果毕里艾神父来你家,其他神父当然也一定来你家吧?"

"嗯,都是工作联系,当然来。"

"其中,托鲁培库神父也来你家吗?"

"托鲁培库神父?是呵,有时候来。"

"原来是这样。请问,托鲁培库神父是什么样的人?"

"你们来这里要问什么?"江原康子反问。

"哎,你如果知道,希望你能告诉我们。"

"为什么?"

"情况是这样的。听说被害人世津子和托鲁培库神父之间的关系相当密切。是呵,这是在其他地方听到的。我想你也知道,眼下,警方一点也没有空姐凶杀案犯罪嫌疑人的线索。不是吗,我们记者也正在寻找。如果询问与被害人世津子熟悉的托鲁培库神父,我想是可以了解到世津子生前的情况。那是因为社会上从事空姐职业的人并不多,肯定有特殊印象。"

"你们如果是问这情况,可以去教堂直接面见托鲁培库神父不就行了?!这也是最直接的办法!"

"不,情况是这样的。我们去过教堂,但教会根本就不让我们见他,我们只好前来拜访最了解情况的信徒江原小姐。"

"我不知道! 首先,我不知道世津子是什么样的人,我也没和她说过话。"

"不知道世津子没关系,我们想知道的是托鲁培库神父。也就是说,在见到非常清楚世津子情况的托鲁培库神父之前,想先从你这儿了解一下他的情况。由于见他面不是很容易,只能打扰你了。如果他常来你这里,能否把你对托鲁培库神父的印象告诉我们。"

"是呵,他是一个老实人。"

"噢,还有呢?"

"就这些! 除了说他是个认真的神父外,其他没有什么可说的。"

"原来是这样。可是,托鲁培库和世津子之间真的很亲密吗?"

"是的。因为是神父和信徒之间的关系,不管谁与谁都很亲密。不过,请别误解! 那不是个人之间的亲密。毕里艾神父每天晚上来我家,那是为了合作翻译《圣经》,为上帝奉献。附近邻居不理解,戴着有色眼镜看我,真是荒唐透顶!"江原康子怒气冲冲地说。

"是呵,这世上的确有许多误解。"佐野圆滑地说,"所以,我们打算尽量做到真实报道, 想请你再详细说说托鲁培库和世津子的情况。"

"对不起,该说的我已经说了。"她拒绝道。

"那好,请问,托鲁培库神父和世津子两个人一起在教会外面的生活好吗?"

"荒唐! 他俩这绝对不可能。"

"可是,世津子作为空姐在伦敦培训期间,听说经常收到托鲁培库神父寄给她的信。"

"可能是信仰相同,托鲁培库神父才写信的吧?! 帮助信徒解除烦恼是神父的义务。"

"就这原因吗？"

"除此之外你觉得还有什么？你们这是胡乱猜测。"

"不，绝不是那回事。社会上有这样的传闻，我们只是核实它的真假而已。"

"你怎么老是说些小道消息呢！我讨厌社会上各种各样的闲话。不管这些爱管闲事的人信口开河说什么，我都不把它当作一回事，由他们说去，因为除此之外没其他办法。如果把那种闲话放在心上，我连一天也无法过下去，你说呢？生活困难的时候，有谁给过我一日元吗？会不会借一百日元给我？他们都尽挑好听的说。"不知为什么，她话锋一转突然变得心平气和起来，"一个人来到世上，也许会遇上根本意想不到的事情，自己也压根儿没想过的事情。无论什么样的境遇都会碰上。说三道四地议论别人，是不道德的行为。"这番话的真正意思，对当时的记者来说是无法明白的。过后佐野想起来，方知其中含义。

"请回吧！"她怒气冲冲地说，"不快点离开这里，我可就不好办了！家里有牧羊犬，我会命令它赶你们走。"

记者不由得朝后退却。

"这女人泼辣，不易对付。"佐野上车后对山口说，"她也算耶稣信徒？"

"什么呀，简直是恶女人！这住宅和这个女人都很可疑。"

"嗯，还真是这么回事！分析古里艾鲁莫教堂神父经常出入她家，非常可疑。"

"确实可疑，但从正面与她交涉已经没有意义了。像这样的女人，你根本就别想了解到什么情况，我看还是在附近调查吧？"

"那也好。但是附近居民可能也不了解实际情况,那青年不是说了吗,这女人是绝对不让外人进屋的,就像刚才见她时那样,居然也把我们堵在门口说话。"

"这么说,就像那大学生说的那样,屋里可能堆满了黑货?"

"教会与黑市之间如果是这样的关系,疑点可就大了。这幢住房里有那样的女中豪杰,再加上神父常去那里。哎!山口君,我考虑过了,那女人是知道托鲁培库神父情况的,无论如何得从她嘴里打听。"

"我也是这样想。哎,有一件比较有趣的事情。"

"什么事?"

"是有关藤泽警官的!我们找雷诺轿车的行踪,结果没能找到。藤泽警官也肯定找过,可以想象结果肯定也和我们一样吧!可幸运的是,我遇上那个大学生,还找到了江原康子的家。没想到颇有经验的藤泽警官,竟然还不知道江原康子的家在哪里。也许,他打退堂鼓了吧?

"有趣!藤泽警官大概在后悔呢!"

"是的,这一回我们比警方要高明许多,抓住了有价值的线索。我们要保密!绝对不能把江原康子住宅告诉给别人!从现在开始,我们有必要对那幢住宅实施监视。那里,也许是托鲁培库的藏身之处。"

"是的,很有可能。"

地面不怎么平整,虽说轿车在不时地摇晃,可两个记者显得很兴奋,今晚尽管没有直接收获,但找到江原康子住宅是不小的成绩。为了返回报社,这辆报社的采访车是沿大路朝东面行驶的,所以途中没有碰上从古里艾鲁莫教堂方向驶来的豆沙色雷诺轿车。如果采访车迟两三分钟离开江原康子的住宅,他俩也许能注意到那辆雷诺轿车。

这辆雷诺轿车是从大路驶入小路的,从两侧静悄悄的住宅中间经过后,像躲藏似的停在江原康子住宅旁边茂密的树林里,随后,身着黑色圣装的男子从车上下来。因为圣装是黑色的,适合在夜幕下行动。

犬刚吼叫,听到他的吼声后就停止了。他咚咚地敲门,这一回门内侧没有责备声,后门无声地开了,灯光从门缝泻出。朝灯光里走去的身影,是红光满面的毕里艾神父。

"快进屋!"

"怎么啦?"

"刚才记者来过了,你没有碰上?"

"记者?"毕里艾神父瞪大棕色眼睛,耸着肩膀,摊开双手,摇晃着脑袋,"来过这里了?畜生!"刹那间,他脸上露出怒气冲冲的表情,与在教会接待记者时相同。江原康子紧盯着毕里艾神父的脸。

"你对记者说我的情况了?"

"那怎么可能,我会说那样的情况吗?是那些家伙嗅出来的。"

毕里艾神父握紧拳头在空中挥舞,咬紧厚厚的嘴唇说:"原来是这样,那些家伙竟然嗅到这里来了。"

"哎,托鲁培库现在怎样啦?"江原康子冷冷的目光射向毕里艾神父。

"那家伙昨晚从大阪回来了!"毕里艾神父焦急地说。

毕里艾神父深夜返回教堂,当雷诺轿车驶入大门时他目光锐利地朝周围环视。车灯照射不到的地方好像有黑影晃动,敏捷地躲藏到隐蔽物背后。毕里艾神父将车驶入大门后停到车库里,沿宿舍里鸦雀无声的楼梯朝楼上走,这时已经凌晨一点多了。

走上楼梯发现走廊里站着一个人,他不由得吃了一惊,定睛一看,原来是一老年神父,因为气喘无法入睡而来到走廊上。他俩在黑暗走廊上行注目礼擦肩而过。患病神父步履蹒跚地走着,毕里艾神父看着他消失在他自己的宿舍里后,敲响了某宿舍的房门,随即从该房间里传出响声,从声音推测里面的神父似乎没睡。

"毕里艾神父。"房间里传出很轻的声音,随即传来开锁声,毕里艾神父一声不吭地走进房间,关上房门。宿舍主人正是托鲁培库,他慌慌张张地注视着毕里艾神父。

毕里艾神父随意地坐在椅子上。托鲁培库脸色苍白,眼睛里布满血丝,与过去帅气且充满活力的托鲁培库判若两人。此刻他坐立不安,就连望着毕里艾神父的视线也不停地晃动。

"托鲁培库,听说今晚有报社记者找到了江原康子家。"毕里艾神父喊他,托鲁培库害怕似的坐到他跟前。

"你在哪里听说的?不能放松警惕!"托鲁培库呻吟般地轻声问。

"当然是她说的。好像是接待了一会儿就赶他们走了。但是分析记者去江原康子住宅以及问话内容,报社好像已经走访了相当多的地方。"毕里艾神父板着脸说。

"糟糕!毕里艾神父,我该怎么办?我的一切都完了!"托鲁培库紧张得快要从椅子上跌下来,身体前倾。

"你最好镇静点!记者也来过我这里问了许多情况,我把他们吓回去了。报社来访也比较容易对付,难以对付的是日本警方。"

"日本警方对我的情况掌握到什么程度?"托鲁培库提心吊胆地问,毕里艾神父不客气地打量了他一番说:"有人偷偷告诉我说,你作为空姐凶杀案的犯罪嫌疑人正遭到通缉。"

"啊!"年轻神父禁不住叫出了声,额头上冒出豆大的汗珠。

"你去大阪戈鲁基神父那里,警方以为你逃走了,十分紧张,担心你逃到境外,于是好像是把通缉令送到机场出入境管理部门。不仅如此,可恶的是电视台也播放了通缉内容。"

托鲁培库又呻吟起来,整个身体再也无法坐在椅子上了,跪在地上向上帝祈祷,不停地颤抖:"毕里艾神父,我怎么办? 这样下去我迟早会完蛋的,可怕!"

"镇静,托鲁培库。"他拍了拍托鲁培库的肩膀说,"你这么害怕怎么行? 别惊慌失措,快打起精神来!"

"可是……"

"对你说话的不是其他人,而是我。你最好放下心,好吗? 托鲁培库。这件事不仅是你的问题,如果你万一出现什么情况,将意味着本教会,不,将意味着整个巴奇里奥教会走向崩溃。这么多年来我们全力以赴传教,终于在日本生根发芽。花费如此多时间,是因为日本属于劣等国家,所以我们才如此含辛茹苦。如果发生在你身上的这件事情,朝着不利于教会的方向发展,我们付出的巨大努力就会顷刻化为泡影。尽管非常糟糕,但已经不只是你的问题,是涉及整个巴奇里奥教会生死攸关的问题……"

"毕里艾神父,可怕!"托鲁培库耸了耸肩,痛苦得直打哆嗦,嘴里不停祷告,手在胸前画着十字。

"见到分会长了吗?"

"见到了。我从大阪一回来就立刻去拜见了分会长。"

"戈鲁基神父提出的条件都传达了吗?"

"传达了,分会长也很担心。"

"大家都在担心这件事。但是我已经分析过了,结果不会怎么样。我认识日本政治家和政府官员,他们都是我们教会的信徒,这股力量非常强大。无论警方怎么挣扎,他们这些人最后还是会鼎力相助的。

"托鲁培库,你必须在相当长一段时间里闭门不出,连做弥撒也不能参加。你这般惊慌失措的神色让人看到后反而会引起猜疑,明白我说的意思吗? 就待在这里别动! "

"是,毕里艾神父。"

托鲁培库还是像惊弓之鸟,不放心地问:"毕里艾神父,如果警方详细调查,我怎么办? "

"调查什么? "毕里艾神父反问。

"我想警方在调查我和世津子之间的关系。"

"那你就站在神父与信徒的立场上解释不就行了。"

"不,我是说那情况,是说那天晚上我有作案时间。警方可能兜圈子问许多情况,渐渐地就会判断出我中途离开过神父晋级庆祝会,并且从傍晚就消失了。我该怎么解释才行? "

毕里艾神父在房间里走来走去,手放在背后,表情严肃。

"找一个目击证人。"

"你是说目击证人? "

"是的,找一个目击者。警方调查你是否有作案时间,这需要取得第三者的证词。我来帮你找目击证人,信徒是站在我们这边的,这关系固若金汤,为了信仰,大家都会联合起来抵御警方的调查。听明白了吗?

"托鲁培库,大家都会证明你没有作案时间,你根本就用不着忐忑不安。再说那也不是一两个人,所有信徒都会站在我们这边为我们说话，几十人，甚至几百人都会异口同声为我们说话。

"最终，警方也只能无可奈何花落去。是呵，这么一来，就必须十分精确地设计你没有作案的时间，以及在什么地方做什么。放心吧，这些都包在我身上。为做到设计万无一失，我要统一信徒的证词。"

"但是，毕里艾神父，日本的刑事侦查警察是很优秀的，我不知道该怎么对付他们，心里没底。"

"你的神经简直犹如细钢丝。警察不管说什么你都别在乎，只要守口如瓶，我刚才已经说过，我能保证你平安。"

毕里艾神父胸有成竹地说："我在日本上层有许多朋友，那些高官夫人都信奉我们教会，她们还很信任我。只要我托她们办的事，大多平安无事。警察再怎么缠着不放，只要有高层命令，他们也就支撑不了啦！日本警方在高层面前是极其脆弱、不堪一击的。你明白了吗？"

"是！"

毕里艾神父尽管一再安慰和鼓励托鲁培库，但他还是心神不定。

"既然报社记者找到了江原康子住宅，报社会不会报道？"

"是呵！你也知道江原康子是怎样的女人，她什么也不会说的，只是居住地被记者发现而已。这倒是一件棘手的事情。"毕里艾神父皱着眉头摊开双手，"日本的记者真讨厌！他们总是在教会门前转来转去的。但是，我们和日本人不一样，有特殊身份，因此他们不得不慎重。这件事如果换作日本人是犯罪嫌疑人，按理说报社早就竞相报道了。根据报社还保持沉默的情况分析，已经知道我们的特殊身份，害怕惹来麻烦。"

"如果报社不顾一切报道，那怎么办？日本报社未必像警方那样对待我们。"

"你是说报道没有证据的新闻吗？托鲁培库，如果记者根据捕风捉影的想象进行报道，我们可以提出严厉抗议。我们教会已经习惯于遭受迫害，说得确切点，我们教会的历史是遭受迫害的历史。万一被报道了，我们会像猛兽那样扑上去斗争。

"放心吧！不仅我们教会，万不得已的时候，我们教会所有人都会站起来的。因为我们身后有强大的美国，让他们感到头痛脑涨，不敢越雷池一步，就连日本政府也必须根据我们的态度做出让步！"毕里艾神父劝说的话不怎么多，但似乎已经让他定下神来。托鲁培库脸上出现了稍稍放心的神情。

"晚安。"毕里艾神父站起来，觉得太晚了，也觉得这样劝说后可以让他上床睡觉了。

"毕里艾神父，太感谢你了！"托鲁培库用忧愁的眼神望着毕里艾神父慈祥的微笑。

"别担心，因为你什么都没有做。"

毕里艾神父离开房间时，托鲁培库忽然在背后小声喊道："神父，那个人现在怎样啦？"

毕里艾神父立刻理解了他说的"那个人"的意思："他也在担心，从那天开始一直在跟我保持联系。他精明强干，出了许多主意。"

"我可以去他那里吗？"

毕里艾神父耸了一下肩膀说："你在说什么呀！我刚才不是告诉你了吗！这么紧张的时候你却满不在乎，你出去试试看！被人发现后会造成什么样的后果。你知不知道现在自己是什么处境？你给我好好地考虑一下！你的周围都是日本警察的眼睛，只要走出教会一步，警察就会像影子那样在身后紧紧粘住你。"毕里艾神父的语气突然严厉起来。

托鲁培库叹了一口气说:"那个人怎么说?"

"说什么废话!总之,你目前什么也别想,一直给我待在这里,连头也别探出窗外,别被外面的任何人看见。我会帮你化险为夷的,你只需按我说的做就行了。托鲁培库。"

"明白了。"

"……"

"可是,毕里艾神父,可以再提一个问题吗?"

"什么问题?"

"冈村现在怎样啦?"

"他那里的事,冈村本人已经处理完毕。"

"那幢住宅已经不是他的了。"

"……"

"世津子曾生活了两天的住宅已经不是冈村的了,已经搬走了。真不愧是冈村!这家伙办事干净利落。"毕里艾神父伸出手,托鲁培库死死握住那只手,一直充满朝气的脸上此刻变成了土色。

佐野躺在床上看晨报。他订阅了三份报纸,一份是他自己所属的 S 报,另两份是竞争对手的报纸。早晨七点,佐野一定会按时睁开眼睛,不通读一遍晨报接下来就睡不着。从进报社开始,他就一直在社会部工作,养成了看报时先看社会版面的习惯,核实自家报纸上是否漏掉重大新闻,即便没有漏掉,也要看在文字处理上是否有疏忽的地方。

他一直把这些放在心上,一旦核实没有上述问题后才放下心来,接着随便地翻阅政治版面和经济版面,看着看着又睡过去,进入梦乡。

他曾经在地方记者站工作过,由于记者人数多,如果漏报了重大新闻则责任重大。最近,虽然各报社间有协定,可如果有重大新闻,都还是争先恐后地抢着报道,致使那些灵敏度和报道速度差一点的报社陷入困境。无论睡得多迟,只要晨报扔入玄关报箱时发出响声,他一定会睁开眼睛。

那天早晨,佐野有一种预感。他先翻开 R 报纸,五行字大小的标题猛地跃入他的眼帘:

"空姐凶杀案,外国神父有重大嫌疑。"

好极啦!该消息犹如汹涌的波涛在脑海里翻滚。佐野趴在床上,为了镇定自己,取出放在枕边的香烟,然而兴奋得打火机怎么也无法打燃。

"好极了!"的感觉,是因为有过"也许"的预感。各报社都在追踪报道空姐被害案,从电视屏幕上亮出犯罪嫌疑人是古里艾鲁莫教堂神父那天开始,都对该教会展开秘密侦查。

但是,秘密侦查的内容没有立即报道。如果对象换作日本人,无疑早就见报了。可犯罪嫌疑人不易对付,既是外国人,又是特殊宗教团体,不能随便报道。是呵,就是写好送到编辑部部长那里也还是会被打入冷宫。佐野所在的报社就是这样。社会部长们的意见是,遇上这类消息最好是慎重对待。

警视厅专案组虽觉得该教会可疑,但还没有确凿证据,因此媒体没有确凿证据就没有勇气报道,遇上了从未有过的尴尬。警方避开记者视线展开侦查,都是因为对象是教会。

也正是那样的原因,媒体难以报道。各报社的社会版面上只字不提该案与古里艾鲁莫教堂有关,都胆小如鼠。唯独 R 报社自电视台报道以来非常活跃,佐野有过担心,曾对编辑部部长说过,R 报社有可能抢先报道什么新闻,可被领导们轻描淡写地给顶了回来,说什么 R 报社与我们的想法相同。

佐野的眼睛时而睁开时而闭上,勉强地看着报上的印刷字。报道说,空姐凶杀案,某教会与空姐生前关系密切的外国神父是重要参考人,已经进入警方的侦查视野。可是,该报道写得过长。但不管怎么说,这是重大报道。佐野赶紧翻开别的报纸的社会版面,这方面的报道一点也没有。

"好极了!"他心里又在这么说。看了那篇报道,R 报社的用意是很明显的,是在放观测气球。不用说,那是计谋:一、以此观察警方的反应;二、甩开其他报纸,掌握主动权。尽管内容软弱无力,可那么大的标题确实引人注目。

佐野打了一个冷战。报社是委托佐野报道空姐凶杀案的,尽管 R 报社以上述形式抢先报道了,但是自己并没有受到上司什么责怪。尽管那样,被抢先报道的糟糕滋味怎么也找不到自慰的办法。对于编辑部上司们的怯懦,佐野感到惋惜。

平日里,佐野看完报纸后会接着躺下去睡,可今天睡意全然消失了。妻子正在准备早餐,打量他一眼,惊讶地问:"怎么啦?"

佐野没有回答就从玄关出去了。

外面笼罩着白色晨雾,周围的住宅还是大门紧闭,佐野跑了大约五十米来到公共电话亭,给社会部部长家挂电话。

"看了今天 R 报社的晨报了吗?我已经忍耐不住了,我现在就去藤泽警官家。"佐野挂断电话后立即去目黑藤泽警官的家,只见他正在刷牙。

"早上好！"佐野说。藤泽警官嘴里尽是牙膏泡沫说不出话来，还是微笑着示意。

"我凑巧有事要办，可觉得太早，就顺便来你这里了。"藤泽警官嘴里叼着牙刷，用手示意他进屋，幸亏其他报社没有人来。佐野来到狭窄的榻榻米客厅，藤泽夫人递上茶便出去了，与一边擦脸一边进来的藤泽警官擦肩而过。

"你来得太早了。"

"我刚才说了，顺便到你这里来是为了散心的。"

"你心情不愉快？"

"看了今天 R 报社的晨报了吗？"

"看了哟！"

"有点过分！警视厅对 R 报社一定是无微不至地关怀。"

"别瞎说！"藤泽警官说，"不可能有特别待遇。"

"当然，那是因为 R 报社充满自信才刊登报道的。不过，我认为其中肯定有什么原因。"

"别胡乱猜疑！是他们自己报道的，我们不知道。"

"他们说的外国神父可能是古里艾鲁莫教堂的吧？"

"这个吗，还是去问 R 报社吧，答案来得比我快！"

"是不是刚起床情绪不佳？藤泽警官也装起了糊涂。"佐野注视着对方脸上的表情。

"专案组在彻底调查古里艾鲁莫教堂，这情况不管哪家报社都清楚。目前没有报道，是因为觉得再过一段时间也许报道的内容会更加精彩。R 报社自以为是地抢先报道，使我们失去了立足点，如果就这样回报社，肯定得挨编辑部领导的痛斥。"

"哎，哎，你一大清早就来这里发牢骚，多半是为乱七八糟的报道而恼火吧?!"

"我不认为它乱七八糟,而是觉得这篇报道非常实在。藤泽警官多半是在寻找古里艾鲁莫教堂的雷诺轿车。"

"为什么?"

"你这个人真讨厌,还在装糊涂。我也是干这一行的,了解到你确实是在寻找教会的雷诺轿车,所以大家跟着藤泽警官追踪那辆车。"

"那真是太辛苦大家了!"

"哎,这是真的,确实辛苦! 我在那一带地毯式地调查走访,终于找到了目的地。"

"什么?"藤泽警官目瞪口呆。

"那是一幢戒备森严的住宅! 家犬的吼声吵闹得我无法和主人正常交谈。"

"……"

"据那儿的邻居说,院子里经常停有教会的雷诺轿车。为此,我特地去过那里了,确实是那情况。院子里有茂密树林,树林里那块空地好像是专门停车的,地面上有清晰的车轮印痕。"

佐野从正面看着藤泽警官的脸说。只见对方脸上的表情在渐渐发生变化,虽说嘴里叼着烟,看样子很想问佐野一些什么,可又极力克制着。

"我向邻居打听了许多情况! 他们告诉我说,古里艾鲁莫教堂的神父每晚去那幢住宅脱下黑色长袍圣装,换上西装外出。我觉得这消息太好了。"此刻,佐野觉得心情舒畅极了,那是因为藤泽警官脸色苍白,手指颤抖。

"在,在哪里?"这情况警视厅原本不知道,藤泽警官的逼人目光直愣愣地朝着佐野。

"那个,藤泽警官,你还不知道吗?"佐野故意逗他着急。

"喂,告诉我!那住宅到底在哪里?"

佐野的脑海里开始了电脑般的计算。不管哪家报社的新闻记者,都用新的发现与警视厅的保密内容交换。

"吃惊了吧!我还以为警视厅对这情况掌握得一清二楚呢!"

"我向你认输了哟!佐野君,告诉我,那住宅在哪里?"藤泽警官急得直朝佐野鞠躬。

"希望你别这样。警视厅如果真的不知道,我当然乐意告诉你,协助你们侦查。"

"是吗!谢谢!"藤泽警官的肩膀随呼吸起伏。

"但是呢,藤泽警官,这是有条件的!我这么说,相信你明白我说的意思。为了找到那幢住宅,我费了九牛二虎之力。"

"是的。"藤泽警官闭上眼睛。闭上眼睛,是在思考应不应该进行这笔交易,或许在思考作为回报应该向记者提供什么。

佐野下车后朝 O 车站方向走去,藤泽警官作为回报提供给他出售香蕈罐头的店铺。自从案件见报以来,从被害空姐的胃里找到的香蕈成了各报社想打探的主要内容,几乎所有人都认为这是破案关键的一步。世津子被软禁两天,如果能找到出售香蕈给她吃的店铺,就能找到她被害前晚上居住的地方。关于香蕈罐头,警视厅压根儿没有对社会公布过,是否能找到出售香蕈的店铺,目前还是未知数。

其实,警方一直在避开记者的视线进行秘密寻找。香蕈罐头是高价商品,去批发商店打听,才知全部批发给了东京都内的店铺。记者对店铺进行了地毯式的走访,没有发现任何线索。只要把这种香蕈作为配料,烹调出来的无疑是相当高级的中国菜。由于该香蕈是作为配料烹调中国菜的,因而当初的调查重点指向高级中国餐馆,特别是把外国人常去的餐馆作为重点调查对象。

但是后来调查得知的情况稍稍不同,香蕈不是被切成薄片而是切成厚片,不像是厨师切的而像是外行切的。由此进一步推断,该香蕈不是餐馆做的,而是普通家庭做的。为了打听到香蕈售出的地方,各报社特别组织了采访组继续调查。

作为交换条件,藤泽警官向佐野说出那家出售香蕈的店铺。佐野听后欣喜若狂。

大清早到达中央线 O 车站,正值上班高峰,车站广场上拥挤不堪,然而从车站广场走进小巷里的贸易市场,那里却是闹市中的"世外桃源"。虽说所有店铺都已经为当天营业做了充分准备,可顾客三三两两的,门可罗雀。铺面贸易市场里的店铺相互紧挨着,面积狭窄。

佐野径直走访了"泉屋"店,那是家铺面狭长的食品店,门口摆满了罐头和玻璃瓶,琳琅满目。佐野朝那里瞥了一眼,断定那就是出售香蕈罐头的店铺。贴外国商标的罐头,比日本罐头多许多。店铺里的一男一女正在整理商品。

"早上好!"佐野站在店门口说。不跟营业员打招呼,会被当作客人接待。女营业员转过脸来,似乎以为来者是保险公司的推销员,也不低头行礼,冷冰冰地打量他。

"我是报社记者。"佐野递上名片,于是正在堆垒罐头的中年男子停下手,走过来看了一眼名片。

"我从警视厅来这里了解情况,我想你们大概知道,是为香蕈罐头来的。"

"噢,原来为这事。"这两人面面相觑,眼神里好像有什么顾虑。

"警视厅说贵店在四月三日那天出售了两听香蕈罐头,那是真的吗?"佐野问。这时,两人的脸上浮现出犹豫的神色来。

"哎,有人要我们别告诉任何人。"男营业员尽管感到为难,可脸上还是笑嘻嘻的。

"那情况我们清楚,但我想你们知道,我们正在全力以赴地寻找空姐凶杀案的凶手。眼下,香蕈罐头是重要线索,请无论如何协助我们好吗?"

"是呵,唉,你好不容易来到这里,我就告诉你吧!"他看上去像这家店铺的男店主,虽说被告知要守口如瓶,但从他脸上的表情来看,还是很想把这事说出来。

"衷心感谢!"佐野弯腰鞠躬。

"那天卖掉两听香蕈罐头的,肯定是四月三日傍晚吗?"

"嗯,那是肯定的。因为香蕈罐头的价格贵,一般不是那么能卖掉的,而那天来买的客人由于一下子买了两个,所以印象特别深刻。"

"买罐头的顾客长什么模样?"

"嗯,看上去三十多岁,是女的,不太像常来我们这里购物的顾客。"

"那么,不是贵店的常客?"

"哎,我觉得是初次来购物的客人。"女营业员替店主回答。

"见一面后也能自然记住,那种打扮的顾客从没有见过。"

"穿什么样的服装?"

"穿的都是高级面料的服装。如果购物都穿那么高档的服装,我想她的家庭应该是相当富有的。"

穿平时服装来市场购物的,不大像是从远地来的顾客。看来,那女人应该是住在 O 车站周围一带的。世津子被害前两天里,不像被软禁在宾馆里,而像是被软禁在 O 车站附近的普通家庭里。佐野离开市场,陷入沉思。

那天早晨,古里艾鲁莫教堂发生了重要事情。从早晨开始,教堂前面的院子里就停满了插有漂亮社旗的采访车。从车上跳下的记者们径直朝教堂走去,他们旁边跟着背着大型照相机的摄影师。

"我们想拜见托鲁培库神父。"

"对不起,我们教会里没有你们说的神父。"

"不可能没有,我们打听到他确实属于你们教会的,这才来采访的。"

"没有这个人。"

"不可能,请他出来。"

争执到最后,记者们几乎是被神父们推出门外的。但是受到这种待遇的记者们不可能返回报社,依然毫不在乎地聚集于教堂门前。

今天早晨,R 报纸上突然放出"外国神父是空姐凶杀案犯罪嫌疑人"的"观测气球"后,所有报社蜂拥而至,赶来采访。

警视厅将古里艾鲁莫教堂的托鲁培库神父列为重要调查对象的侦查方向,各报社也朦朦胧胧地察觉到了,但都缺乏报道勇气。当 R 晨报报道后,各报社一夜间像睡醒似的脑袋清醒并且兴奋起来,记者们不相信教会"我们这里没有托鲁培库神父"的回答。

然而再怎么争执,堵在门口的高个神父还是只重复那句话。据说该神父能说一口流利的日语,但他在这种场合似乎不愿意详细解释。尽管记者们连珠炮似的询问,主任神父毕里艾依然装聋作哑。他旁边的日本雇员是一边看神父的脸色，一边代他辩解。

太不像话了！记者们迫不及待，犹如热锅上的蚂蚁。这样的问答太费时，不过最终暴跳如雷的是教会。他们对记者的询问不理不睬，将记者们关在门外，还气势汹汹地说，如果再缠在这里不离开，就打电话让警察来驱赶。

记者们退却后还是不甘心，极不情愿地留在前院里，并打算如果出现什么情况再闯进去。那种被 R 报社抢先的懊悔，像燃烧的火焰激起了聚集在这里的记者们的斗志。各报社驶来的十多辆采访车如同装甲车排列，三十多个记者围在教堂正面，非常壮观。周围居民也许觉得发生什么了，纷纷走出家门看热闹。

这时，发生了第二件事情。教堂是二层楼建筑，突然一扇窗向外推开，出现两个身着黑色长袍的神父。他们从窗口探出上身眺望聚集在门口的记者，但这不是神父把上帝的祝福赐于民众的宗教仪式。其中一神父架起较大型的照相机从上面拍摄，还传出吼叫声："浑蛋！"

记者们起初以为有什么新情况，都注视着窗户，当明白正在遭到教堂照相机偷拍后都感到愕然，刹那间明白了教会的用意：教会拍摄聚集在门口的记者，是企图收集诬陷记者聚众闹事的证据。另一神父不停地用手指指示拍摄的方向。接着，他们又使用广角镜，把每个记者的脸清晰地拍摄下来。片刻后，他俩离开了窗口。记者们不由得你看看我，我看看你。

两神父出现在门口的时候，记者们误以为是来对他们说什么，其中一急性子记者鞠躬后朝他们身边走去，笑嘻嘻地询问。在重复与一开始遭到拒绝的同样问题后，高个神父毕里艾态度与刚才截然相反，微笑着伸出手对记者说："给我一张你的名片！"

该记者赶紧从口袋里取出名片递上，还以为神父们答应接受采访。其他报社记者见状也迅速围了上去。大家以神父为中心围成扇形，性急的记者取出纸和笔准备记录。

　　"给我一张你的名片。"神父一个个要他们的名片，脸上表情依然是笑嘻嘻的。

　　"神父，托鲁培库神父呢……"

　　等得不耐烦的开始提问了，可高个神父仅仅是继续微笑，没有回答，仍然一个劲地要求记者递给他名片。很快，神父的大手掌上堆积了一叠名片。等候在毕里艾神父后边的男子抓住记者递名片的瞬间，用照相机拍下该记者的脸。

　　记者们吃了一惊，名片与自己的脸同时被照相机拍了下来。很显然，他俩是在收集记者们无礼采访的"证据"。

　　还有一件事，是在记者们没有察觉的情况下发生的。其他神父在各报社采访车之间仔细地转来转去，把车牌号记录在笔记本上。记者们顿时呆若木鸡，来教会采访，没想到反遭教会采访。像这样的经历从未有过，记者中间有天不怕地不怕的人，可现在也是瞠目结舌地站着发愣。

　　"你们要干什么？"终于有人气愤地叫嚷。但是，这时几乎所有记者的名片都已经交给教会，所有"肖像"也都已经被拍摄进他们的照相机里。毕里艾神父等到这些反采访作业完成后朝后退了几步，然后按顺序再次看了一遍每一张脸，接着朝空中挥舞握紧的拳头，用流畅的日语说："我要起诉你们！你们这些恶魔给我滚回去！你们的姓名和脸我都记录下了，随时可以作为证据向法庭出示，让你们接受宗教判决，把你们这些人一一押解到我国接受审判。快回去！要是再不走，我就打电话让警视厅拘留你们。我国的外交部门也会找警视厅交涉,把你们送入大牢。"

他每次挥舞拳头,脑袋上的棕色头发便跟着摇晃,红光满面的脸活脱儿一个西洋恶魔。新闻记者们都觉得被教会耍了,不仅被拍了照片,还被拿走了名片。他们与日本的被采访对象不同,是可恶的外国人,是有特殊身份的宗教团体。这种差距,让记者们无意中感到自卑。

西洋恶魔们气势汹汹地朝教堂走去,记者们也纷纷钻入车内。记者们明白了,与他们显然是无法较量的。采访车一辆跟着一辆驶离了教会,顷刻间,前院里变得空空荡荡的,只留下记者对神父们的评价:"撒谎的神父,你们撒谎难道不感到羞耻吗?居然说你们教会里没有托鲁培库!你们这些伪君子!"

毕里艾神父敲响分会长办公室的门,分会长背对着他站在窗前,双手背在后腰,悠闲自得地眺望窗外景色。

"那些讨厌的记者走了吗?"

"走了。"

"如果再来……就用刚才的方法赶他们走。也可以根据事态发展,正式考虑把收集来的证据作为起诉理由,把他们告上宗教法庭。"马鲁旦分会长一只手夹在胳肢窝里,另一只手抚摸自己的脸。

这时,佐野正摊开东京都西北区域的地图,先用红笔在 O 车站上标记号,接着在古里艾鲁莫教堂所在位置上标记号。从 O 车站到北面大约是两公里,道路四通八达。其次在江原康子家所在位置标记号,最后是在世津子尸体发现地点——玄伯寺河现场标记号。

如此一来,古里艾鲁莫教堂、江原康子住宅、O 车站和玄伯寺河的现场位置基本上是一条直线,再标出神校位置,然后从南到北用直线把这些位置连在一起。标出 O 车站位置,是因为那里有出售香荤罐头的店铺。

佐野一听说购买罐头的是女顾客，眼前便跳出江原康子的模样，可当把她的长相告诉店主后，才知年龄和特征都不同。最重要的是，世津子从四月二日下午三点左右（解剖医生推断的死亡时间)出门到四月三日晚上十点和次日凌晨一点的时间段里,是在哪里度过的。

在该时间段里,被害人既没有跟任何人联系,也没有见过她的目击证人。很显然,她遭到了托鲁培库的软禁。其决定性证据,是她死前食用过的罐头香荤。假设那不是中国餐馆里的,那就一定是在软禁地点食用的。

佐野一边看着地图,一边绞尽脑汁地寻找可能被软禁的位置。如果目击证人提供的情况是正确的,那么,那辆可疑的雷诺轿车是停在八幡桥边,车身是朝着 O 车站方向的。由此可见,车不是从 O 车站附近,而是从相反方向驶往玄伯寺河现场,是去 O 车站的途中。难道犯罪嫌疑人那么熟悉这条路?! 但这是一条近路。虽说偶尔也有巴士经过,但是出租车并不怎么频繁地在这条路上行驶。

假设托鲁培库是犯罪嫌疑人,有可能经常驾车在这条路上来往。

佐野根据雷诺车车头朝着 O 车站方向, 推测案发现场与神校连接的途中是世津子遭软禁的场所。这中间地带也是东京郊区最边缘的地方,那里的田地比住宅还要多,住宅也是最近新开发的,属于偏僻的住宅区域。假设是在这里监禁世津子,可谓最佳场所。

可是,那两听香荤罐头是 O 车站附近市场出售的。虽不清楚该香荤与世津子体内找到的香荤究竟是否一致, 但他还是把它假定为相同的香荤,根据这条线索推测软禁场所。玄伯寺河现场与神校之间的距离确实不是很近。据出售香荤罐头的店主说,女顾客身着平时服装,确实像居住在附近一带的居民。如果不是错觉,也不是故意伪装,那么可以推测世津子被软禁的地方距离 O 车站很近。

如果真是这样,把软禁地假设在玄伯寺河案发现场与神校的中间,应该说是不客观的。

江原康子的住宅附近虽有食品店,但不出售高档食品罐头。如果购物,那么最好还是去 O 车站附近的贸易市场。该市场与 O 车站南面的玄伯寺河案发现场之间,多半也不能假设有软禁场所。

虽说这一带也有食品店,但如果想购买稍稀罕一点的食品,必须去 O 车站附近那家市场。佐野从 O 车站南边出口步行片刻,发现那一带聚集了相当多的住宅。

古里艾鲁莫教堂	江原康子住宅
玄伯寺河	O 车站
原公爵 K 别宅	八幡神社
雷诺轿车	M 车站
世津子寄宿地	

住宅周围是长长的围墙,住宅和四周的围墙之间是黑压压的树林。一路上难以看见隐蔽在围墙和树林里面的住宅。佐野一边看地图一边一幢住宅一幢住宅地走访,打算找到有软禁嫌疑的住宅,然而没有明确线索,难度不小,但他还是想试试,因为这是有侦查价值的走访工作。

佐野买了 O 车站一带的详细地图,摊开后仔细琢磨。疑点是 O 车站南出口和 S 道路之间的住宅区域,被害人世津子的遇害现场在 S 道路偏北五百米左右的地方。案发现场玄伯寺河是在住宅区的边缘。原公爵 K 的另一幢住宅,是在该住宅区边缘。

佐野是以这幢原公爵住宅为基准进行推测的,可是这一带由于二战时期遭到战火,还是保留着原来旧住宅区的状态。该住宅区里面有许多住宅,假设犯罪嫌疑人把世津子软禁在那里,是最不易察觉的地方。

佐野带着地图在那里行走了一天,尽管到案发现场后又重新思考方法,可是这一带像城堡,住宅的围墙和住宅里的树林犹如铜墙铁壁,要想打听情况困难很大。

商业区在O车站的南出口一带,而住宅区里几乎没有商店。向经过那里的行人打听,可大多不知道附近情况,即便住在附近,也往往对邻居住宅里的情况一无所知。佐野琢磨:既然是地下活动窝点,首先可以推断不可能是一开始就住进来的老住户,其次可以推断他们没有固定职业。

他根据该推断一边观察一边行走,自然而然地觉得所有住宅外表都适合软禁世津子。因为住宅里就是发出稍大一点的响声似乎也不会传到路上,尤其晚上冷清得几乎没有行人。

佐野在连接该住宅区的商业街上,态度友好地逐一向食品店、菜场、鱼店和肉店打听。由于提问不能太露骨,且又必须抓住要领,确实不是一件易事。但是没有从任何一家商店得到明确线索。

世津子被软禁两天,该住户应增加了两天份额的食品。但仅增加两天食品在外表上不是很显眼的。

佐野思考着美味的菜肴,闯入一家醋饭卷饮食店。尽管肚子不饿,却一边往嘴里塞饭团一边问店主案发那天是否去附近住户送过醋饭卷。这家醋饭卷饮食店经常外卖?对附近住户情况了如指掌。但是,佐野也没从该店主那里得到满意的回答。

如果店主每天送醋饭卷上门,并且连续几十天去相同住户送醋饭卷,那才可能清楚住户家情况。可短短的两天时间太不起眼,店主对这样的提问只能歪着脑袋苦苦思索。像这样的模糊提问不得要领,再说也已经过去相当长的时间,况且世津子每天吃的也未必是醋饭卷。

针对在中国菜里使用香荤烹调的特征,佐野也走访了商业街上的中国餐馆,然而结果同样是一无所获,他渐渐地绝望了。这时眼前出现了营业面积相当大的花店,好几座玻璃暖房在阳光下发光。

他站在栅栏边朝里窥探,美丽的鲜花在透明的暖房里五彩缤纷。佐野找到正在暖房里忙碌的中年男店主问:"你经营这家花店已经有相当时间了吧?"

"是的,我的花店在这里还没有建住宅前就开张了,已经有十四五年的时间了。"

"你在这附近大概有相当数量的老主顾吧?"

"是的,这里是高级住宅区,老主顾很多。我不仅卖花,由于有委托我种植蔷薇和培植鳞茎的住户,因此还要定期上门施肥、锄草和修枝等。"

"哦,原来是这样。"佐野点点头,"那,这么多的住宅里大都有人住,大多都在这里过日子吧?但是,可能也有搬进搬出的情况吧?"

"嗯,那好像没有,因为都是以前就住在这里的。应该说,基本上没有你说的那种情况。"

"那么,像这种情况是不是有呢?比如委托你上门种植和施肥的住户,可那不是什么老主顾,有传闻说是很奇怪的住户。请问,这情况有没有?"

"很奇怪的住户?"

"也就是说,不知道那住宅里的人在干什么。是呵,表面看没什么特殊,职业又说不准。有这样的住户吗?"

"那没有,都是些规矩人家。"店主立刻回答。

店主蹲在地上摆弄蔷薇蔓,佐野站在边上望着,没有线索,斗志也随之消沉。

"你到底打听什么?"店主一边弯腰摆弄着花一边问。

"是找人。我想他就住这一带,可总觉得云里雾里的,不知道如何是好。"

"你刚才是问职业说不准的人吧?"他背朝着佐野问。

"是的,可以这样推断。但我想,外表看上去多半是有工作的人。"

佐野想说说空姐凶杀案的情况, 可又把它吞进了肚子里。其实,开门见山无疑更容易让对方明白。但是考虑到暴露后可能产生的负面效应,于是没有说。

如果日后,对方说出报社记者来了解过这种情况,未必不传到其他报社记者的耳朵里。眼下把目标锁定附近住户的就他佐野一个,绝不能让其他报社记者知道。

"这一带都是来历清楚的住户。"店主一边用灵巧的手势摆弄枝蔓,一边自言自语道,"这些住户也有中途搬来的人。因为这一带住户里有战前和战后生活发生变化的人, 即便是以前在这里居住的住户中间也有不得不搬走的。"

"后搬来居住的人也那么阔气吗?"

"我想说的是……"店主说,"最近的情况,就未必那样了。哎呀,这么一说倒让我想起来了,是有你说的那种情况。其实,不在这住宅里住但拥有产权的人也很多。奇怪的是,那些业主不一直住在这里,但业主姓名一直在变更。"

佐野的脑海里掠过一丝想法:如果罪犯企图软禁空姐世津子,

也许可以让她永远无声无息地待在这样的住宅里。如果罪犯担心被察觉，也许可以出人意料地从这里迅速转移到别处。这时，佐野似乎在这里触摸到了一条看不见的线索。

"那么说，最近附近住宅有搬家的吗？"佐野本人也弯下腰，问正在摆弄蔷薇花的店主。

"嗯，那种情况可能有。"店主说到这里，语气突然变得有点暧昧起来。

"能告诉我吗？我绝不会给你添麻烦的。你如果知道那样的情况，请告诉我好吗？"佐野向他提出要求，"是哪一家？"

店主好一会儿没有开口。即便站在他背后，也可以想象他脸上的为难表情。他没有吭声，只是拼命地用手为树根培土，加固。"我在你这里打听到的情况，绝对不会跟任何人说，就是在警方面前我也不会说，更不会说出贵店名称。如果真有那样的住户，请务必告诉我。"店主还是脸朝下，像思考似的说："我不知道这情况对你来说是否有参考价值！原本不想说的，但被你一个劲地追问，我还是照直说了吧！那不是我的老主顾，我知道得也不是很清楚。"

佐野见守口如瓶的店主终于愿意开口告诉自己了，于是蹲在他身边说："哎，你即便说的不是那回事，我也不会再问。总之，请你告诉我。"

"如果说最近有住户搬走的住宅，那就在前面距离这里五百米左右的那幢。沿这条路一直往前走，朝左转弯就是。那是幢二层楼房，就在转弯角上。到了那里，你马上就能看到。"

"谢谢。"佐野表示谢意后离开了花店，想到实地看看。那幢住宅坐落在路口转弯处，住宅的后面部分沿旁边的狭小岔路朝里延伸，正面是一长溜的水泥围墙，围墙里有树木，房屋在相当里面的地方。

从树木之间的间隙可以看到二层楼住宅，玻璃推拉门被内侧布帘遮得严严实实。他端详大门上的姓名牌，上面只有"吉田"姓氏。前业主已经搬走，应该是刚搬来入住的新业主姓氏。

他核实那幢住宅后，朝距离那里最近的商业街走去，走进菜店里询问吉田入住前居住的前业主情况。

菜店主人答道："那幢住宅我没进去过，情况不太清楚。"

"那么，有没有其他商店去过那幢住宅呢？"

"让我想想看！是呵，我们这一带商店的人好像都没去过那幢住宅。其实，我们以前多次去过那幢住宅询问预定什么食品和日用品，但最终还是没有委托我们！好像是在其他地方的商店订货，而且不是固定的商店，一直在更换！"

佐野听完后问："前面的那个业主叫什么？"

"是呵，大门上没有挂姓名牌，所以不清楚到底叫什么。"

"在这儿大概住好多年了吧？"

"哎呀，那一带住宅情况我记得不怎么清楚，可能住四五年了吧！你要这么详细地问，还是直接去问现在的业主好吗？"

"又来了！"江原康子对毕里艾神父说，此刻已经是半夜了。

刚才，外面传来停车声，还从屋外传来说话声："是这里！是这里！"

江原康子和毕里艾神父躺在床上，侧耳倾听外面的动静。

果真响起了敲门声，与此同时传来了叫喊声："江原小姐，江原小姐。"

"讨厌！"江原康子皱着眉头说，"从昨天开始，加上这次已是第三次了,都是报社和杂志的记者。"

"他们怎么会知道这里的?也许有人对报社说的。"江原康子一边说一边下床,毕里艾神父什么也没说,眼睛盯着天花板,似乎在整理思路。江原康子身着睡衣来到门口,接着与门外记者们一问一答的声音传到了卧室。

"是江原小姐吗?"

"是的,你是什么人?"

"我是报社的记者……"

"对不起,我没委托过报社什么事!现在我已经上床睡了,你们请回吧!"

"江原小姐,只占用你一点点时间,有几句话要对你说。"

"你这不是失礼吗!把我从睡梦中叫醒……"

"真对不起!"

"哎,你再怎么推门也没用的!我里面上锁了。"

"那么,站在这里说也行。其实,我是为古里艾鲁莫教堂的事情来向你请教的。"

"如果是为那事情,你应该去教会呀!"

"不,比起去教会,我觉得最好还是问教会的忠实信徒江原小姐。其实,是想了解托鲁培库神父的情况。"

"要是为那情况,那就请你直接问他本人吧,因为我什么也不知道。"

"可是,我听说江原小姐在教会与神父们的关系特别亲密、特别友好,与托鲁培库神父的关系也一定很亲密是吧?"

"不知道!总之,我回答不了你的问题,请回吧!"

"等一等,请允许我再问一下,外面传闻说,托鲁培库神父一直来你家,是那样吗?"

"这到底是谁在散布这种谣言?"

"是我听来的。"

"荒唐! 我这里没有神父来的理由,说这些不负责任的话的大概是那些邻居吧?! 他们随意想象,到处散布……"

"你大概知道空姐世津子凶杀案吧?"

"嗯,报上刊登了,我也看过,这是怎么回事?"

"被害人世津子也是古里艾鲁莫教堂的信徒,曾经在教会所属达米尔那幼儿园工作过。鉴于这样的原因,江原小姐和世津子小姐之间一定很熟悉。请问,她有没有常来你家?"

"我没什么可说的。你们半夜里私闯民宅,还尽说这种无聊的话,我可要喊人了哟!"

"可是,我们……"

"别说了,快回吧! 我家里有四条牛犊般大的牧羊犬,你如果过分纠缠,我不知道它们会不会咬你! 好了,快回去! 不要以为我一个女人好欺负,告诉你,别小看我!"

"但是,江原小姐。"记者继续纠缠,于是江原康子喊起了犬名,刹那间响起犬的叫声。记者离开后,江原康子这才脸色苍白地返回卧室。这时,毕里艾神父正准备回教堂。

"怎么啦,是回去吗?"江原康子抬起头问。

"嗯,回去。"毕里艾神父不高兴地答道,"也许不会再来这里了!"

"哎,为什么?"

"记者频频来这里,这情况你不是不知道。"毕里艾神父表情严肃地说,"托鲁培库被警视厅传唤了。"

"什么!"

"警视厅终于冒犯我们教会了,这是我万没有想到的。他们终于跨出这一步,记者们不停地来,也是这个缘故。"毕里艾神父在狭窄的榻榻米上来回走着,"不过,我们基本上没有失手过,我们也有对策。从现在开始,我们将和日本警方展开较量。"

毕里艾神父停住脚步,眼睛紧盯着墙壁,似乎面对着看不见的敌人。

外面下起了小雨,柏油路和矮屋檐显得又暗又潮。朗卡斯特一边抽烟一边从百叶窗间隙朝下俯视,房间里没有开灯。

其实,他已经在窗前站了相当长的时间,目光紧盯着楼下的柏油路。这座公寓的对面是鳞次栉比的普通住宅,旁边就是十字路口,转弯处有中国餐馆。另一转弯处的银行大楼与这幢公寓相对,是一幢不大的公司大楼。这一带除中国餐馆外黑乎乎的,没有光线。

高级中国餐馆的屋檐下并排挂着红灯笼,店堂里灯光耀眼,似乎在引诱飞蛾。桌前,顾客身影在晃动;餐馆门口,并排停放着四辆高级轿车。朗卡斯特的眼睛并不是看着那家餐馆,从刚才开始就一直盯着前面不远的路边,那里站着一个没有撑伞的男子。

确切地说,男子是站在住宅屋檐下,那模样似乎因为下雨来借宿旅馆的,身体胖墩,个头不高。朗卡斯特边抽烟边在黑暗房间里与该男子对峙,男子不是等车,也不是等什么人,而是直愣愣地站着,脸朝上仰望。

朗卡斯特离开窗前的绒毯地面,走到椅子那里坐下,房间里没有任何人。这幢公寓总是静得没有声音,时间还不算很晚,却已经像深夜那样安静。朗卡斯特全神贯注地倾听寂静走廊上是否有动静,但什么声音也没有。

烟抽完后被扔进烟灰缸里,他站起来,这一回是走到另一扇窗前,与刚才的方向不同。由于房间位置处在转弯角上,正前方就是十字路口。没有开灯,加之拉上了窗帘,从外面看不见他。宽敞的道路对面有古董店,涂有金色颜料的屏风像背景那样陈列着,屏风前面还并排陈列着日本的古代盔甲、壶和展开翅膀的鹰……

雨仍然下个不停,一男子一直站着眺望古董店橱窗里的陈列商品。如果是日本男子,那么应该算作瘦高个,身上穿着皱皱巴巴的雨衣。朗卡斯特的视线也小心翼翼地紧盯着他。这条路上的汽车川流不息,男子站在车灯光束交叉而过的道路对面没有动弹。

从他站在那里的时候计算,到现在已经不下一个小时了。朗卡斯特用嘲笑般的眼神望了一会儿,随后离开窗前,重新点燃一支烟,拿起电话听筒,一边竖耳倾听走廊上动静,一边用手指轻轻转动拨号盘。此刻房间里依然没有亮灯,他用手掌围着话筒压低嗓门说:"我是朗卡斯特,毕里艾神父在吗?"

"毕里艾神父不在。"

"什么时候回来?"

"这个,不太清楚,可能等一会儿……"

说"等一会儿"的一瞬间,电话那头传来的声音突然变轻了,仿佛就在跟前说话,猛然间说话声又变得遥远了。朗卡斯特没有吭声,暗暗吃了一惊。

"喂,喂。"对方说话了,"不知道毕里艾神父什么时候回来,我想大概十点或者十一点回来。他回来后,我会转告他朗卡斯特先生来过电话。"瞬间,距离又变得遥远了,但说话声仍在继续。朗卡斯特没有回答,聚精会神地似乎在测试自己的听觉。

"喂，喂。"对方因为朗卡斯特没有回答而继续呼叫。

朗卡斯特突然挂断电话。挂断电话后，他的手好一会儿没有离开电话听筒，脸上表情严肃而可怕。电话声音在途中变轻，朗卡斯特知道这意味着什么。

他陷入沉思，凭着主观想象推测，这盗听他电话的家伙究竟是什么人？像这样的情况还没有过……朗卡斯特在反省，从今往后不能随便在电话里说话。迄今为止，他与古里艾鲁莫教堂的人已经在电话里交谈过多次，而且电话内容都是保密的。

现在想起来，似乎说到一半时声音都变轻了。这是最近发生的事情，这幢高级公寓里，肯定有人在窃听电话。

他站起来大步走到窗前朝外窥视，看见古董店门口还站着那个身穿雨衣的男子，两手插在口袋里，眼睛望着陈列的商品。古董价高，那人不像是购买昂贵古董的。那么，是喜欢工艺美术品的吗？不，那模样酷似一个闲得无聊的人。

这时，传来一阵上楼的脚步声。说话声也很响，朗卡斯特两眼凝视着房门，皮鞋声在走廊上移动，与笑声掺和在一起，说的是日语，其中有女人的说话声。皮鞋声和说话声渐渐远去，进入了其他房间，随后传来关门的响声。

有些日本著名的女演员，也租这幢高级公寓里的房间，通常半夜里回家，还带着朋友，嘈杂得很。朗卡斯特改变坐的位置，拉开刚才窥视的百叶窗间隙，发现那个男子此刻已经不翼而飞了。

他朝门那里走去，开一点门缝倾听外面动静，走廊上没人。他把房门全部推开，只能看见走廊和楼梯的一部分。于是，他下楼。一楼有烤牛排店，他走进店堂，里面有一对外国夫妇，还有三个日本人，其中两个是一对年轻恋人，另一个是中年男子，独自坐在角落边看报边喝咖啡。朗卡斯特朝那男子瞥了一眼，然后坐到吧台座位上。

"晚上好，朗卡斯特先生。"调酒师一边擦玻璃杯一边低头致礼。朗卡斯特住在三楼，是这里的常客。"给我来一杯高杯酒（威士忌或白兰地里加苏打水和冰块）。"他点了一杯饮料。

"是！唉，天公不作美。"调酒师往外瞥了一眼说。

玻璃门外面的黑暗里，是淅淅沥沥的雨点。朗卡斯特慢悠悠地喝着高杯酒，以此打发时间。为摆脱调酒师主动和自己搭讪，他摊开折叠在口袋里的报纸。

"今天因为下雨下午也没外出吧？"圆脸蛋的调酒师像青蛙那样，双手撑在吧台上说。朗卡斯特递上已经喝完的玻璃杯说："再给我来一杯！"调酒师将调好的高杯酒递到他面前。

这时，他朝调酒师轻轻地说："你认识坐在角落的客人吗？"他用身体遮挡示意背后墙角的大拇指，"是常客吧？"

调酒师朝角落扫了一眼，摇摇头说："不是常客，是陌生客人。"朗卡斯特点点头。

"是第一次来的客人吗？"他轻声问。

"不，好像三天前来的，是用钱吝啬的客人。"调酒师也轻声答道。那以后，朗卡斯特边看报边喝酒。他在吧台那里坐了足足四十分钟。

"谢谢！"他朝着调酒师笑嘻嘻地说，并从椅子上站起来，这一回他没有朝角落看，而是径直走向楼梯。玻璃门阻隔在楼梯和这家烤牛排店之间，店里就像玻璃鱼缸那样透明。朗卡斯特沿楼梯朝上走，当走到第四级楼梯时冷不防转过脸来，迅雷不及掩耳地朝店堂里看去。这时，那个坐在角落喝咖啡的日本人正慌慌张张地转过脸去。

朗卡斯特的嘴角露出一丝微笑，随后径直朝自己的房间走去，走廊上还是没有人影。走进房间的时候，下面楼梯突然传来脚步声，于是他从上面朝下看去，原来是住在自己房间对门的法国老太太，她正朝楼上挪动笨重的身体。

"晚上好！先生。"老太太晃动着双下巴，声音美妙动听。

"晚上好！夫人。"朗卡斯特恭恭敬敬地回礼，目送她走进房间后才关上自己的房门。房间里依然伸手不见五指，他走到窗前，那个躲雨男子已经不在了，走到另一扇窗前，看见站在古董店那里的男子已经稍稍移动了位置。也许是看厌了橱窗里的古董，此刻正站在旁边小巷的入口那里。朗卡斯特耸了耸肩。

电话铃响了，朗卡斯特走到桌前凝视着不停响着铃声的电话机，随后不顾一切地拿起电话听筒，但没有立即说话。这时，电话那头传来了声音。朗卡斯特吃了一惊，这声音好像在哪里听到过，对方讲的是英语："是朗卡斯特吗？"

他终于回答说："是的。"

"喂，朗卡斯特先生，是我，知道我是谁吗？我……"

"让我想一想，知道了，希望你不要说出自己的名字。"

对方沉默了一会儿，说："出什么事了？"声音嘶哑沉重，是大阪的戈鲁基神父。在涩谷教堂的时候，他就和自己一起从事这样的"工作"。应该不会听错。

"我以后解释。"朗卡斯特立刻答道，接着问，"什么时候来东京？"

"现在，我一定要见你。"

"我也是。"朗卡斯特兴奋地说。

"在哪里？"

"老地方。"朗卡斯特告诉对方。

"老地方？是海还是山？"对方问。

"是海。我三十分钟内去那里。"

"明白了。朗卡斯特先生,雨停了哟!"对方说完挂断了电话。朗卡斯特立即做出门前准备,锁上所有抽屉。这也是在黑暗里进行。接着,他披上雨衣,把帽檐朝下拉,随后来到门口倾听,然后一把推开房门。

走廊上没有人,他小心翼翼地锁上房门,下楼梯时也没有遇上任何人,走到最下面一级台阶时,朝烤牛排店堂打量了一眼,那个坐在角落的日本客人已经无影无踪了。他朝车库走去。

车库稍前面一点的地方就是古董店,涂有金色颜料的屏风在沿街橱窗里金光闪烁,非常漂亮。刚才一直站在那里的男子也不见了,好像是发现朗卡斯特出来而隐蔽在某个地方窥视。朗卡斯特的车从车库驶出后,便立即加大马力行驶。从对面驶来的出租车赶紧转动方向盘让路,朝着他大声斥责。

车沿着电车路朝北行驶,接着转弯驶入岔道,随即刹车后停了一会儿。当从后视镜里确认身后没有车辆跟踪时,朗卡斯特抽了一支烟,然后驾车穿过那条小路。开上另外一条路,他这才朝着南边方向的真正目的地驶去。

雨停了,车从昏暗的街道驶入亮堂的街道,到处是美丽的霓虹灯光。他沿这条街继续行驶了一会儿,霓虹灯不见踪影了,取而代之的是一团漆黑。车在那条路上再次拐入横巷,重复刚才防止跟踪的操作。身后,没有跟踪车辆。

朗卡斯特笔直朝目的地行驶,车穿过桥后,海水味扑鼻而来,远处亮着船灯。路边黑乎乎的仓库向前延伸,车灯光映照出站在仓库转弯处的男子,头戴黑帽子,身穿黑色服装。

对方先举手示意。朗卡斯特停下车,男子一声不吭地坐到助手

289

席上，两个人谁也没有说话。当车行驶了大约两公里的路程时，这才开始了简短的交谈。

"我觉得电话有点奇怪。"

"有人在窃听。"朗卡斯特说。戈鲁基神父坐在旁边，条件反射地在胸前画了个十字，问道："对方是谁？"

"是警视厅。"朗卡斯特回答。戈鲁基神父的脸上好像是不相信的神情，翕动着被胡须包围的嘴唇问："朗卡斯特先生，那是真的吗？"他似乎已经意识到了情况的严重性。

朗卡斯特一边驾车一边说："日本警视厅已经盯上我了，我也可能要马上离开日本。"

这一次，戈鲁基神父没有回答。车穿过闹市街道后驶入寂静的道路，接着不是朝海而是朝着山的方向驶去，两侧是一望无际的旱地，很少有汽车经过，路上已经没有行人。黑夜笼罩的树林朝前伸展，只有车灯光束照亮昏暗的路面，在乡村公路上漫无目标地转圈。

"托鲁培库正犹豫不决。"朗卡斯特说。

"他就是那种性格。"从大阪赶来的戈鲁基神父忧虑地说，"我也是担心才赶来东京的。他上次去我那里商量过，但我还是觉得不放心，担心事情被他弄得不可收拾。"接着，戈鲁基神父用脏话责骂托鲁培库。

"我这里的情报……"朗卡斯特说，"警视厅打算在最近传唤托鲁培库，好像掌握了什么证据。"

"这是真的？"戈鲁基神父嚷道。

"我的情报不会有假。可是，戈鲁基神父，我已经不能再见他了，希望你见到他后把这情况告诉他，不救救他，可能会有危险。这家伙因为要见世津子,没有参加合影照拍摄。

"警方打算以此为突破口把他拿下。因此,你要他这样说,那张照片是他为大家拍摄的,拍照本人是不可能出现在那张合影照片里的。"

"我一定传达! 朗卡斯特先生,你总是智慧过人。"车继续行驶在郊外的路上。

第八章　无奈的结局

警视厅传唤古里艾鲁莫教堂的托鲁培库神父，于是教会与警方之间展开了激烈的拉锯战。起初，教会拒绝让托鲁培库接受警方的传唤，说警方最好来教会查问他本人。警视厅虽已确定托鲁培库是犯罪嫌疑人，但由于他是外国人又是宗教界人士，尽量不采用对待普通犯罪嫌疑人的形式对他展开查问，以"重要参考人"的名义传唤。

经过多次磋商，教会终于让步，决定让托鲁培库接受警方传唤，磋商过程用去了相当长时间。教会是如何利用这段时间的？这是警方专案组在传唤他本人后才察觉到的。

该凶杀案的物证，可以说一件也没有。专案组把托鲁培库是否有作案时间作为主要切入口，打算让他自动坦白。于是对方将计就计，就是否接受传唤与警方展开拉锯战，争取时间事先采取了一系列措施。

在该教会日本辩护律师的陪同下，托鲁培库来到专案组。问答内容丝毫没有对外泄漏，记者连窥探问答场面也不被允许。然而，有些情况也不知从哪里传到了教会。托鲁培库神父一共是三天时间接受了警视厅的传唤。警官先问他从出生到来日本前的经历，这都是审讯犯人时的惯例。

但是托鲁培库早就做好了这方面的准备,对答如流。当问到案发当天晚上他在哪里的时候,他变得胆怯了。可是,他遇到难以回答的问题,就说不懂日语,还装模作样地取出词典,慢吞吞地寻找单词,然后跟律师商量如何回答。

专案组的审讯警官见状不由得焦急起来,对方明明听懂了警方的提问,却偏装作不懂,还慢吞吞地反复查阅词典,因而浪费了大量时间。在审讯过程中,警方越来越急躁。尽管警官告诫自己不能急躁,可心急火燎的情绪会控制不住地激动起来。审讯室里只有新田科长与专案组组长斋藤警官,主要由斋藤组长担任审讯。

问到案发当时他本人在哪里的时候,回答特别谨慎。专案组把重点放在世津子下落不明到发现尸体的时间段。弄清楚该过程,对于推断她的死亡时间是非常重要的。有关这一问题,他回答得特别流利,还分别举出与自己在一起的人的姓名。但是,他所列举的证人姓名,都是与宗教有关的,既有神父也有信徒,他们当然不可能说真话。

当问及与世津子之间的关系时,他怎么也不回答,只回答说是信徒与神父之间的关系,没有其他关系。当问及菊鹤宾馆的情况时,他回答起来就更慎重了,双手一分钟也不松开词典,简直像学生在课堂里学习那样,慢悠悠地寻找警官提问中的单词,弄清楚确切的意思后才最终回答说,只是与世津子有话要说才去那家宾馆的。

这是相当长时间的审讯过程。警官请他喝咖啡,尽管他喉咙干燥,他却一口也不喝。警方原来是想通过让他喝咖啡了解他的血型,采用他在杯上留下的唾沫检查。只要他的嘴唇接触杯边,就可以把唾液取下送到技术鉴定科鉴定,作为破案的重要根据。

从世津子阴道里检测出被认为是犯罪嫌疑人的精液,只要从他的唾液里判明血型,就可通过化验检测出两者的血型是否一致。警方的准备一切就绪,可他就是不上钩,尽管喉咙干渴而导致声音嘶哑,就是坚持嘴不凑到递给他的茶杯上。无论警官怎么劝说,他只是摇头说谢谢。

在这过程中,专案组还发现,尽管审讯时间很长,可他一次也没去过洗手间。为从犯罪嫌疑人的尿里化验出血型,警方也一切准备就绪。然而不可思议的是,审讯的三天里,他不喝咖啡和茶水,也不去洗手间。这,大概是上帝的恩赐在即将被捕的罪犯身上发生了奇迹。

根据托鲁培库的供述,警视厅展开了核查工作。现在唯一的切入口,是集体合影照片里没有他。然而他说照片是他拍摄的,照片里没有他是理所当然的。在案发时间里,他说自己不是和同教会的修女在一起,就是和同教会的神父在一起。在向这些证人核实时,都一致证明他说的情况完全属实。

其实,该教会的神父、修女和信徒建立了固若金汤的攻守同盟。终于,警方不得不宣布审讯结束。关于核查证据的工作,也不得不放慢速度。连日来,报上大篇幅报道了这一情况。警视厅对于没有任何证据继续传唤托鲁培库感到束手无策,接下来除花费相当时间寻找新证据外没有其他路可走。

到了传唤的第三天,也就是最后一天,新田科长说,传唤暂时就到这里。辩护律师为慎重起见立刻问:"已经没事了吧?"新田科长点点头。由此,不慎给托鲁培库创造了逃走的机会。

警视厅审讯了托鲁培库,确信他就是真正的凶犯。根据以往的办案经验,加之对于犯罪嫌疑人的观察,形成了这样的自信。托鲁培库每天提心吊胆，脸色铁青。一旦被审讯到关键的地方，他便本能地感到害怕，浑身肌肉僵硬，不自觉地在胸前画十字。可是，警方没有找到决定性的证据。

其实，警方也持有他就是凶手的其他证据，只是目前不能公开。虽说那是决定性证据，但证据的收集方法有可能招致社会非难。专案组了解到了古里艾鲁莫教堂的神父与朗卡斯特之间的电话交谈内容，交谈里有冈村、村上和小山等日本人名字，有明显属于毒品交易的黑话。

世津子被害不是单纯的男女关系所导致的凶杀案，而是其背后有重大贩毒嫌疑。世津子生前所在的 EAAL 航空公司职员与毒品走私有关，同时古里艾鲁莫教堂和巴奇里奥教会所属全部宗教团体都与贩毒有关，是跨国犯罪。

空姐世津子凶杀案，也远远超过警方的事先推断。然而遗憾的是，警方持有的情报不能成为确定罪犯的证据。该情报的窃听方法一旦被公开，"证据"就失去它应有的权威性。

所有提供托鲁培库案发那天没有作案时间证词的，都是同教会的神父或信徒，而没有教会以外的人。他们把教会作为纽带结成了共同利益，因此在此基础上提供的证词是根本不可信的。然而就日本法律来说，只是不认可罪犯亲戚提供的证词。而那些证明托鲁培库案发那天不在现场的证人，都与他没有亲戚关系，因而他们提供的证词表面看上去都有效。对此，警方感到棘手。

托鲁培库从警视厅一回到教会便立刻住进医院，就是那家巴奇里奥教会经营的圣爱医院。里面的院长也好，医生也好，护士也好，都不是日本人。在审讯中，他一边翻阅词典一边慢腾腾地回答。审讯尚未结束，犯罪嫌疑人便住院了。

与反侦查手法精湛的教会犯罪嫌疑人较量，专案组感到茫然不知所措。不过他住院的事情，更使专案组坚定他就是杀害世津子凶手的判断。外国人因案件受到怀疑而住院，该行为本身就是不打自招。

不久，托鲁培库住院的消息传到了新闻记者的耳朵里，但是院方不允许记者见他的面，理由是病重。当问到他患的是什么病时，回答说他疲劳过度需要绝对安静。报社、杂志社和其他许多记者纷纷申请与他见面，其实这也不算是什么过分要求。霎时间，托鲁培库成了日本列岛上最引人注目的"名人"。

在这样的形势下，毕里艾神父避开别人视线，频频拜访日本的一个高官夫人。她是巴奇里奥教会的忠实信徒，丈夫也是该教会的虔诚信徒。日本虽是法治国家，然而高官的发言还是极具威力，他们的姓名和照片常常见诸报端。毕里艾神父拜访的目的，希望权威人士出面干涉以摆脱教会目前的困境。

高官夫人为此感到格外难过，不只是神父安危，更重要的是它与该教会的存亡密切相关。如果事态继续发展，破教规的神父将作为罪犯遭到警方逮捕，在日本历尽艰辛扎根的巴奇里奥教会就会毁于一旦。她是该会信徒，不能容忍这种局面继续下去，并且片面认为这是一起因传教而受到的迫害。

毕里艾神父恳切地拜托高官夫人，说摆脱该危机只有依靠夫人的力量；说欧洲的巴奇里奥教会世界总部也十分担忧，尽管该会已经习惯了迫害，但日本的巴奇里奥教会这一回是处在悬崖上，形势十分严峻，务请夫人力挽狂澜，平息事态。

不用说，高官夫人接受了该教会世界总部的要求。她是聪明女人，立刻通知自己的高官丈夫。他接受了夫人的建议，说："这起事件只是偶尔混入了烂苹果而已，不能因此毁了整个教会。"

高官处事聪明,绝不亲自发话或采取直接的高压手段。当时,恰逢日本首相准备去欧洲访问。

　　他对首相说:"不就是杀了一个日本女人吗!不能因为这样的小事在国际上失去信任。一个女人的死和一个国家的外交是不能放在同一天平上的。到底是哪边重要?请首相三思而行。眼下,首相正准备去欧洲访问。由于警视厅要彻底调查这起案件直至逮捕神父,因此必将导致与某大国之间的贸易谈判陷入僵局。在欧洲,该宗教的势力特别强大。如果认定神父是空姐凶杀案的罪犯,日本就会被指责为野蛮国,首相的理想外交谈判可能会遭到重创,首相的政治生命也必将濒临险境。"

　　听了他这番话,首相点点头,不动声色,微笑着采纳了他的进谏。这位首相对于欧洲访问特别重视,因为有许多难以解决的国际问题。首相相信,欧洲之行可以使谈判取得成功。记得在他上任前的一位首相访问美国,重要谈判取得了成功。他的前任首相访问苏联后,也缔结了同样重要的条约。就现任首相的心境来说,非常羡慕前辈首相的两项"伟业"。

　　高官的进谏,进一步激发了现任首相与前辈一比高低的激情。几天后,现任首相所属执政党的重要人物挂电话给日本的治安权威人士,在电话里责问:"哎,你为什么对空姐凶杀案那么热心?"

　　后来经过综合分析,警视厅才明白教会背地里做了大量干扰案件侦查的工作,例如,让神父、修女和信徒作伪证,证明托鲁培库神父没有作案时间。在古里艾鲁莫教堂里有叫住吉的日本雇员,也是信徒,深受教会神父们的信任。为调查托鲁培库与凶杀案的有关线索,要求住吉提供案发时托鲁培库在哪里的证词。住吉在教会工作,对内部情况理应知道得最详细。

藤泽警官是第一次去住吉家,对眼前的一切感到震惊。外面传闻古里艾鲁莫教堂是低薪雇用日本人,可是住宅附近就他拥有自备车,并且是崭新的。虽住宅面积不怎么大,但分析他拥有的设备和家具,无疑是富裕生活。

那么,低收入的住吉怎么会拥有与低收入不相吻合的生活?藤泽警官觉得可疑,跟住吉收入没多大差距的自己,生活根本谈不上富裕。藤泽警官暂时把疑点放在一边,与刚从教会回来的住吉见面。他年龄三十四五岁,宽额,瘦个。

藤泽警官要求他协助警方侦查:"你是最了解托鲁培库神父的,能否告诉我他在四月二日、三日和四日的活动情况?你如果能画一张他那三天里的活动一览表,那真是太谢谢了。"

这时,态度温和的住吉觉得为难,问:"警官先生,这事急吗?"

"非常急。怎么样?能否设法在明天中午过后交给我?"藤泽警官要求说。

"哎呀,这事情非常麻烦,而且调查是需要时间的,明天中午过后是根本不可能的。"

"那么,需要多少时间?"

"让我想想,我觉得没有三天时间是完不成的。"

"能否再提前一点交给我?"

"不,三天时间是绝对需要的。因为调查起来非常麻烦,而且内容又很重要,必须慎重调查,万一弄错会惹一身麻烦的。"

藤泽警官觉得他说的三天时间可以考虑,于是彬彬有礼地说:"行!请多关照。"随后离开他家。谁知第二天,藤泽警官一到警视厅便接到住吉打来的电话，说是委托的事情已经办好了，请立刻来取。藤泽警官觉得奇怪，昨天还一再强调最快也得三天时间，可今天就完成了。

不过，对警方来说当然越快越好。他立刻前往住在涉谷深处的住吉家。正值中午刚过一会儿，住吉好像是去教会后再回到家的，家门口停着那辆崭新自备车。

"请进！"住吉热情地邀请藤泽警官进屋，从包里取出叠成四折的纸放在藤泽警官跟前摊开。那是一张用制图纸制作的表，上面写得满满的，都是关于托鲁培库的作息情况。

"呵，衷心感谢，给你添麻烦了！"藤泽警官恭敬地行过礼，高兴得赶紧看了一遍表上写得非常详细的内容。可是看着看着，才察觉到那是证明案发时托鲁培库没有作案时间的行动记录，不是与其他神父、修女在一起，就是与信徒在一起。

也就是说，托鲁培库没有单独行动。从世津子失踪的四月二日下午三时左右开始，托鲁培库不仅出席了神校的晋级庆祝会，还参加了即兴表演，并且还为大家拍摄合影留念照片。七点半，他从那里回教堂吃晚饭，十点上床睡觉。

与世津子死亡有着重大关系的四月三日，托鲁培库却是整个上午在神校协助新任神父主持最初的弥撒。参加中餐聚会后，托鲁培库驾车从神校送走两个信徒，还在神校主持了仪式。最后，他在晚上九点左右送两神父去涉谷教堂。

藤泽警官认为这张表不可信，问能否找到与教会无关的第三者证明。于是，刚才还是态度温和的住吉一反常态，情绪激动起来："有这么些可靠证人，你还怀疑吗？托鲁培库神父根本就没有作案时间。神父们为上帝奉献，信徒们深信上帝。你如果不相信他们的证词,那还有什么证词可信?"

"好了好了,别那么说话。"藤泽警官劝说道,"你不是说制作这表需要三天时间吗?没想到这么短时间你就制作好了。这张表说不定只是按照教会提供的情况制作的!我问你,能否找几个与教会无关的证人证明一下好吗?"

"原来你是那么想的。我是说过需要三天,可你急着要,说早一天也好,所以我赶紧制作了这张表。你是警察,怎么可以戴有色眼镜看这张表呢?神父和与教会有关的人们在一起是理所当然的,有什么可以值得怀疑的。表上写得清清楚楚,托鲁培库神父案发那天不在现场。"

住吉激动地用手指敲打那张表说:"警视厅应该撤销专案组,停止侦查,托鲁培库神父的清白已经得到众多人的证明。凶手是其他人,希望你们别无中生有,快去查找真正的凶手。"住吉把藤泽警官赶出住宅。

住吉向警方提供那张表后,教会又火速制定了对策。专案组肯定会找有关信徒核实。住吉与马鲁旦分会长、毕里艾神父以及托鲁培库本人商量后,印制了一份详细的"托鲁培库作息表"。教会立即召集信徒证人和信徒干部们开会,毕里艾神父带来了印刷好的"托鲁培库作息表"。

"警视厅怀疑托鲁培库神父是杀害世津子的凶手,简直是一派胡言!把为上帝奉献的人视为杀人犯的家伙,说明他们的灵魂里有恶魔。从现在开始,那些家伙肯定会到你们住所讯问托鲁培库神父是否有作案时间。请记住,这张表上写的就是他当时的作息情况。"

毕里艾神父开始把印刷好的"托鲁培库作息表"分发给大家,每人一份。那架势就像老师发讲义给学生那样,煞有介事。

"请大家仔细阅读！"信徒们全神贯注地看着印刷品。

大家看完后，毕里艾神父开始说话："托鲁培库那三天的作息情况都在表上写着呢，千万别说错！这张表上既有大家跟托鲁培库在一起的记录，也有托鲁培库用车送两名信徒回家的记录。"

毕里艾神父一边这么说，一边目光锐利地扫视信徒们的脸，两个被托鲁培库神父用车送回家的信徒也坐在其中。当他俩的视线遇上毕里艾神父磷火燃烧般的眼神时，吓得浑身直打哆嗦。

"都明白了吗？好，请像我这样宣誓！"这是教会对信徒实施的"统一证词"誓言。接着，毕里艾神父又多次叮嘱大家按照表上说的回答警方，不准与表上情况发生矛盾，希望大家背诵有可能搞错的地方。

果然，教会估计的情况发生了。专案组根据住吉提供给藤泽警官的证人名单，一个个进行讯问。不用说，这些证人的回答与表上略有不同。因为在接到教会发给的"托鲁培库作息表"之前，已经有信徒接受过警官的讯问。

当时，信徒们的回答语无伦次，含糊不清，非常狼狈。这次接受警官讯问时，信徒们都记住了表上说的情况，回答起来滴水不漏，内容都一模一样。专案组束手无策，仔细研究了这张表，终于发现模糊不清的说法随处可见。

四月二日中年十二点半在O电报局拍祝贺电报，而那里有托鲁培库本人填写的电报内容。那天下午一点半去神校，聚集在该校举行"晋升仪式庆祝会"会场里的全是信徒。并且是在这里拍摄合影照片，但是照片里没有托鲁培库。

当警方追问为什么时，都回答说是托鲁培库拍摄的。晚上七点从庆祝会回教堂是与神父们在一起，总之身边的人都是与教会有关的。虽说他晚上是十点上床睡觉,可根据调查的情况,他完全有可能半夜里避开神父们的视线驾车外出。

世津子被杀害那天是四月三日,那天下午三点托鲁培库在S电报局拍祝贺电报,但是电报内容是他本人写的。然而那以后,也就是三点半以后该证词的可信度非常低。下午六点他驾车从神校送两信徒回家。但是,没有与教会无关的目击证人证明。下午六点半在神校主持仪式,但托鲁培库可以不参加该仪式。事实上,他没有主持该仪式。晚上七点吃晚餐,也是和神父在一起。

晚上八点返回教堂,不用说,也是和神父在一起。八点十五分是驾车送这两个神父回涉谷教堂。这天晚上九点左右到次日凌晨一点左右的时间段里,是专案组最关注的部分。因为,被害人世津子的死亡推断时间是三日晚上十点到次日凌晨一点之间。

但是,该作息表上说他是晚上九点半返回教堂,随后十点上床睡觉。这也与前面说的情况相同,很有可能装作睡觉于半夜驾车出门。总之有作案嫌疑的时间段,尽是与教会有关的证人在一起,证明他没有作案时间。可是由于教会事先构筑了坚固的攻守同盟防线,专案组最终没能再朝前跨出一步。

托鲁培库神父作息表

	上午	在古里艾鲁莫教堂出席新神父晋升仪式
	中午 12 点半	在 O 电报局拍祝贺电报
	下午 1 点半	为参加晋升神父庆祝会赶到神校
	下午 2 点半	在神校表演节目
4 月 2 日	下午 3 点半	参加合影留念活动
	晚上 7 点	从庆祝会现场返回教堂
	晚上 7 点半	晚餐
	晚上 10 点	睡觉

	上午 5 点	起床
	上午 5 点半	在古里艾鲁莫教堂做弥撒
	上午 6 点半	去神校吃早餐
	上午 10 点	协助新神父做弥撒
	下午 1 点	午餐
	下午 3 点	在 S 电报局拍祝贺电报
4月3日	晚上 6 点	驾车从神校送两信徒返回住宅
	晚上 6 点半	在神校主持仪式
	晚上 7 点	晚餐
	晚上 8 点	返回古里艾鲁莫教堂
	晚上 8 点 15 分	送两位神父回涉谷教堂
	晚上 9 点半	返回古里艾鲁莫教堂
	晚上 10 点	睡觉
4月4日	上午 5 点	起床
	上午 5 点半	做弥撒
	上午 6 点	去神校做弥撒

托鲁培库反抗警视厅传唤，不喝一口水，不排一滴尿，住进了医院。住院后，思想单纯的信徒们对于专案组的传唤表示愤慨，认为专案组视神父为犯罪嫌疑人并且讯问是毫无道理的。

在这些信徒们看来，那幢砖色警视厅大楼是栖住成千上万恶魔的大本营。面目狰狞的教会神父们更加猛烈地攻击专案组，还有神父朝前来采访的记者破口大骂，说什么"把他扔到后面的水沟里去，让他喝臭水去"！

教会代言人住吉是日本人，他到处宣传说该案是警视厅捏造的，是警视厅企图颠覆教会的阴谋，还到处进行演说："警视厅迫害巴奇里奥教会，编造教会走私的莫须有罪名，还诬陷神父是杀人凶手。警方在既没有证据又没有任何证人的情况下，却把在信徒心目中神圣的神父传唤到警视厅进行长时间的残酷审讯。讯问时故意挑刺,而且纠缠不休。托鲁培库神父太可怜了!因为受到酷似拷打的审讯,现在身心疲惫,神经衰弱,不得不住院医治。"

教会不仅对警方进行上述攻击,马鲁旦分会长还命令一年轻神父立即回国。该年轻神父只有三十三岁,理由是"回国后不久可能有一日本妇人去你那里,届时你成为她的担保人"。

年轻神父离开教会,而教会则对信徒们通报说他被调任新教会神父。专案组得知有一神父离开教会回国的消息,当时并没有把它放在心上,误以为与托鲁培库神父无关。后来得知那是教会布下的迷魂阵后,办案警官们都惊呆了。

教会经常派神父乘飞机途经香港去海外出差。谁都知道巴奇里奥教会是贫困教团,每月至少一次派两名神父出差。这是其他富裕教团无法模仿的。后来,专案组才明白其出差的真正含义。不仅如此,巴奇里奥教会除东京有多处分支机构外,在关西和西日本等地也拥有许多分支机构。

该教会背地里进行的某种"事业",都是与下属分支机构携手秘密实施的。从表面看,该事业的实施人是各教会会计。其实,东京的真正实施人是毕里艾神父,关西地区的真正实施人是戈鲁基神父。

为了该事业,教会不断与走私集团接触,而走私集团的人从来不去教会,都是在暗地里秘密联系,而神父是换便服去那里接头。走私集团的头目是朗卡斯特,打着贸易公司的幌子。这些情况,其实警视厅早已掌握,朗卡斯特集团专门从事国际走私活动,持有许多假名。他现在使用的"朗卡斯特"也是其中一个,他的走私势力里有一些国家大使馆的官员。越是深入侦查,专案组越是觉得他编织的关系网深不可测。

傍晚，佐野站在警视厅附近，上次曾让同事观察藤泽警官，据说他是按时返回。警视厅大楼的前面，是东京地方检察厅大楼。佐野站在不显眼的检察厅围墙边上，枝繁叶茂的大栗树在地上留下长长的投影。

　　眼下是下班时间，巴士也好，电车也好，都挤得满满的。三十分钟过后，藤泽警官从警视厅大厦的其他门口出现了。他经济上紧巴巴的，看上去像保险公司推销员，短袖白衬衫上满是褶皱。

　　等到绿色信号灯亮后，他过马路朝这边走来。佐野观察他的周围，没有人跟他一起。一时轰动的空姐凶杀案，自从传唤托鲁培库神父后暂告段落，侦查工作显得松弛起来。藤泽警官走到佐野跟前，诧异地抬起脸来。

　　"你好！是回家吗？"佐野若无其事地向他打招呼。

　　"怎么啦？你还在这里转来转去的？"藤泽警官紧绷着脸。

　　"藤泽警官，你是直接回家吗？"

　　"嗯，最近空闲，不办案时总想快些回家陪陪老婆和孩子。"

　　"好不容易见到你，对不起，就五分钟时间，想请你去日比谷公园聊天。"

　　"日比谷公园？什么事？"

　　"喝一杯橘汁水怎么样？今天我觉得特别闷热。"

　　"哎呀，危险，危险，和你聊天，会不知不觉上你圈套。我呀，干脆还是直接回家吧！"

　　"哎，你别这么说，今天不谈那起案件。"

　　"撒谎！"

　　"哎，你怎么说都行，就五分钟！如果感到讨厌，你可以中途不客气地离开也没关系，反正穿过日比谷公园就是田村町，对你来说也没绕远路。其实呵，藤泽警官，我是听说了与空姐凶杀案有关的有价值消息才来这里的。我想把它告诉你。"

"你这家伙，该不会是骗我吧?!"藤泽警官用警惕的眼神注视着他。

"我的本质该不会是你说的那么坏吧?!骗资深警官，我可没这么大胆量，只是希望你听我说说。"

"真拿你没办法。"

他俩沿地方检察厅的围墙朝西边方向走去。

"哎，对不起，你还是离我稍远一点！要是有人发现记者在身边，也许会闹得满城风雨。"

"哎，你不会开溜吧?"

"你这个傻瓜!"藤泽警官一边苦笑，一边朝前走。佐野觉得他说的话在情理之中，便与他之间前后拉开三十米左右的距离。离日比谷公园大门越来越近，藤泽警官眨眼间消失在公园里，佐野急忙大步赶上去。公园里的游客相当多，树荫下有许多人在休息。送快件的人把自行车并排放在一起，躺在树荫下的椅子上。

佐野在接近音乐室的地方追上了他，邀请他朝帐篷式的小卖部里走去，他俩找到一张空桌坐下，佐野点了两杯水果汁和两份冰琪淋。

"你的服务太好了!"藤泽警官笑着抽了一口烟，"我先跟你说清楚，按 AA 制结账！让记者请客，我的心里会不好受。"

"哦，结账的事怎么都行。哎，藤泽警官，我打听到一个情况，专案组大概也清楚吧?"

"专案组什么也不清楚！因为尽是像我这样的笨蛋警察。"

"你这是谦虚！自从上次分手后一直没有找到你，我真是为难极了。可是,我想请你听我说说我走访的情况好吗?是呵,也许会惹恼你,因为还是那起悬而未决的旧案。"

"这情况一开始就明白了,我不会生气的!"

"那好,听我说,世津子胃里的罐装香蕈,在 O 车站北面出口的集市里有售,这是承蒙你告诉我的。作为交换,我把神父们在教会外的秘密活动据点告诉了你。"

"你还是我的大恩人呢!"

"还有,世津子尸体是从玄伯寺河里打捞起来的。问题是,她遇难前的两天里被软禁在什么地方。上次专案组传唤了托鲁培库神父,听说他什么也没有交代,是吧?"

"大概是那样吧?!"藤泽警官满脸的尴尬。

"那两天的软禁地,也只有我去调查。我是这样调查的,把软禁地假设在联结 O 车站和案发现场的玄伯寺河之间。"

"原来是这么回事!"藤泽警官笑嘻嘻的。

"如果软禁地在那一带,首先可以假设是在 XX 町周围,那里是寂静的住宅区,都是大型住宅。我是一幢一幢地走访打听。"

"好呵好呵! 天气那么热,你吃苦啦!"

佐野窥探藤泽警官的脸色,可他低着脑袋喝饮料,看不清楚他脸上是什么反应。

"真是功夫不负有心人! 我在那住宅区里发现了一幢可疑住宅。其实,我一直想把这情况告诉你。"

藤泽警官像孩子那样嘴里发出响声,喝完了杯里剩下的水果汁。

"那住宅区里很少有住户搬迁,许多住户很久以前就住在那里。可是, 其中有一住户凑巧是案发后没几天搬走的。这情况也许偶然。但我走访了附近邻居家,了解到那户搬走的原业主行为可疑。"

藤泽警官没有吭声，喝完水果汁后吃起了冰淇淋，依然没有抬起头来。佐野看不清楚他脸上的表情，只能看到他那光秃秃脑袋上薄得不能再薄的头发。

　　"门上连姓名牌也没有，据说连隔壁邻居也不知道该业主姓名。我找到经常送牛肉上那家的牛肉店店主，这才知道那家男主人叫冈村。"佐野目不转睛地望着藤泽警官的脸。

　　他面色红润，高鼻梁，脸颊削瘦，眼眸深深凹陷在眼窝里，目光锐不可当。这副威严的表情一定让罪犯望而生畏。

　　"据说，那家牛肉店只上门送了一星期的货就被停止了。接下来送货上门的牛肉店，大都也是一个星期左右换一家。哎，你觉得奇怪吗？不仅牛肉店，就连其他食品店也都是这样不停地更换。该业主好像一开始就是那么考虑的，都是送货当天结账。

　　"是呵！更换不满意的店家是常有的事，可从一开始就有计划地每星期换一家店的做法，难道不可疑吗！藤泽警官，你认为这消息怎么样？你觉得没趣？"

　　藤泽警官用餐巾纸擦嘴唇："有趣。"

　　他脸上没有浮现出激动的表情，目光呆滞。佐野似乎觉得自己估计错了，藤泽警官根本就不搭腔。有时候尽管外表装作不感兴趣，内心却乐滋滋的。

　　"藤泽警官，"佐野嚷道，"你对这情况不感兴趣？"

　　"也不是那么回事。"藤泽警官双肘放到椅子后面，似乎在打瞌睡。

　　"专案组大概还不知道世津子遇害前被软禁的地方吧？"

　　"哦，不知道。"

　　"如果那样，我想我刚才说的是好消息。藤泽警官，彻底调查搬走的业主情况怎么样？"

"这倒是好主意。"藤泽警官还是态度暧昧。

"哎，藤泽警官，我刚才已经说了，古里艾鲁莫教堂、可疑住宅和玄伯寺河之间是一条直线。那中间的可疑住宅，是最好的软禁场所。"佐野从不同角度提示藤泽警官，可他压根儿就没有反应。

"回家吧！"藤泽警官站起来，佐野无可奈何。"我付我的那份钱哟！"藤泽警官从蛙嘴式钱包里取出钱，边看发票边放上自己的那份钱，佐野见状制止道："你太见外了！藤泽警官。"

"如果是记者招待，那以后可就麻烦缠身。"藤泽警官笑着说，随后在暮色浓浓的日比谷公园里迈着大步朝大门走去，两人肩并着肩。佐野不高兴，原本是为了鼓一鼓藤泽警官的劲头，才把费了九牛二虎之力捕捉到的好消息告诉他，可他丝毫没有理会。佐野一直以为他是优秀警官，可现在觉得他太平庸了。

"喂，我告诉你一个情况吧！"藤泽警官突然对佐野小声说。

"……"

"就是你刚才说的冈村！你大概还不知道冈村的真实情况吧？"见佐野目瞪口呆，藤泽警官笑嘻嘻地继续说，"冈村这家伙呵，曾经是巴里奇奥教会的信徒。根据 M 警署提供的情况，当时的古里艾鲁莫教堂砂糖案与他有关。当时，冈村是黑市商人。"佐野惊讶得说不出话来。

"已经没有人从事砂糖黑市交易了，但他还是靠黑市交易挣钱，可他现在是大人物！表面上看是一家小厂老板，可事实上是受教会委托，主要从事毒品交易！目前，他已经是小头目了！"佐野不由得愣住了，两条腿像灌满铅似的僵直站在那里。

藤泽警官举起手说："我偷偷告诉你的只是这些，再见！"佐野

309

慌慌张张地嚷道："藤泽……"

藤泽警官没有回头，朝电车车站走去。

警视厅把托鲁培库神父作为重要参考人（涉嫌对象）传唤了三天，那以后没有对他采取任何措施。他住院后记者们蜂拥而至，但院方根本不让进门。古里艾鲁莫教堂也是这样，绝对不允许报社采访车靠近。

上回已经受到过警告，跟教会打交道是棘手的国际关系，对方又是宗教团体。对此，记者们犹豫不决，一个劲地向专案组打听，只是眼前正在侦查还没有具体内容的答复。新田科长经常举行与记者团的见面会，也不知从什么时候开始，唯这起案件闭口不谈。

最近活跃的媒体，与其说是报纸，倒不如说是杂志，为收集证据东奔西走，还要求信徒们配合。可是所有信徒都守口如瓶，因此没有发现任何新的线索。杂志上的报道，掺杂着主观想象和社会传闻。

警视厅依然保持沉默，专案组里空气沉闷。教会虽没有过激抗议，但依然保持与警视厅对抗的姿态。最近，教会发行的杂志上刊登了关于空姐凶杀案的文章，强调托鲁培库是清白的。可是该杂志快要印刷的时候，解释他为什么清白的文章被删除了。不知道教会为什么那么慌张删除，也不知道那篇解释文章里到底写了什么。然而教会此举，意味着教会依然对于专案组保持了高度戒备。

报社担心被警方蒙在鼓里，为此一直在监视专案组的举动。警官们照旧在侦查，坚持不懈地走访和摸排。记者们不仅尾随在他们身后，还"夜袭"警官住宅，可是什么新的情报也没有得到。

在这样的境况下，佐野突然想再次走访江原康子住宅。第一次见到江原康子时，遭到了她的冷遇。那后来许多记者前去采访，她的态度越来越傲慢。佐野本人从其他记者那里听说了见到江原康子的情况,以及听说她盛气凌人的模样,便不由得想到自己当时的"遭遇",忍不住独自笑出了声。佐野知道,直接去见江原康子也是白搭,于是决定走访她的邻居,间接地了解江原康子最近的动静。

他让司机把车驶到江原康子住宅的附近,故意让车停在明显的地方,随后沿巷子朝那里走去。他装作若无其事的模样经过她家门口,发现所有窗户紧闭着,没有一丝响声,犹如碉堡。

他走访上次见过的大学生家,出来关门的好像是大学生的妈妈,一个上了年纪的妇人。她一听说是找大学生的,赶紧去里屋叫儿子。大学生记得佐野那张脸,笑嘻嘻地迎接。

"上次太谢谢你了。"佐野鞠躬表示诚挚谢意。

"起作用了吗?"大学生站在玄关门口,和妈妈在一起,与佐野面对面交谈。

"起大作用了。哎,那后来有什么变化吗?"

"是呵,那以后的报纸和杂志好像都在竞相报道,于是她高度警惕了,不大外出了。"大学生说。

"我刚才从她门口经过了一下,好像家里没有人。"佐野说。

"噢,你是说那情况。其实,站在门外是无法判断她家里有人还是没人。她总是门窗紧闭,独自静悄悄地待在里屋。倘若以为家里没人而大声说她坏话,那绝对遭她一顿臭骂。"

"还是在翻译《圣经》吗?"

"是呵,现在怎么回事呀?最近,毕里艾神父好像不来她家了。"大学生提到了毕里艾神父,"过去几乎每天晚上来,可这起案件被媒体报道后突然不来了。因此,女人经常是独自一人在家。"

"她一个人在干什么呢?"

"最近好像是在出售家里的东西。"大学生妈妈从旁边插嘴说,

"她生活非常奢华,添置了许多家具,现在完全变样了,安安静静的。好像在出售家具！多半是神父不来的缘故！"

"噢,这么说,江原康子会不会穷困潦倒了?"

"也许那起案件发生后,毕里艾神父给她送钱也小心谨慎了吧！现在可能是在靠出售家具生活。"

佐野像大学生的妈妈那样,以为江原康子依靠出售家具生活是因为毕里艾神父不给钱,其实并不是这么回事。

朗卡斯特在夜总会喝酒,是这里舍得花钱的常客。一楼是舞池;二楼是静悄悄的餐厅,除他以外还有五六个客人分散坐在桌前,大部分是外国人。这是一家舞厅和餐馆组合在一起的夜总会,由于外国客人光顾得多而出了名。

一楼音乐在疯狂地喧闹,并夹杂着口哨声。那是外国客人在吹口哨。这时,餐馆角落的电话铃响了,服务生接电话后走到朗卡斯特身边说:

"朗卡斯特先生,您的电话。"朗卡斯特放下手中酒杯,停顿片刻,取出西装口袋里的手帕轻轻擦了一下嘴唇,镇定自若地说:"谢谢！"向服务生鞠躬后朝电话机那里走去。

"是我。"他说。

"是我。"电话那头也说话了。那是毕里艾神父的声音,朗卡斯特点点头。

"一直在等你电话。"

"让你久等了。"

"托鲁培库的情况怎么样?"朗卡斯特小声问。

"那家伙等于是一匹死马。"毕里艾神父答道,随后嘲笑似的说,"喂,我听见你那里的热闹音乐了哟!"

"因为从你那里打电话来有危险。绝不能让你的电话打到我的电话里,于是我选择来这里等你的电话。"

"好主意。"

"有急事吗?"朗卡斯特问。

"上封信收到了吗?"

"收到了。"

"你什么时候回去?"

"现在,现在就去。"朗卡斯特答道,毕里艾神父发出了惊讶声。

"你是说现在?那,还早呢……"

"越早越好,因为我快要被火烧着了。"毕里艾神父听了朗卡斯特的话沉默了少顷。

"去哪里?"

"多半去开罗。我的护照是去开罗的,只要乘上飞机就安全了。"

毕里艾神父沉默了。

"总之到了那里后给我们发指令,行吗?"

"知道了。哎,你那里形势怎么样?"

"在巧妙地做劝说工作。如果是这样,MPB(警视厅)会要求我们让托鲁培库回国。"传来神父含笑的说话声,"我熟悉的高官帮我们联系好了,日本政府的主要领导人已经同意,再过两三天,这家伙大概可以回国了!我已经跟外交部通过气,因为堂堂正正的不是警察,而是我们。"

"外交部的经办官员是谁?"

"是我们的信徒,还是信徒干部……上帝呵,施给信徒幸福吧！"神父对着电话祈祷。

"可是，托鲁培库回国后打算怎么处置？"朗卡斯特轻蔑地问。

"是这家伙吗！多半接受宗教审判。"

"是宗教审判吗？"

"这家伙做了糊涂事，光这就已经够坐被告席的资格了。

"那他会受到什么样的审判？"

"那和日本警视厅不一样。他已经不能在日本继续待了！

他让我们遭到失败，仅这一点就是重罪，可能被开除神父职务，可能被流放到边远地区传教，总之在这两者之间选择。"

"你那女人怎么办？"

"哦，是她吗？"毕里艾神父若无其事地说，"也不能继续留在日本，因为她不是守口如瓶的女人！否则不知道她会说些什么，再者目前已经被报社和杂志社盯上。"

"让她去哪里？"

"去我们国家，手续已经办好。我让她以结婚的名义出国，新郎也是年轻神父，已经先行回国等她。"

"她不是你的情妇吗？"朗卡斯特问，"让她跟别人结婚，你不在乎吗？"

"不在乎。"电话那头传来笑声，"那女人除我外还与其他男人交往。那男人的名字我也知道，我只是保持沉默而已。"

"那就这样吧！"朗卡斯特最后说，"我的指令都由冈村传达给你，不知道是从上海还是从马尼拉或者开罗发出。毕里艾神父，祝你健康！谢谢你的帮助。我还会来这里，到那时候再见！因为日本是个好地方，是天堂。我还真想和你无拘无束地聚一聚，可遗憾的是现在不行。不过，请你记住！接下来摆在面前的，还是你们教会和我之间的共同事业。再见！"

毕里艾神父挂断电话，他使用的是公用电话，然后驾着雷诺轿车风驰电掣般地朝教会驶去，外面正在下雨。一回到教会，便急急匆匆地朝楼梯走去，敲响了马鲁旦分会长的房门。

分会长一脸不放心的神色，整个教会都是提心吊胆的。外表看上去像铜墙铁壁，其实里面充满了胆怯和慌张。毕里艾神父走到分会长桌前说："我与朗卡斯特联系上了，他说马上就乘飞机离开日本。"

"马上？"分会长瞪大眼睛，嘴里说着，"哦，哦！"摊开双手。

"他好像大祸临头，这对于我们来说反而安全了！警视厅多半已经盯上他了吧？！"

"……嗯，这实在是太突然了！"

"这家伙老奸巨猾！不愧是国际商人！他是不会失手的。"

"他说去什么地方？"

"他好像是去开罗。"

分会长脸上露出吃惊的神情。

"还说其他什么了？"

"他说以后通过冈村与我们联系，他还说不管到哪里仍然从事与我们教会之间的共同事业。他还打算今后永远把我们置于他的手心里。"马鲁旦分会长脸色阴沉。

"无可奈何呵！都怪我们太贫穷。托他的福，教堂变得富裕了，只是希望今后别露出破绽。"

"他问托鲁培库的情况了哟！"

"是问了吧？他恨托鲁培库，说托鲁培库如果当初顺利就不会陷入今天这种地步。"

"分会长,最好快些让托鲁培库走吧!"

"我也这么想。出国手续办得怎样啦?"

"全办妥了,不会再让警视厅碰他一根毫毛啦!瞧!"毕里艾神父取出报纸,是当天晚报。分会长不识日文,毕里艾神父将它翻译成英语念给他听。

"这是我上次接待信徒记者来访时说的话,托鲁培库神父不可能行凶杀人!只要想一想就应该明白,神父是不会趁新神父晋级这样重要仪式的间隙,去犯那种连常人也干不了的杀人重罪。我们教会的历史是受难的历史,这起案件也是其中的组成部分。但是,新闻媒体与警察勾结在一起污蔑教会,也是迫害我们。我对天发誓,托鲁培库神父是清白的。"

分会长频频点头,脸上的表情像老师赞赏学生写了一篇好文章那样。

"接下来是专案组说的内容:'由于没有弄清楚被害人在被害前两天的踪迹,审讯难以进行。尽管托鲁培库是外国神父,我们仍然毫不留情地传唤了他。但是为了避免与宗教界之间的无谓摩擦,我们专案组在审讯上考虑得非常周到。'警方说得不多。"对于警方这样的说法,马鲁旦分会长理解得很清楚。

"你理解了吧!专案组已经不能再对我们怎么样了。据承办警官说,警方已经不需要调查托鲁培库了,他不管去哪里都是自由的。这结论太难得了,就是让托鲁培库立刻回国也没有问题。"

"准备工作做得怎么样?"分会长用对待下级的语气问。

"全准备好了,什么时候出发都行!"

"其实,"分会长说,"今天,我国的巴奇里奥教会也说了,要托鲁培库尽快回国。他们也为这起案件感到非常头痛,再磨磨蹭蹭下去,我们就要承担责任,我本人也许被流放到朝鲜大山里或者是刚果密林里。毕里艾,那好,请你速去办理!"

"定在什么时候让他走?"

"马上,明天也行。"

"明天?那太急了。"毕里艾神父愕然。

"你不是说准备好了吗?还没准备好吧?"

"明白了,我现在就去见托鲁培库。"

"就那么办!"毕里艾神父跑出分会长办公室,驾驶雷诺轿车冒着倾盆大雨离开教堂。一路上,雨像瀑布那样击打在挡风玻璃上,刮水器在不停地上下移动,可它的速度依然赶不上雨点速度。眼下正是闷热的梅雨季节,他的脖子直冒汗。

"这雨下得太大了,畜生!"毕里艾神父一边转动方向盘一边骂,"托鲁培库你这个浑蛋,快滚到地狱去!"他想要吐唾沫,可车窗因为防雨全关闭了,只得难受地咽了下去。

毕里艾神父的车驶入圣爱医院后,徒步沿走廊朝里走,随后敲响最里面的房门,可是没有回答。过了一会儿,贴着门背的问话声从房间里传了出来,是托鲁培库的声音。

"我是毕里艾。"于是传来了开锁声,出现了一条很小的门缝。毕里艾神父进屋后,托鲁培库赶紧把门关上,还上了锁。

"身体好吗?"毕里艾神父走到房间里面,看见桌上摊开的《圣经》后在胸前画了个十字。托鲁培库表情郁闷,无精打采地站在那里。房间里光线很暗,玻璃窗上流淌着雨水。

"真闷热。"毕里艾神父用手帕擦擦脖子上的汗,在椅子上坐下,"你瘦了!"他抬起脸仰视托鲁培库,面带微笑。站在那里的托鲁培库看上去十分憔悴,眼凹陷,脸削瘦,皮肤没有光泽,呈灰色,脸部神经在不断地颤抖。

"毕里艾神父,有什么事吗?"托鲁培库问,声音轻得像蚊子嗡嗡叫。

"有。"毕里艾神父摆出威严的架势。

"哎,什么事?"托鲁培库胆怯地问。

"你必须立即离开日本回国!"

"什么?"托鲁培库本能地跪在地上,脸朝下在胸前画十字。

"是马上吗?"他呻吟似的问。

"是马上。这是马鲁旦分会长的命令。明天你必须乘国际航班回国,座位已经订好了。"

"是明天吗?"

"是明天。对你来说应该是好事,可以不再为那些日本记者的骚扰而烦恼,明白了吗?趁现在赶紧收拾行李。记住!你是从医院直接去机场,不准返回教会。你放在教会里的个人物品,我过几天会寄给你的。"

托鲁培库没有说话,好像心里在盘算什么。

"我冒雨来这里就是为这件事,你明白了吗?"毕里艾神父站起来的时候,托鲁培库跪在地上,双手抱着毕里艾神父的大腿说:"毕里艾神父,我回国后会受处分吗?"

他胆怯地看着毕里艾神父,手直打哆嗦。

"回国后多半要接受各种各样的讯问。"

"是处分吗?毕里艾神父。"

"不知道,那不是我的权限范围。"

"毕里艾神父,总部该不会开除我的神父职务吧?!如果落到那种地步,我真不知道在哪里安身才好。"托鲁培库申诉说,"我们家经济困难,父亲是穷木匠,因为贫穷一直艰难地生活着。我从小就没穿过皮鞋,成人后当上神父也算是出人头地了。父母都为我感到自豪和骄傲,如果再让我回到贫穷环境里,我将会绝望,迷失方向。父亲和哥哥肯定会蔑视我、憎恨我,辱骂我。毕里艾神父,能否求你对分会长说说,请他给总部出一份请愿书?求求你了,毕里艾神父。"

毕里艾神父冷冷地说:"按你说的办! 那么,托鲁培库,是明天的飞机哟! 晚上七点半出发,别忘了! "

"毕里艾神父,我想说,我今天落到这种地步你是有责任的,是的,是你们让我干会计所致。我的一切都是从那时开始的。不仅仅我,还有让我干会计的你们都没有干好事。"

"哎,托鲁培库,你是发我们的牢骚吧! "

"不,我是求你们,请救救我! 毕里艾神父。"

在羽田国际机场大厅的一楼,有检查乘客行李的海关事务所和外币兑换窗口等,中间是走廊,走廊两侧是一长排柜台,其中一区域是出入境管理事务所的所在地。

晚上七点,天还没有黑。一群乘客排成队列正在从这条通道经过,一会儿是接受行李检查,一会儿是兑换外币,一会儿是出示护照签证。送行的人被禁止入内。出入境管理事务所职员按照规定,逐一仔细检查乘客递上的护照签证,几乎全是外国人。其中一年轻职员接过一乘客的护照,瞪大眼睛打量那上面的签证和名字等:

古里艾鲁莫教堂神父托鲁培库

护照上贴有本人照片，跟报上见到的一模一样。年轻职员脸色变了，柜台前站着的托鲁培库神父，那张与照片相同的脸在微笑。他最讨人喜欢的地方，就是那种笑容。年轻职员知道，眼前这个神父就是被媒体竞相报道而轰动日本的空姐凶杀案的"英雄"！

按理说，警视厅正在把他列为涉嫌对象对他进行审讯。那么，是否应该把这张有签证的护照还给他本人呢？年轻职员不知道该如何处理。说是刑事案涉嫌对象，基本上是犯罪嫌疑人。

"哎，请稍等一下！"年轻职员朝站在柜台外侧的高个神父说。眼前的神父，身上穿的是不系领带只有彩边的圣装。年轻职员把他的有签证的护照拿到股长那里，股长手持护照与柜台外侧的托鲁培库比对，随后喊来两三个干部模样的官员碰头商量。那样做，是避免承担责任的问题。护照签证上没有伪造的地方，警视厅也没有发来禁止古里艾鲁莫教堂托鲁培库神父出境的通知，那么，他的手续是齐备的。

这过程中，其他乘客接受检查后陆续登机了，剩下没有多少人了，距离飞机起飞时间也越来越近。托鲁培库用鞋后跟敲打着地面，似乎在催促。可那些干部出于谨慎，非常仔细，一连商量了好几回。

其中一干部接受命令后，给蒲田警署驻羽田机场警局挂了电话，说护照签证在手续上没有可疑地方，可又说出境人是目前轰动日本空姐凶杀案的涉嫌对象，为慎重起见，请示警方是否可以准许他出境。警官回答很简单，说没有收到警视厅禁止他出境的逮捕令，没有理由阻拦他出境。

拿回护照签证时的神父脸上，涌起比以前更讨人喜欢的笑容。他鞠躬并挥挥手，朝长长的走廊边上走去。那对面是出口，通向候机厅。出入境管理局羽田机场事务所的全体职员默默地看着他离去，直到他的背影消失。

托鲁培库是最后一个走进候机厅的，那里有七十个乘客坐在椅子上，个个脸上洋溢着踏上旅途的兴奋、喜悦，头发颜色各不相同，来自不同国家，使用的是各自的母语，也有乘客特地站起来给托鲁培库让座。不管到哪里，神父都是受人尊敬的。托鲁培库靠在椅子上翻开一本书，不用说，那肯定是宗教书。他静静地坐在那里阅读。

有人问："冒昧地问您一句，去哪个国家？"神父眨巴着迷人的眼睛，微笑着回答了自己的目的地。那人很高兴地说："太好了，可以和神父一起旅行。"那人还说起日本给他的美好印象。托鲁培库表示赞同，说是同样感受。不一会儿，广播里响起了播音员通知准备登机的声音。

乘客纷纷站起来，来到登机口，地勤人员站成整整齐齐的队列向客人敬礼。

机场灯光明晃晃的，天空一角还残留着太阳的余光。这架庞大身躯的法国飞机停在停机坪上，舱门已经为客人敞开。托鲁培库转过脸，挥手示意。但是，看不清楚送托鲁培库的人究竟站在哪里。

二楼过道厅站满了人，不计其数的手像随风飘动的野草在不停摇晃。托鲁培库在舷梯上站了几秒钟，此时此刻，他的目光茫然、惆怅。从后面走来的乘客，由于他站在那里挡住了去路而不慎擦着他的身体。

"对不起！"托鲁培库向对方表示歉意，这才迈开脚步朝机舱里面走去。这是他在日本土地上说的最后一句话。

毕里艾神父挤在送行的人群里，两眼紧盯着在跑道上慢吞吞爬行的客机。飞机螺旋桨时而加速旋转,时而停止旋转,反复了好几次,一直到大型机身驶入第一跑道,看上去还真像依依不舍的模样。顷刻间,飞机似乎最终下定决心,开始在跑道上最后冲刺,响彻机场的轰鸣声传到了送行人员聚集的二楼过道厅。

送行人群里传出沸腾的欢呼声,长机身的法国大型客机在跑道上飞速行驶,随着机头朝上昂起的瞬间,机身离开地面,飞上天空,机尾红灯在夜幕里可爱地闪烁,被夜色包围的飞机迅速变小,眨眼间从视线里消失了。

毕里艾神父离开拥挤的二楼过道厅,朝出口走去。慢腾腾的脚步,加之身着圣装而不时引来人们的视线。如今,这种服装在日本成了人们注意的焦点。人们向他投去好奇的目光,似乎在说,身着这种黑色圣装好像隐藏着什么?!

他那目中无人的嘲笑声似乎也在向什么人示意,怎么样,认输了吧!他的嘲笑声似乎还在得意地说,是我把那家伙放走的。他走到停车场上的蓝色雷诺轿车边,一路上是充满自信的脚步。他驾车从羽田机场驶向东京都闹市中心,心情舒畅,充满了自信。

然而他并没有立刻回到古里艾鲁莫教堂,而是来到闹市最繁华的一角,他把车停在报社大楼边上。这是高层建筑,所有窗户都亮着灯光。他大步流星地走到总台跟前,从口袋里取出一封信递给年轻的接待小姐,脸上是和蔼可亲的笑容:"请把这交给社会部,内容重要,务请交给编辑部部长!"他一口流利的日语让接待小姐佩服不已。接着,毕里艾神父驾车到另一家报社,接待柜台里站的不是年轻小姐,而是保安。

"这是一封重要的信,务请交给编辑部部长。"他递上相同内容的信。他对第三家报社的接待员说了相同的话,递上去的信也是一样厚。在送三封信的过程中,毕里艾神父的脸上一直保持着微笑。

见到他的人无疑觉得他是可亲可敬的神父,但他本人的内心世界充满了嘲笑。那些报社社会部的编辑部长收到接待台送来的重要信件。信的内容分别是用英文和日文写的。编辑部长看完那封信,情不自禁地大声惊叫。

尊敬的编辑部部长:

托鲁培库系本教会所属古里艾鲁莫教堂的神父,他已经对警方说了所有应该回答的内容,由于讯问时间偏长,疲劳过度,病情恶化,为此让他暂时回国休养。今天晚上,他已经从羽田国际机场乘飞机离开日本。

特此禀报

巴奇里奥教会日本分会长　马鲁旦　敬上

不用说,接到信的报社像火山那样沸腾起来。此时此刻,警视厅正在召开会议。参加人员有:青山部长、新田科长和空姐凶杀案专案组的全部办案人员。此刻都围着会议桌讨论。讨论内容有:过去的线索,后来找到的有关托鲁培库的新线索。

在传唤托鲁培库后过去的两个星期里,侦查一科的刑事侦查警官们也没有放松,穿街走巷地继续展开排查。由于侦查对象是外国宗教团体,加之该团体明目张胆地与警视厅对抗,所以,警方的行动非常慎重,暗中进行,以避免刺激教会。

在暗查过程中,警方还必须避开报社视线。对此,处在第一线的刑事警官们绞尽了脑汁,整天承受着来自侦查上的重压。有传闻说,首相为了与某国之间的外交想终止该案的侦查。虽不知道该传闻的真实性,但是这种传言严重影响了办案警官们的意志。

青山部长表面上竭力装作若无其事的模样,尽可能不去考虑传闻的真实性，积极倾听第一线侦查员们提出再次传唤托鲁培库的意见。今天的侦查会议内容里，也包括讨论如何技术性地传唤托鲁培库。目前，教会虎视眈眈。因此，警方必须有思想准备，充分预计侦查外国籍犯罪嫌疑人，尤其是外国籍宗教人士的困难程度。

在会议上，藤泽警官极力主张再次传唤托鲁培库，并提出让自己直接讯问犯罪嫌疑人，在时间上两天即可。在首次传唤的三天时间里，犯罪嫌疑人用词典查单词，一个单词一个单词地查找警官的提问意思，以此争取思考时间，同时用如此狡猾手段减少警方的讯问时间。

传唤是上午十点开始的，可是到了中午，犯罪嫌疑人还是要休息一个小时，到了下午三点又要休息十五分钟。到了傍晚五点，即便正在讯问，他也会要求立刻结束。

当然，也有高智商的辩护律师在其身边的缘故。这就是教会方面制定的"守法斗争"，也就是钻法律空子与警方展开的智商斗争。

对于首次传唤没有取得任何进展的情况，第一线办案警官都很后悔，于是大家在侦查会议上的发言自然激烈起来。就在热烈讨论的时候，刑事侦查部的事务警官悄悄推开房门走了进来，径直朝科长身边走去。

科长用眼睛匆匆扫了一遍递来的纸条，没想到他脸色骤变，朝部长轻声说道："部长，听说托鲁培库乘坐羽田机场今晚七点三十分的国际航班回国了。"

他的话音刚落，会议室里一片哗然。"怎么回事！"青山部长大声吼道，站起身来一脚将椅子踢到后面，脸上猛地变成暗红色，镜片背后的眼睛瞪得像牛眼般大，气愤地凝视着前方。

"啊！"所有出席会议的人吃惊得不约而同地叫嚷。这消息太出乎意料了！对手逃走了！青山部长咬牙切齿地说：“我去一下总监办公室。”只说了这么一句就走出房间。

警视总监还在办公室里。青山部长敲了一下门就大步走进去。秘书出来迎接，看见他的脸色吓了一跳。总监坐在里间办公室的大桌子那里，外间办公室摆放着的是会议桌，两侧放有许多椅子。总监秃顶，长脸，眼镜的其中一枚镜片反光，那是受来自台灯光线的影响。他抬起脸来，眼睛离开桌上的文件。

“总监，”青山部长径直朝他的桌前走去，“刚才从羽田出入境事务所得到消息，说托鲁培库神父乘坐晚上七点半的国际航班回国了！”

青山部长一脸的严肃，他期待着总监的惊愕表情。谁知总监脸上没有丝毫反应，连眼睛也没眨一下，唯一动作只是静静地看了一眼手表。“真是那样吗，已经离开了吗？”他只嘟哝了这句话，一脸茫然，看也不看部长。这时，青山部长凭着直感感到，总监一定事先知道了什么。

向他报告时，他既没有表示惊讶，当然更没有激动，镇定自若。接着的那句话，也显示了总监的冷静：“只能这样，因为没有法律依据。还有，他大概还称不上犯罪嫌疑人吧？再说也没能取得逮捕证。他就是逃走了，其他人也没有什么牢骚可发。”

部长锐利的目光射向总监的脸庞，颤抖着嘴唇。只有这时候，他才切身感受到上下级是一堵难以跨越的墙。如果坐在对面的人是同事或者部下，他无疑会冲上去掐住对方脖子。部长此刻的这种愤怒情绪，总监不可能感觉不到，于是避开青山部长的视线。

他说：“青山君，这是一起难办的案件！从某种意义上说，托鲁培库这时候回国对于我们难道不是一件好事吗？！是的，我这么说也是为你考虑,该案久侦不破,弄得不好,你的位置也可能保不住。"

青山部长目瞪口呆,久久地凝视着总监浮现在嘴边的淡淡笑容。来自古里艾鲁莫教堂的灰尘,仿佛正劈头盖脸地朝自己扑来,不,朝着包括部长在内的日本警方扑来。

空姐凶杀案就这样被打入冷宫,以托鲁培库神父的回国而结束。专案组对外说,侦查没有结束,还在继续。那样做虽有可能找到其他犯罪嫌疑人,但侦查活动事实上已经终结,接着专案组也被解散。所有人都认为,逃走的托鲁培库是唯一的犯罪嫌疑人,是警视厅锁定的真正凶手。

托鲁培库的逃跑在社会上引起震惊。倘若犯罪嫌疑人是日本人,是不可能出现这种戏剧性变化的。报纸和杂志竞相报道,可是再怎么大张旗鼓地报道,犯罪嫌疑人已经逃到日本警方够不着的地方,侦查工作只有到此结束,别无他路。

剩下的问题是,到底是谁放跑托鲁培库让他回国的。警视厅发言人在例行的记者会上说:"因为没有到达申领逮捕证的阶段,我们不能阻止犯罪嫌疑人办理回国手续。"但是,托鲁培库是本案唯一的重大怀疑对象,可以说他是犯罪嫌疑人,再说传唤也没有结束。在这种时候,托鲁培库是否可以不事先征得警方同意就回国呢?

"不,并不是事先没有征得同意。"古里艾鲁莫教堂的负责人强调,教会确实寄通知给了外交部有关负责人。经过调查,确实有这样的事。外交部某局长也收到了来自古里艾鲁莫教堂的信,可是据说他没有看,原封不动地一直放在局长桌上的"未批文件"盒里。

凑巧当时有人在场,知道整个过程。局长从"未批文件"盒里取出那封信时慌慌张张地辩解说，因为当时忙忘了及时处理以致放错了地方。顺便说一下，这局长也是巴奇里奥教会的忠实信徒。由此开始有传闻，说警视厅事先知道托鲁培库出境却故意装聋作哑。还有变本加厉的传闻，说警视厅当局在背后秘密进行交易，主动恳请教会批准托鲁培库出境。

该传说还被补上最恰当的理由，说警视厅受到高层的压力，为处置托鲁培库伤透了脑筋。在恳求教会让他出境的同时，作为达成妥协的交换条件，一律不追究该教会从战后到现在一直进行的犯罪活动。警视厅极力否认那样的传闻，还正颜厉色地说，不可能有那样的情况。确实是上述说的那样，不可能有上述愚蠢的情况。这些传闻，宛如雪花从空中悄悄降落，堆积在专案组成员的身上。其中有这样的传闻，说现任首相为解决与某国之间的外交纠纷而将该案打入冷宫。还说某高官曾向首相进谏说，只不过是一个女人被杀，不能让该案在国际谈判上产生不利影响。

总之，空姐凶杀案就此终结。

佐野记者在托鲁培库逃回国后立刻驱车去了江原康子的住宅。他把车停在一个僻静住宅区的狭小路口边上。他已经来过这里多次，非常熟悉。路两侧是一长溜由花柏和罗汉柏构成的围墙，从转弯角数过去第五幢就是江原康子的住宅。

佐野来到熟悉的围墙边上，竟然开始怀疑起自己的眼睛来。江原康子的住宅消失了，原来有住宅的地方空空荡荡的，可以从围墙清楚眺望到纵深处高高耸立的树林。

怎么回事？住宅不见了，拆下的旧木材等被乱七八糟地堆放在地上。他惊呆了，瞪大眼睛盯着旧木材。后面大片空地的草丛里，好像有什么痕迹，到处是大坑。只是曾经隐蔽过雷诺轿车的杉树、枞树和冬青树都留在原地,没有丝毫变化。佐野立刻去邻居家打听,接待的是大学生的母亲。

"你是找江原康子吗？她已经不在日本了哟！"

"这是怎么回事？"

"听说是去外国结婚。她压根儿没跟邻居打招呼就走了。你还想知道那幢住宅是怎么回事吧！她走后没几天就来了几个木工,听说是根据古里艾鲁莫教堂的命令来拆房的,因为那幢住宅的所有权是属于教会的。"佐野明白了,教会让"唯一证人"迅速逃到海外,因为江原康子对教会秘密知道得一清二楚,把她留在日本对教会是绝对不利的。

佐野驾车返回。不管什么情况,教会从开始到最后总是抢在前面。不被外国宗教团体放在眼里的,不只是日本警方,还有日本媒体和全体日本人民。车在旱地与杂树林之间的路上行驶,他不时地眺望着窗外。

白色的尖塔伫立在树林里,三角形尖顶上锐利的十字架在强烈阳光下折射闪烁。幽静的田园里弥漫着宗教的气息,仿佛古代西洋画里的风景。从白色墙壁的教堂窗口飞出美丽的赞美诗歌声,从尖塔那里传出洪亮的钟声,好一派虔诚的氛围。

然而在这多彩而又立体的自然风景画的背后,也许还藏有人们尚未知道的罪恶。至少在佐野的眼睛里,那不是风景画而是地狱全景画。此刻,他不想立刻返回报社。

从这里到世津子被害的玄伯寺河现场,距离不是很远。佐野命令司机朝那方向行驶,一路上烈日炎炎。车在树林里竖有牌坊的桥上停车,佐野下车后站在桥上俯视玄伯寺河。黑水浑浊,依然缓缓向前流淌。

曾几何时,这座桥下的黑水里漂浮着世津子的风衣和雨伞,而漂浮着尸体的位置就在稍前一点的下游。视线移向那里,河流弯曲,附近依然有许多旱地,河岸一侧是灌木丛,太阳照得树叶发白。佐野发现前面有一男子正站在岸边,胖墩墩的。他三步并作两步地朝那里走去。

"藤泽警官。"他喊道。但是喊声没有引起对方的注意。藤泽警官仍然保持着伫立的姿势,目不转睛地望着水面,直愣愣的神情让佐野感动。

佐野又喊道:"藤泽警官。"藤泽警官这才转过脸看着佐野。

"原来是你!"他就说了这么几个字,脸上流淌着汗。河里漂浮着许多废弃物,佐野也将视线投入水面。佐野清楚他是怀着什么心情来这里的,是的,跟自己来这里的心情一样,想来这里看看。

大约十分钟过去了,他俩谁也没有开口说话。浑浊的黑水淤塞而停滞,再又磨磨蹭蹭地朝前流动。

"藤泽警官,"佐野没有看他的脸,"这起凶杀案大概终结了吧?"

"终结了。"藤泽警官用简短的几个字答道。接着,他俩看着水面又好一会儿没有吭声。最后,还是佐野先开口说:"藤泽警官,可以对我说说情况了吧?!"

"不能说。"藤泽警官态度生硬地答道。

"凶手已经逃走了,无论藤泽警官你有多大能耐也已经无济于事。你就别抱幻想了,说给我听听吧!"

"不能这样。"

他俩谁都没有朝谁看,警官还是保持着他原来站立的姿势,锐利的目光始终注视着河面。

"世津子在哪里被杀害的?"

"不知道。"

"那好,我说吧!世津子被软禁的地点是冈村的家,冈村是与教会勾结从事黑市买卖的惯犯。具体位置,是这里与 O 车站之间。冈村本来是教会信徒,与黑市的许多罪犯之间有联系,是的,这是你告诉我的。在那幢住宅里,世津子被软禁了两天!"佐野实在憋不住了,觉得还是一吐为快,于是继续说了起来,"我想说,世津子从成为 EAAL 国际航班空姐的那一天起,她的命运其实已经与被害连在一起了。托鲁培库是教会会计,可会计还兼与黑市各团伙之间的交涉。自上任会计后,可以说托鲁培库注定成为杀害世津子的凶手。"

这时,一辆白色巴士从对面慢腾腾地驶来。

"某外国人与教会勾结做黑市交易,指令托鲁培库让世津子担任将毒品秘密带进国内的角色。总之,教会的繁荣和毁灭的生死大权掌握在某外国人的手里。托鲁培库要求她接受任务,出乎意料地遭到她的拒绝。

"她不知道年轻神父背后的隐情,天真地认为他把灵魂出卖给了恶魔而感到伤心。托鲁培库把女友的拒绝告诉了那个外国人。那人大怒,遂命令托鲁培库神父杀了世津子。世津子既然已经知道秘密,他觉得不能留给她活路。就这样,托鲁培库按照命令杀害了世津子。

"我想世津子被软禁在冈村家两天,也是那头目指使托鲁培库干的。他不折不扣地执行了命令。软禁的两天里,凑巧是托鲁培库出席神校举行新神父晋级仪式的日子。教会得知托鲁培库杀了世津子后大吃一惊,赶紧组织宗教力量伪造了托鲁培库没有作案时间的证人和证词。

"而托鲁培库通知世津子去神校附近,见面后托鲁培库利用世津子的单纯骗取了她的信任,以致她在什么都不知道的情况下跟着托鲁培库去了冈村家。"

藤泽警官疲劳地蹲在土堤上,佐野继续说:"世津子在被软禁的两天里,托鲁培库理应多次去冈村家见过她。K 医院的解剖医生说,从世津子的阴道里检测出 O 型血的 MN 型精液。可见,她死前几个小时里有过性行为。也就是说,从软禁地到玄伯寺河之前,她与托鲁培库之间有过性行为。

"因此,托鲁培库在传唤其间拒绝警视厅提取唾沫和小便以避开血型化验。我想,这就是他拒绝的原因。奇怪的是,她的内裤上也发现了精液痕迹。经过检测,内裤上的精液和阴道里的精液在血型上不同。由此可见,她被软禁后与两个男人有过性行为。

"从她的生活习惯分析,可以明确地说,内裤上的精液是在软禁地粘上的。也就是说,她没有带替换内裤去软禁地。根据走访来的情况说,世津子有洁癖,穿没有替换的内裤是因为处在软禁状态。"

藤泽警官在用手拨草。"哎,藤泽警官,问题是她内裤上的精液。根据我的想象,多半是走私集团的头目在软禁地强奸了世津子。这女人太可怜了!她也许跟稍后来冈村家的托鲁培库哭诉过,可头目握有托鲁培库的男女关系和贩毒的把柄,因而托鲁培库也无可奈何。

"不仅如此,立刻杀害世津子的命令也是来自那个头目。世津子多半是深夜乘上托鲁培库驾驶的车来到这里,然后他伺机掐死世津子,她察觉后跳下车逃跑,神父在她身后追赶。可是,她没有大声喊叫,那是因为觉得他是自己深深爱着的男人。

"在她的心底深处，也许持有即便断气也不愿意喊救命的想法。我想，那就是当晚谁都没有听到女人哭叫声的原因。"

藤泽警官拂掉膝盖上的草。

"她不知道应该逃到哪里。眼前凑巧有一条河，她从不高的悬崖上跳到河里，着落点就在桥下。世津子在水里拼命逃跑，托鲁培库拽住她身上的风衣领，世津子的手臂顺势脱掉风衣。被发现的风衣袖子内侧，理应是卷起来的。

"世津子逃到二十米左右的下游那里，就是藤泽警官刚才凝视的河面。在这里，她还是被托鲁培库抓住了，脖子被掐在他呈三角形弯曲的手臂里。这是外国人最流行的手臂勒杀方法。托鲁培库的手臂长，要比日本人长许多。

"刹那间，世津子的脖子因为受压而窒息，最后气绝身亡……托鲁培库返回车里时发现座位上有世津子的伞，便把它扔到河里后驾车逃走了。他先去江原康子的家，那是为了换下湿透的裤子，还有江原康子是知情人……怎么样，藤泽警官，我的推理没错吧?！"

藤泽警官站起身来："你的推理分析，现在看来是合乎逻辑的。"沉默许久的藤泽警官这才开口说话，"尽管你的推理我觉得非常准确，可惜的是没有证据！唉，没有证据！这个畜生，如果上司给我两天时间，由我来审讯托鲁培库，我肯定能让他自己坦白！"藤泽警官接着又说，"眼下既没有证据，而罪犯又逃走了。虽说你的分析头头是道，可仅凭推理是不起作用的。瞧！河面上的草好像在摇晃?"

藤泽警官伸出手指，佐野的眼睛顺着手指的方向朝那里望去。那里缓缓流淌的水面上散发着水蒸气，正在被强烈的阳光吸收徐徐朝着天空攀升,宛如热浪摇晃着对面的野草,似乎燃烧时冒出的烟雾,仿佛在为世津子的冤魂叫屈。

"藤泽警官,这么说,警视厅是全面败北。"

"不,也不完全是这么回事。还有别的收获。但是无论什么收获,那都是其他科的功劳,我们科什么也没有留下。"他无精打采地望着水面说。大约一个月后,佐野才觉得藤泽警官说的这番话是正确的。

EAAL航空公司的一百多名职员,不知何故,因走私嫌疑遭到解雇。对此,各家报纸都大肆报道了该新闻。读者看了这篇报道后,无论谁都会想起这就是世津子工作过的航空公司,也都会联想起大批员工遭到解雇多半与这起凶杀案有关。

那以后又过去了一个月,又有信息传到极少一部分侦查该案的人们耳朵里。

……以空姐凶杀案为契机,EAAL航空公司一百二十多名职员参与贩毒的案件水落石出。这是日本警视厅的侦查结果,抓住了该案的主要线索。在整个侦查过程中,日本警方与巴黎国际警察委员会总部进行了极其秘密的配合。该联络工作由日本警方的某一级警督负责,进而由日本警察机关向某国外交部和内务部通报该案。

EAAL航空公司所在国成立了由内务部和EAAL航空公司调查机构组成的联合调查小组,对这起案件展开侦查,获得了确凿的证据,使近两百名不法分子组成的空前走私团伙浮出水面。该团伙的走私货物主要是来自香港和澳门的毒品,还有翡翠、钻石、白金和黄金等。

根据检察厅和警察机关的指示,EAAL航空公司总部正式辞退了数名飞行员和数十名机场员工。

日本警察由于得到国际警察的帮助，侦查能力受到很高的评价……

但是国际社会对于日本警察机关的赞扬，说到底是国人看不见的部分，而空姐凶杀案的惨败在国人的记忆里是永远挥之不去的。

译　后　记

叶荣鼎

当我完成三部中的最后一部译稿时,一阵扑鼻的粽子香味从厨房传来,我这才想起,已经快到端午节了,自己在忙忙碌碌中又度过了一段翻译岁月。从春天开始耕耘,经历了酷暑和严冬,放弃了所有的节假日,几乎是每天埋头于这三部小说的翻译,一心希望尽可能早些把优秀的异国文化送到读者手里。可是怎么也快不了,语言转换是非常艰巨的工作,因为它不仅是字面上的 180 度转换,而且是准确无误地传递异国文化,并恰如其分地传送作者的创作思想。原著作家松本清张在日本古今作家中排名第八,曾获得芥川奖等大量文学奖项,写作手法和对社会观察的深度和广度与其他日本作家不同,因而在翻译过程中,我经常不得不停下笔来琢磨多时甚至多日,查阅有关资料,否则难以下笔定稿。

我是 1981 年考入宝钢翻译科从事翻译工作,1982年开始涉足文学翻译,1983 年发表处女文学译作,从此一发而不可收拾。以后,两度赴日留学,一边深造一边继续翻译文学作品。2000年,我翻译的江户川乱步小说全集《少年大侦探系列》(现名为《少年侦探全集》)26本获得国际APPA文学翻译金奖。于是借这股东风,我又翻译了江户川乱步小说全集《青年大侦探系列》(现名为《青年侦探全集》)20本。这期间,受聘于东华大学担任翻译与文化硕士生导师教授、三峡大学特聘教授、扬州职业大学商务日语专业带头人兼职教授以及其它大学的讲座教授,出版了《日语专业语篇翻译教程》等5册专著。

由于翻译过程中涉及许多学科,因而要求翻译人有一定的知识面,何况日本属于经济持续发展的大国,因而我在翻译的同时,研究翻译、文学、哲学、政经、经营和环境等学科,好在我在日本的大学和大学研究生院里学过这些课程。

在我近38年的翻译历程中,松本清张与江户川乱步一样,是我最喜欢的日本作家之一。翻译他作品的时候,你会感受到他的创作激情,他对社会敏锐的洞察力,他对平民始终有高度的责任感,为百姓鸣冤、鞭挞社会阴暗面,歌颂美丽东方风土人情和大自然等。有学者说,阅读他的作品等于浏览和解读日本社会,同时领略东方文化的博大精深和大自然的神奇美丽。我在演讲时跟大学生们说,欣赏松本清张的作品时必须静下心来细细品味,切勿像阅读侦探小说那样只看情节。

翻译是文化现象,而文学翻译是翻译领域里的最高殿堂,是推动文明社会发展不可缺少的组成部分。一个国家的文化里都或多或少地融入了异国的优秀文化,在吸收过程中必须经过相撞、磨合、融入三阶段。通常,优秀异国文化吸收得多的国家,其经济等各方面的发展便突飞猛进,同时语言的丰富和改良的速度也是日新月异,使语言走可持续发展之路。因此,翻译人的心里应该时时刻刻装着读者,配合出版社不断了解读者心里在想什么,读者的阅读欲求是什么,在满足读者的同时还要引导读者读好书,读有利于驾驭自己人生航船的好书。

《黑影地带》鞭挞了某国会议员勾搭多个情妇姘居,结果受其中一情妇引诱陷入政治劲敌设下的圈套死于非命。作为国会议员,肩负着选民们赋予的重任和厚望,理应处处严格要求自己。他在男女关系方面非但不是社会的楷模和榜样,还反其道而行,最终断送了自己的政治生命。同时,小说歌颂了主人公为了纯洁的爱情,为了帮助对方早日摆脱犯罪泥潭,被卷入酒吧妈妈桑和国会议员被害的凶杀案而出生入死,历尽艰险,不仅获得了真正的爱情,还使对方在他的正义感召下弃暗投明,金盆洗手。

《黑色福音》展现了侵略战争失败后的日本在一个时期里饱受西方的凌辱,即便在被视为净土的天主教堂里也是如此，神父不仅无视日本法律从事黑市贸易，还猖狂走私和贩毒。而日本高官为了迎合自己的需要草菅人命，出卖国家利益，给神父提供保护伞。同时，神父违反神圣的禁欲教规，与日本女子姘居，还有神父利用女信徒的虔诚肆无忌惮地进行性骚扰。一日本姑娘天真幼稚，明知神父不能与之结婚还是满足他的性欲，从而走上了死亡之路。宗教信仰是自由的，但必须全面了解宗教的清规戒律，尤其与神父接触的年轻信徒，千万不能在感情上越雷池一步。因为此"信"不等于彼"性"。

《黑点漩涡》怒斥了电视行业十佳收视和排行榜的猫腻，存在舞弊现象，无视公开、公平、公正和透明的评比原则，出现了本不应该有的不和谐之音，扰乱了正常的社会秩序。富有正义感的副科长伪造写信人姓名给报社写了一封读者来信，揭露了排行榜评比背后的内幕，没想到被上司识破而被迫离开了收视调查公司。他尽管富有正义感且已有家室，却也好色，在有职有权期间勾引有夫之妇，而该有夫之妇又被另外有妇之夫勾搭上，由此形成了奇异的三角婚外恋关系，最终这三个人以他杀和自杀的形式先后去了天国。如果这位副科长只把爱情献给自己的妻子，加上他的正义感和责任感，可以依法律程序在荡涤社会丑恶现象上出力，即便受到打击报复也还可以留下英明和先进事迹，而不应该是这样的结局。

由此可见，只有《黑影地带》里描述的情恋才是社会提倡的，因为它是无配偶当事人之间的真心相爱的恋爱关系；而性恋和婚外恋，是有悖于婚姻道德和一夫一妻制的，应该老鼠过街人人喊打，让他们在今天的社会里永无立锥之地，以建立和维护正确的婚烟文化。我们的共和国大家庭是由千千万万个夫妻家庭构筑起来的，家庭稳定是构建和谐社会不可缺少的重要组成部分。同时，未婚年轻人在选择恋爱对象时切不可一时冲动，切勿步《黑色福音》女主人公的后尘，稀里糊涂地登上断送自己前程的破船。

构建和谐社会，除上述必备要素外，还应该健全公开、公平、公正和透明竞争的社会秩序，尤其是收视率、销售排行榜和评奖之类的评比活动应该纯洁，主办单位更应该自律、自重、自觉接受监督，防止《黑点漩涡》里的明暗面出现，杜绝不和谐之音的产生。企业是经济体，是大家庭的重要成员，也是人们通过辛勤劳动和智慧换取生活报酬的重要场所，因此保证企业在正常社会秩序下展开竞争，是发展企业和构建和谐社会必不可少的要素。

《黑影地带》《黑色福音》和《黑点漩涡》，由日本平民大作家松本清张创作，确实是难得的好书。为了它的中文版问世，我付出了近一个春秋的岁月，眼角上多了纹，脑袋上多了白发，然而这辛苦是值得的。因为，我为社会文化的发展引进了优秀的异国文化，让读者们有机会在日本平民大作家松本清张构建的丰富而又高尚的精神世界里徜徉,吸取营养,学得怎么做人,学得怎么把握自己,学得怎么辨别真爱情和伪爱情。

36年来,我为中日文化交流翻译了著作逾100本、短中篇译作逾300篇、翻译字数逾1000万。其中,我翻译的《江户川乱步小说全集》46本被珍藏于坐落在作者家乡日本名张市的江户川乱步纪念馆里,荣获日本颁发的翻译江户川乱步小说全集感谢状,还先后荣获如下殊荣:

国际亚太地区出版社联合会APPA文学翻译金奖,国家新闻出版总署三等奖,上海翻译家协会荣誉证书,大世界基尼斯外国文学译著数量之最证书,上海市科技翻译学会突出贡献奖,入选上海市委组织部《上海留学人员成果集》。

今天,在上海三联书店和日本新潮社的支持下,我翻译的《黑影地带》《黑色福音》《黑点漩涡》终于问世。我深信,本文学系列将在中国大地上畅销和长销。

一部巨著的诞生凝聚着许多同仁的心血,谨此,感谢上海三联出版社总经理陈启甸、总编辑黄韬、责任编辑陈马东方月和其他相关工作人员,感谢宣传和推介本书的中日新闻媒体,感谢我国广大读者对本书的青睐。谢谢!

2018年端午节于上海东华美寓所

图书在版编目（CIP）数据

黑色福音 / [日] 松本清张著；叶荣鼎译 . —上海：
上海三联书店，2019.4
ISBN 978-7-5426-6493-8

Ⅰ . ①黑… Ⅱ . ①松… ②叶… Ⅲ . ①长篇小说—日本—
现代 Ⅳ . ① I313.45

中国版本图书馆 CIP 数据核字（2018）第 212268 号

KUROI FUKUIN
by MATSUMOTO Seicho
Copyright ©1961 MATSUMOTO Yoichi
All rights reserved.
Originally published in Japan by SHINCHOSHA Publishing Co., Ltd., Tokyo.
Chinese (in simplified character only) translation rights arranged with
SHINCHOSHA Publishing Co., Ltd., Japan
Through THE SAKAI AGEGCY.

Simplified Chinese edition copyright:
2018 Shanghai Joint Publishing Company
All rights reserved.

黑色福音

著　　者 / [日] 松本清张
译　　者 / 叶荣鼎
责任编辑 / 陈马东方月
封面设计 / 零贰壹肆设计工作室
监　　制 / 姚　军
责任校对 / 叶学挺

出版发行 / 上海三联书店
　　　　（200030）中国上海市漕溪北路 331 号 A 座 6 楼
邮购电话 / 021—22895540
印　　刷 / 上海盛通时代印刷有限公司

版　　次 / 2019 年 4 月第 1 版
印　　次 / 2019 年 4 月第 1 次印刷
开　　本 / 889×1194　1 / 32
字　　数 / 300 千字
印　　张 / 11
书　　号 / ISBN 978-7-5426-6493-8 / I•1454
定　　价 / 45.00 元
敬启读者，如发现本书有印装质量问题，请与印刷厂联系 021—37910000